Sonya
ソーニャ文庫

軍服の花嫁

富樫聖夜

JN170985

イースト・プレス

contents

プロローグ　憎悪の始まり

――この世で一番大切に思っていた女性《ひと》が亡くなった。

彼はそのことを人づてに聞き、愕然《がくぜん》とした。今すぐに駆け出してあの女性の住む離宮へ確かめに行きたい衝動に駆られ、手をグッと握り締めて堪える。

「……父上は？」

そう尋《たず》ねる声は自分の耳にも遠く聞こえた。けれど、きちんと言葉になっていたようだ。その報《しら》せを彼に伝えてくれた侍従の男は声を落として答えた。

「陛下は大きな衝撃を受けておられます。けれど、気丈《きじょう》にも事態の収拾《しゅうしゅう》にあたっておられます故《ゆえ》、殿下におかれましては……」

「あい分かった。来るのはまた日を改める」

彼はそう答えると、閉まったままの執務室の扉をもう一度だけ見つめ、振り切るように自分の部屋のある棟へと向かって歩き始める。護衛の兵が慌《あわ》ててついてくるが、彼の目にはそれらはもう映っていなかった。

——あの人が死んでしまった。

さぞかし、父王は気落ちしていることだろう。ただでさえ弱っているのに、最愛の女性を亡くして、またあの人は自分を責めるのだ。宰相でも王妃でもなく、不甲斐《ふがい》ない自分を。またしても大切なものを守れなかった己を。

できれば父王に会いに行って慰《なぐさ》めたかった。けれど、今自分が会いに行っても何にもならない。かえって邪魔になるだけだろう。

まだ七歳という幼い身でも、彼にはそれが分かっていた。

「一人に、なりたい。ついてこないで」

王妃の館と呼ばれる東翼棟部まで来た彼は護衛にそう告げて、さっさと歩き始める。

この王妃の館にいる人間はすべて彼の産みの親であるフリーデ王妃とオークリー宰相の息のかかった者ばかりだ。この建物の中で彼に仇《あだ》なす者はいない。それが分かっている護衛は彼の命令に従い、ついてくることはなかった。

護衛から一人離れた彼は、人通りの少ない廊下を選んで進んだ。そして完全に一人になったとたん、ポタポタと両目から涙が零れていくのを感じた。

歩きながら彼は泣いていた。零れた涙が頬を伝わって床に落ちていく。

——あの人が死んだ。

彼に初めて温もりを与えてくれた女性。母親という存在が子どもにとって本当はどういうものか教えてくれた女性。

たとえ彼女にとって自分が失った息子の身代わりだったとしても構わなかった。大好きだった。父王よりも、この世で誰よりも。

――でももう二度と会えない。

名前を呼んでもらうことも、微笑んでもらうことも、抱きしめてもらうことも、父王と三人で親子のように語らうことも。

――失われてしまった。永遠に。

じくじくとした苦しみと悲しみの中、彼はいつの間にか自分の部屋とは違う階に足を踏み入れていた。

ふと顔を上げると、視線の先にひときわ大きく立派な扉があった。めったに訪れることはないが、それが誰の部屋であるかは、この城に住む人間なら誰でも知っている。彼の実母である王妃の部屋だ。

だが、いつもならば重厚な扉の外で護衛をしている兵士たちの姿が見えなかった。

彼は顔を顰《しか》める。護衛の兵がいないのは王妃がそう命じているからだ。そしてそんな時は十中八九あの男が部屋を訪れている。

サイモン・オークリー。この国の宰相にして王妃の愛人だ。

宰相が王妃の部屋にいる間、王妃は護衛を遠ざけていることを、誰もが知っていた。中で堂々と不貞《ふてい》をはたらいていることも。

だが誰も咎《とが》めることはできなかった。王太子を擁《よう》する王妃と宰相の権力は年々増して、すでに国王にも抑えられなくなってきている。ここではもう誰も彼らに物申すことはできないのだ。

眉間に皺《しわ》を寄せながら、彼は踵《きびす》を返そうとした。無意識ながらこの部屋に来てしまったのはなぜなのだろうと思いながら。

けれど、分厚い扉の中から声が聞こえた気がして足を止める。振り返ってよく見ると、扉は完全には閉まっておらず、隙間から中の声が漏《も》れていた。

ゆっくり扉に近づくと、小さいけれど中の音がはっきり耳に入ってくる。けれどそれは彼を余計に不快にしただけだった。

「サイモン……あっ、もっと、もっとよ…!」

ベッドが軋《きし》む音と、女の興奮したような喘《あえ》ぎ声。

中で何が行われているのか、確かめるまでもなかった。

野心家で女好きの宰相と、わがままで男狂いの王妃。そんな二人が結びついたのは自然な結果と言えよう。

嬌声《きょうせい》の漏れる扉に彼は冷めたような目を向けた。

実母の不貞を見ても特に何かを感じることはなかった。不快感はあるが、それは彼らが行っている生殖行為への忌避《きひ》感や嫌悪にすぎない。彼にとって二人は他人同然で、どうでもいい相手だった。

それは向こうにとっても同じだろう。あの二人にとって彼は単なる駒《こま》で、生きて健康で、そして従順であればいいだけの存在だった。

「サイモンったら、また仕事を放り出して。そんなにわたくしに会いたかったの？」

「どうせ陛下は今仕事どころではないから構いますまい。……いえ、もちろん王妃陛下に会いたかったからということもありますが」

「ふふふ。相変わらず口がうまいこと」

部屋の中では欲望を発散した二人が、呼吸を整えながら睦言めいた言葉を交わし合っている。

彼は今度こそその場から離れようとした。けれどその時、中から「あの人」の名前が聞こえて動きを止めた。

「そういえば、レスリーが死んだそうね」

「そのようですね。刺殺《しさつ》だったとか。陛下が大変お嘆《なげ》きで……ですが、これでイライアス殿下の将来は安泰《あんたい》ですな」

女がクスッと笑う。声には隠しきれない愉悦《ゆえつ》の響きがあった。

「そうね。あの女、陛下の子どもを身ごもっていたようだから、早々に始末をつけようと思っていたのよ。下賤《げせん》の女が産んだ子がわたくしのイライアスの地位を脅かすとは思えないけれど」

「忌々《いまいま》しいことにこの国では王の血が混じっていることが重要ですからな。男児だとしたら殿下を押しのけて王位に担《かつ》ぎ出そうとする連中が出てくるでしょう。早々に手を打ったのは正解でしたね。さすがは王妃陛下です」

「わたくし？　いいえ？　わたくしではないわ。あの女の始末はあなたが手配したのではないの？」

「え？　いいえ、私は何も……」

男の狼狽《ろうばい》したような声を聞きながら、彼はそっと扉から離れた。

──あの人は殺されたのか。

彼は「あの人」がなぜ亡くなったのか、この時初めて知った。父親に仕える侍従長はただ亡くなった事実だけを彼に伝えて、その死因については何も告げなかったからだ。

少し前から体調を崩していた「あの人」。だから彼は漠然《ばくぜん》と病気で亡くなったものと思い込んでいたのだ。

けれどそうではなかった。「あの人」は身ごもっていて、そして殺されたのだ。おそらくは彼らによって。

内側から沸々と湧き上がってくる感情に、彼の目の前が真っ赤に染まる。

「……許さ、ない……」

廊下を一人歩きながら彼は食いしばった歯の隙間から小さな呟《つぶや》きを零す。

──あの人を殺した。

──私から、あの人を奪った。

そして何よりも許せなかったのは、汚らわしい情事の場であの人の名前を出して穢したことだった。

——許さない。許せない。

湧き上がってくるのは怒りと焦げ付くような憎悪。

彼は元来感情に乏《とぼ》しい子どもだった。駒として従順であれという王妃の思惑のもと、甘えることも誰かと心通わせることもないように育てられた。

おとなしくて、周囲の言うことには逆らわない。陰で言われているように、まさしく人形のような子どもだったのだ。

その人形だった彼は「あの人」によって愛という感情を与えられた。

——そして今、彼は実母とその愛人に憎悪という感情を生まれて初めて与えられた。

激しい憎悪は彼のすべてを覆い、染め上げる。

「この報いは必ず受けさせる。もっとも苦しく辛い恥辱《ちじょく》に塗れた死をお前たちに与えてやる。……必ず」

自室に着くなりそう呟いた彼に、かつての人形であった面影はなかった。

第一章　護衛の任務

　グランディア国には二つの軍隊がある。

　一つは貴族だけが入隊することができる右翼軍。王城の守護と王族の身辺警護が主な仕事だ。

　もう一つは貴族や平民など身分にかかわらず誰でも入隊できる左翼軍。王都や、各都市、それに国境の警備などを主に受け持っている。

　規模は左翼軍の方が圧倒的に大きい。国を外敵から守るのも彼らの重要な役目だからだ。右翼軍の本部が王城内にあるのに対し、左翼軍は王都の一角に巨大な総本部を構え、更に各地に支部や駐屯所を持っている。

　その総本部の廊下を一人の女性が歩いていた。

　左翼軍共通の軍服に身を包み、高い位置に一本に纏《まと》められた明るい茶色の髪をなびかせ、颯爽《さっそう》と歩く女性の足取りに迷いはない。

琥珀《こはく》色の瞳を縁取る長いまつげに、細やかな鼻梁。形のよい薄紅色の唇。品《ひん》よく整った顔立ちは間違いなく大部分の人間が美しいと認めるところだろう。

けれど、彼女はれっきとした軍人だ。

左翼軍には女性だけで構成された部隊がある。メロウ中将の率いる第一師団第十一中隊がそれだ。誰が最初に言い出したのか不明だが、通称「紅蓮隊」と呼ばれている。

紅蓮隊は三年前、この国とガードナ国との戦争が避けられない状況になり、国民から広く軍へ入隊を募《つの》った時に志願してきた女性を集めて作られた。それまで左翼軍には女性はおらず男性のみだったが、戦争時に手薄になるだろう王都の守備を少しでも補うため、男女の区別なく集められた。国の一大事になりふり構ってはいられなかったのだろう。

彼女——レイス・コゼットもその時の募集に応じて軍に志願したうちの一人だ。幼少期に剣を習っていたこともあって、あっさり試験をクリアし、正式に採用された。

幸い紅蓮隊が戦争に駆り出されることはなく、グランディア国は二人の英雄の活躍でガードナ国との戦いに勝利した。その後、一時は解散話も出た紅蓮隊だが、意外なことに国民の人気は高く存続が決定した。

こうして戦争後も紅蓮隊は左翼軍の一員として今も国防の一端を担っている。

「レイス〜！」

自分の名前を呼ぶ声が聞こえて、レイスは立ち止まって振り返った。

ウェーブがかった金髪を揺らし、同じく軍服に身を包んだ女性がこちらに小走りで向かってくるのが見える。

「アンジェラ」

レイスは親しみのこもった笑みを浮かべた。

アンジェラはレイスの同僚だ。紅蓮隊結成時から所属しているレイスとは違い、一年ほど前に入隊したばかりの新人だが、なぜかウマが合ってよく一緒にいる。

上品な顔立ちで貴族的な容貌をしているレイスとは対照的に、肉感的でどこか妖艶《ようえん》な雰囲気を持つアンジェラ。

そんな彼女は地方の農村出身だ。その容姿のせいで誤解されることが多く行き遅れて両親と暮らしていたが、ガードナ国の侵攻で村は焼き尽くされ、両親も殺されて一人になってしまった。そこで、彼女の唯一の身内であり、城で女官をしている叔母を頼って王都にやってきたらしい。別の職がいくらでもあるのに、アンジェラが就職先に選んだのは左翼軍だった。

農作業の合間に近くの森で小動物を狩っていたというアンジェラは、剣術ではレイスに劣るもののナイフの扱いは紅蓮隊一の腕前を持っている。

目の前まで来たアンジェラはレイスにがばっと抱きついた。

「久しぶり、レイス。あー、ようやく戻ってこられたわ！」

突然の抱擁《ほうよう》だがレイスは驚かない。アンジェラのこんな行動は日常茶飯事だからだ。

「おかえりなさい、アンジェラ。護衛の任務はどうだった？」

笑いながら背中をポンポンと叩くと、アンジェラは顔を上げて青い目を吊り上げた。

「もう最悪よ！　あの令嬢ってば何かあればすぐ呼びつけて、あれやれこれやれと命令してくるの。絶対、あたしらを小間使いだと勘違いしているわ。まったく、護衛だっていうのに！」

「はずれクジを引いちゃったのね、ご苦労様」

レイスは苦笑を浮かべながら、もう一度アンジェラの背中を慰めるように叩いた。

戦争終結の直後、軍の上層部は女性部隊の仕事の割り当てについて頭を痛めたそうだ。ところが、戦勝パレードで先頭を務め、貴族や国民に周知されたこともあって、蓋《ふた》を開けてみれば紅蓮隊への仕事は捌《さば》ききれないほど舞い込んできた。

貴族女性の護衛や、王都の治安を維持する憲兵隊への協力など、その仕事は多岐《たき》にわたる。中でも最近増えているのが貴族女性の護衛の仕事だ。

レイスも一昨日まで、保養地に出かける貴族令嬢の護衛で王都を離れていた。そのためアンジェラとは約二週間ぶりの再会だ。

二人で紅蓮隊の宿舎兼訓練所の建物へ向かいながら近況を報告し合う。

「任務完了の報告をしたら、明日から待ちに待った休暇よ。レイスは？」

「私は昨日が休暇だったの。たぶんまた何か任務が言い渡されると思うわ」

「貴族の護衛の仕事なら明日すぐに着任ってことはないでしょうから、数日余裕あるわね」

考えるような仕草をしたあと、アンジェラはレイスに笑顔を向けた。

「ねぇ、休みを合わせて芝居でも観に行かない？」

「いいわね。今王都で流行っているお芝居なら、ご令嬢たちとの会話の良いきっかけにもなるでしょうし」

「よし！　じゃあ、明日にでも……あ」

アンジェラが何かに気づいたように言葉を切り立ち止まる。

「アンジェラ？」

不思議に思い、アンジェラの視線の先をたどったレイスは、中庭を挟んだ回廊の向こう側に二人の軍人の姿をみとめて足を止めた。背の高い二人の男性が話をしながら彼女たちとは反対方向に歩いている。

二人とも身長は同じくらいだが、一人はきちんと撫でそろえた黒髪に、鍛《きた》えあげられた肉体の持ち主であることが遠目からでもよく分かる。

もう一人の男性は、艶やかで柔らかそうな金髪で、黒髪の男性よりやや細身の印象だ。どことなく華やかな雰囲気があり、颯爽と歩く姿からは、彼もまた鍛えあげられた肉体を持っていることが見てとれる。

「……英雄二人がそろった姿を見られるなんて、あたしたち今日ツイてるんじゃない？」

二人の姿に釘づけになりながらアンジェラが呟く。レイスも同意するように何度も頷きながら、歩く二人から目を離せなかった。

黒髪の男はグレイシス・ロウナー准将。金髪の方はフェリクス・グローマン准将。二人はともに左翼軍に所属する軍人で、ガードナ国との戦争を勝利に導いた英雄だ。

ガードナ国の軍隊より数で劣るグランディアの左翼軍があの戦いに勝てたのも、剣の天才と言われたグレイシスの活躍と、知略に優れたフェリクスの作戦があればこそだ。

戦争終結から二年経った今も二人の人気は衰えることがない。令嬢連続拉致事件や先日起きたクーデター事件を解決に導くなど話題に事欠かない上、二人とも見目がよく、それぞれ違った魅力の持ち主だからだ。

「相変わらずいい男たちよねぇ」

ほぅとため息交じりにアンジェラが呟く。

「でも残念ながらすでに二人とも売約済みなのよね」

戦争終結直後は独身だった二人だが、ここ一年の間にグレイシスは結婚し、フェリクスもついこの前婚約した。王都中の女性——いや、国中の女性が嘆いたが、これも仕方ないことだ。

「あの二人がいつまでも独身でいるわけないもの」

レイスが笑って言うとアンジェラは肩をすくめた。

「分かってるわよ。仕方ないわ。グリーンフィールド将軍の姪に侯爵令嬢だもの。太刀打ちできっこない」

グレイシスが結婚相手に選んだのは、左翼軍総大将であるグリーンフィールド将軍の姪、エルティシアだ。そしてフェリクスと婚約したのはエストワール侯爵令嬢であるライザ。ともに貴族で華やかな容姿を持ち、どこにいても目を引く令嬢たちだ。

グレイシスもフェリクスも嫡男ではないので爵位こそ持っていないが、貴族出身の彼らには釣り合いの取れたとてもお似合いの相手だ。

「二人ともとても素敵なご令嬢よ」

レイスはエルティシアやライザと面識があった。エルティシアはグリーンフィールド将軍を訪ねてよく総本部を訪れていたし、ライザもその付き添いとして、またフェリクスを訪ねて時々訪れるからだ。

彼女たちが総本部を訪れる際、時々紅蓮隊にお呼びがかかることがある。きらびやかな貴族令嬢とどう接していいか分からない庶民出身の兵士が助けを求めてくるのだ。

一応貴族出身ということもあって、レイスがその役目を押しつけられることが多く、おかげですっかり顔見知りになっている。

「一部の貴族令嬢たちと違ってわがままなところはまったくないし、礼儀正しくて親しみやすいの。だから彼女たちを羨ましいとは思っても、妬ましいとかはないわね」

実はレイスは、グレイシスにほのかに憧れを抱いていた。彼の無骨さは、どことなく大好きだった亡き祖父を思い起こさせるからだ。だから彼の結婚を聞いた時には少しだけ残念だと思いはしたが、一方で相手がエルティシアと知り、納得もしたのだ。

エルティシアがずっとグレイシスを慕っているのは誰の目にも明らかだったし、彼も彼女には他の女性相手では決して見せない笑顔を向けていたからだ。だから素直に二人を祝福することができた。

「まぁ、既婚だからって、目の保養ができなくなるわけじゃないしね」

あっさり切り替えるとアンジェラは二人から視線を外して歩き始める。

「ええ、そうね」

レイスも、アンジェラの言葉に苦笑しながら二人から目を離し、アンジェラの後に続いたのだった。


「気づいたか？」

回廊からレイスたちの姿が去ったのと同時に、フェリクス・グローマンが傍らのグレイシス・ロウナーに声をかける。

「例の彼女だ」

グレイシスは振り返ることなく「ああ」と頷いた。

「遠目だけど、やっぱり似ているね。絵姿のあの方に。今は茶色の髪だけれど黒髪になったら余計に似ているんだろうな」

「ああ」

先ほどから「ああ」としか言わないグレイシスの横顔を見て、フェリクスは苦笑を浮かべた。

グレイシスにしたらとても複雑だし、口にはしないがおそらく不服なのだろう。……彼女を利用することが。

「仕方ないさ。これも命令だし、この件は彼女でなければ成しえないのだから」

「……分かっている」

唸るように呟くと、グレイシスは足を速めた。フェリクスはそんな彼の後ろ姿を眺めたあとレイスたちの消えた方を振り返って呟いた。

「あの人に目をつけられて、彼女も気の毒に……」

その水色の目には、憐《あわ》れみが込められていた。

＊＊＊

レイスが紅蓮隊の隊長に呼ばれたのは、報告書と格闘していた午後のことだった。きっと新しい仕事を命じられるのだろう。

同じく机に向かって書類とにらめっこをしていたアンジェラが顔を上げ、レイスに向かって眉《まゆ》を上げてみせる。「ほらね」と言いたいらしい。レイスは肩をすくめてそれに応えると、隊長の執務室へ向かった。

「失礼いたします。レイス・コゼットです。お呼びにより参上いたしました」

「いらっしゃい、コゼット少尉」

その声と共に執務室に入ったレイスは、紅蓮隊の隊長を務めるブレア・オードソンのにこやかな笑みに迎えられた。

ブレア・オードソン中将は貴族出身の中年の女性だ。グリーンフィールド将軍の前に左翼軍の総大将を務めていたオードソン将軍の娘で、幼い頃から武芸を叩きこまれて育った女傑である。

一人娘だったため、亡き父親の爵位を継いで家を守っていたが、三年前、グリーンフィールド将軍に頼まれて女性部隊の隊長の席についた。女性部隊が左翼軍内部で侮られることがないように、貴族出身で、軍部に影響力のある者を責任者に選ぶ必要があったからだ。

そんな経緯で隊長に就任したブレアだが、オードソン前将軍譲りの豪胆さと面倒見の良さから、紅蓮隊の隊員はもとより他の部隊所属の男性兵士からも尊敬の眼差しを向けられている。発足当初は女性だと侮られることの多かった紅蓮隊が、今では左翼軍の一員だと認められているのも、ブレア隊長のおかげだ。

昔軍人だった祖父に次いでレイスの尊敬する人物がこのブレア隊長だった。

親しみのこもった笑みを浮かべるブレアに、いつものように足をそろえて敬礼しようとしたところで、レイスは目を見張る。座っているブレアの横にグレイシスとフェリクスの姿があったからだ。

──な、なんで英雄がこんなところに？

混乱しながらも敬礼をする。気心の知れたブレア隊長だけならともかく、二人は自分よりはるかに階級の高い相手だ。非礼のないようにしなくては。

カチコチになりながら敬礼をするレイスに、フェリクスは柔らかな笑みを向けた。

「そう硬くならずに気を楽にしてくれ。僕らは君に仕事を依頼しにきた身なのだから」

「仕事の依頼、ですか？　私に？」

──英雄がただの少尉に？

困惑しながらも、レイスは手を下ろす。その直後、背後に視線を感じて、反射的に振り返ったレイスは、そこに一人の男性の姿を見出して目を見開いた。

男はたった今レイスが入ってきた扉のすぐ真横に、ずっと前からそうしていたような様子でじっと立っていたのだ。

──いつの間に？

英雄二人の姿に気を取られていたとはいえ、レイスは人の気配には敏い方だ。なのに部屋に入った瞬間から今の今まで男の気配など一切感じることができなかった。

──もしかして、気配を消していたというの？

そうとしか考えられなかった。だとすればこの男は只者ではない。

思わずレイスは男をまじまじと見つめた。

男は軍の制服は身につけておらず、代わりに城勤めの文官が身に着けているような地味な紺色の上着を纏っている。無造作に伸ばした黒髪は上着の襟《えり》に届くほどで、長めの前髪からかろうじて碧色の瞳が覗いていた。その目はぴたりとレイスに向けられている。

「すまない。驚かせたようだね。彼は僕の部下の一人だ。名前はバード」

無言で見つめ合う二人の姿に、フェリクスはくすっと笑って声をかけた。

「小鳥《バード》？」

とてもではないがそれが本名とは思えないし、偽名だとしてもふさわしい名前だとは思えなかった。

そんな思いが声に出ていたのだろう、フェリクスが苦笑を浮かべた。

「君もお察しの通り、バードというのは本名ではない。けれどそれが彼の名前だ。情報局に所属しているが、決して表に出ることのない者――そう言えば分かるかな？」

そこで、とある噂《うわさ》が脳裏に浮かび上がり、レイスはパッとフェリクスに向き直った。

「まさか……特殊部隊？　あの噂は本当だったのですか？」

左翼軍の情報局には内偵や密偵を専門に行う特殊部隊が存在する。そんな噂が昔からささやかれていた。構成メンバーも所属人数も謎の部隊だ。

彼らはその仕事内容のために決して表には顔が出ることはなく、情報局に所属していることしか明らかではないという。

「まさか、本当に存在していたとは……」

ちらりと振り返ってバードを見る。すると先ほどは一切反応を示さなかったバードが、今度は目が合うとかすかに笑った。口の端がほんの少し上がった程度だったが、それでも微笑んだのには間違いない。

レイスは急に恥ずかしくなって目を逸らすと、フェリクスに向き直り、改まった口調で尋ねた。

「それで、私に一体どういうご依頼でしょうか？」

「護衛の仕事を頼みたいんだ。けれど決して周囲には護衛というのは悟られずにね」

「……はい？」

笑みを浮かべたまま不可解なことをフェリクスは告げた。


「これから話すことは極秘事項だ。だから君も、ここにいる人間以外に漏らさないでほしい。どんなに親しくてもだ。いいね？」

長くなるということで、ソファに座るように促《うなが》され、恐縮しながら腰かけたレイスにフェリクスは念を押した。レイスは一人立ったままのバードを気にしながら頷く。

「は、はい。もちろんです。命にかえても漏らしたりしません」

バードはフェリクスにいくら促されても着席しようとはせず、壁に寄り掛かったまま話を聞いている。それは構わないが、その視線は、一挙一動を見逃さないとばかりにレイスにぴったりと向けられているので、彼女としてはどうにも居心地が悪かった。

それに気づいたのか、まだ一度も口を開いていなかったグレイシスが小さく息を吐きながら言った。

「彼のことは気にしなくていい。いつものことだ」

「え？　あ、はい」

忠告通りなるべく気にしないように努めながら、レイスはフェリクスに意識を戻した。

「では初めから説明していこう。今、この城にファルーニ国の王太子殿下が滞在されているのは君も知っているね？」

「はい」

つい先日、国王イライアスの在位十周年の記念式典が行われ、その祝いの席に親交のある国から大勢の賓客《ひんきゃく》が訪れた。ファルーニ国もその中の一つで、この国とは古くから親交を結んでいる。

「ファルーニ国のクレイル殿下は、陛下の在位十周年の式典に国王の名代として参加され、そのまま滞在されている。表向きは歳の近い陛下と親交を深めるために。でも、実際は少し違っていてね。殿下の身の安全を確保するために、ご滞在いただいているんだ」

「身の安全のため、ですか？」

「クレイル殿下は、ファルーニ国の第二王子を王位につけたいと考えている貴族たちにお命を狙われているんだよ」

クレイル王子はファルーニ国王の第一子だ。ところが王妃にはクレイル王子以外の子は生まれず、側室の子である異母弟が第二王位継承者になっていた。

「正当な世継ぎはもちろんクレイル殿下だ。ところが強欲な側室とその息子を擁する貴族たちは自分たちが権力を握らんとして第二王子を王位につかせようと、執拗《しつよう》にクレイル殿下のお命を狙いだしたんだ」

もちろん暗殺は阻止されて、関わった貴族は断罪。第二王子は事件の責任を取って幽閉《ゆうへい》の身となった。ところが、それで収束するかに思われた王位争いは、終わらなかったのだ。

理由は簡単だ。第二王子の王位継承権がはく奪されることなく、依然としてクレイル王子に次ぐ王位継承権を有していたからだ。

ファルーニ国王にはクレイル王子と第二王子の二人しか子どもがおらず、もしクレイル王子に何かあった場合王位が空いてしまう。それを憂慮《ゆうりょ》して、第二王子は王位継承権をはく奪されなかったのだが、これが結果的に王位争いを継続させることになった。

クレイル王子は命を狙われ続け、事態を重く見たファルーニ国王は早々に王位をクレイル王子に譲ることにした。

これに焦ったのが側室と第二王子を擁する貴族たちだ。王位が継承される前にクレイル王子の命を奪おうとする動きが活発になった。

そこでファルーニ国王は自分の名代としてクレイル王子を国外に出し、その間に準備を進めることにしたのだという。

「殿下の滞在延長はファルーニ国王の要請を受けてだ。我が国にいる間に戴冠《たいかん》式の準備を進めるとともに国内の第二王子派の貴族と側室を抑え込むつもりらしい。もともと王位の正当性はクレイル殿下にあるし、今までの暴挙で第二王子派は数が少なくなっているから、最後の足掻きのようなものだ。だから問題なくクレイル殿下へ王冠が渡るだろうと我々も考え、今回協力したんだが、ここに来て少し問題が発生してね」

「問題？　まさか、ファルーニ国で何かあったのですか？」

「いや、あっちは滞りなく進んでいるようだ。問題というのは、追い詰められた側室たちが我が国の反国王派と手を結んだらしいということなんだ」

レイスは目を見開いた。

グランディア国王イライアスには敵が多い。国政を牛耳《ぎゅうじ》っていた実母のフリーデ皇太后とサイモン・オークリー宰相とその取り巻きたちを一掃《いっそう》したあとも、うまい汁を吸えなくなった貴族たちからは恨まれている。それに加えてもともと外国人であるフリーデ皇太后をよく思っていない貴族たちからは憎まれて、皇太后たちに身内を殺された者たちの憎悪も、彼女の息子だということで一身に受けている。

――つい先日も、陛下の血統に疑惑を抱いている過激な純血主義者たちがクーデター未遂を起こしたばかりだというのに。

「何ということなの……」

「純血主義者たちのクーデターを未然に防いで、だいぶ勢力も削《そ》いだからね。あれで陛下の地盤や地位はゆるぎないものになったから、奴らも焦っているのだろう」

そう言いながら、そのクーデター計画を未然に防いだ張本人であるフェリクスは苦笑を浮かべた。

「この国に滞在している間、クレイル殿下の身を守るのはこちら側の役目だ。もしこの国の中で殿下に何かあれば、陛下の責任が問われるだろう。陛下の権威を失墜させたい連中にしてみれば悪くない話だと思うよ。第二王子派にしても外国でのことだからと、自分たちは関係ないとしらをきることもできるだろうし」

「なるほど」

うまく考えたものだと思う。クレイル王子の暗殺計画が成功したら双方にとって大きな利益になるというわけだ。

「幸い今のところ、厳重な警備の甲斐あって、殿下の身には何も起こっていない。このまま殿下には無事にファルーニ国へお帰りいただきたいところなんだけど、我らが陛下はそれじゃ満足ではないらしくてね。これを機に反国王派を捕まえて一掃したいというお考えだ」

レイスは目を丸くする。

「捕まえて一掃？　どうやってですか？」

「仮面舞踏会だ」

不意にグレイシスが口を挟んだ。

「十日後に開催される仮面舞踏会が、陛下が用意した舞台だ」

「仮面舞踏会？　イライアス陛下が用意した舞台？」

尋ねたとたん、ピンとくるものがあってレイスは大きく口を開けた。

「もしかして、陛下は敵を誘いだすおつもりで……？」

なぜそう思ったのか分からない。けれど今まで伝え聞いていたイライアスの評判や、目の前の二人の様子に突然そんな考えが浮かんだのだ。

フェリクスが小さく笑いながら頷く。

「その通りだよ。表向きは、陛下がクレイル殿下から仮面舞踏会のことを聞いて面白がって我が国でも開催することにした、となっているけれど、それこそが反国王派と、ファルーニ国の第二王子派が放った暗殺者たちを捕らえるための仕掛けなんだよ」

仮面舞踏会に参加する貴族は皆仮面を被り素性を隠している。その中に紛れ込んでしまえば、いつもより容易《たやす》くクレイル王子に近づくことができるだろう。反国王派がこのチャンスを逃すはずはなかった。

「クレイル殿下を囮《おとり》にするということですよね？　大丈夫なのですか？」

一国の王太子を囮にして何かあったらただでは済まないだろう。そう心配するレイスにフェリクスは微笑む。

「大丈夫。これはクレイル殿下も了承済みの話なんだ。とはいっても、君の言うように何かあったら一大事だ。そこで君には、その仮面舞踏会に一貴族として参加してもらいたい。クレイル殿下のお傍でひそかに警護してほしいんだ」

「私が？　仮面舞踏会に参加して、ですか？」

「そうだ。取り巻きのフリをしてクレイル殿下のお傍で待機して、いざとなったらその身を守る。けれど暗殺者たちの目をごまかすためにそれまでは護衛だとバレないように振る舞ってほしい。……君にそれができそうならこの護衛の仕事、受けてほしいと思っている」

試すようにフェリクスに言われてレイスは思わず眉を顰《ひそ》める。そんな彼女にブレアが優しく言った。

「レイス、あなたの実力なら、この任務、成し遂げられると思っているわ。でもね、ダメと思うのなら断ってもいいのよ。無理に引き受けて失敗するくらいなら最初から受けない方がマシですもの」

「ブレア隊長……」

レイスは唇を噛《か》み締める。

貴族のふりをして仮面舞踏会に行き、クレイル王子の傍に張り付き、護衛だと周囲に知られないように振る舞う。……責任重大だが、やれないことはないだろう。

――できる、と思う。その自信もある。

この任務が成功すれば、紅蓮隊の名を挙げることができる。ブレア隊長にも恩返しができる。――でも……。

そう思うのに即答できないのは、レイスが必死に隠している秘密が、それがきっかけでばれてしまうのではないかと恐れているからだ。

「コゼット少尉、返答は？　やってもらえないだろうか？」

フェリクスが返事を促してくる。そこにグレイシスが口を挟んだ。

「無理に引き受けなくてもいい。他の手を考えれば済むことだからな」

グレイシスにとってそれは、躊躇《ちゅうちょ》しているレイスが気兼《きが》ねなく断れるようにと気遣ってかけた言葉だったに違いない。けれどそれが反対にレイスの背中を押すこととなった。

――尊敬しているこの人の前で弱気な返事はできないわ……！

レイスは顔を上げ、まっすぐグレイシスを見て断言した。

「いいえ。大丈夫です。この任務、私でよければお引き受けいたします」

「そうか。よかった。引き受けてもらえて助かるよ」

にっこりとフェリクスが笑った。その横でグレイシスが一瞬だけ眉を寄せる。けれどその理由を考える暇もなく、フェリクスはレイスに声をかける。

「仮面舞踏会へはバードと一緒に参加してくれ。当日の細かい指示は彼がすることになっている」

「え？　一緒に舞踏会へ？」

一人で行くものと思っていたレイスはびっくりして聞き返す。にやりと意地の悪い笑みがフェリクスの口元に浮かんだ。

「言ってなかったかい？　この仮面舞踏会は同伴者が必要なんだ。風紀を乱さないように夫婦か婚約者か身内のね」

それからフェリクスは念を押すように再びにっこり笑った。

「君たちの招待状はこちらで用意するけど、二人は婚約者ということにしておくので、そのつもりでよろしく頼むね」

「こ、婚約者!?」

思わぬ事態にレイスは困惑する。今まで婚約などしたことがないので、どうやって振る舞ったらいいのか分かるわけがない。

「大丈夫だよ。そのあたりはバードに任せて適当に合わせておけばいいから」

「は、はい」

不意にバードが壁から身を起こすと、口を開いた。

「そういうわけで、よろしく頼む。レイス……コゼット少尉」

びっくりしてレイスはバードを見返した。執務室に入って以来、初めてバードの声を聞いたからだ。その声は思った以上に低く、なぜかお腹にズンと響くものがあった。

不可解な自分の反応に内心焦りながらも、レイスは立ち上がってバードに応える。

「こちらこそよろしくお願いします。……バード」

「ああ」

バードはにこりともしなかったが、レイスは気にしなかった。

「それじゃあ、僕らはこのへんで失礼させてもらうよ。君の協力が得られたことを伝えて当日の警備の計画を練る必要があるからね」

フェリクスはそう言いながら立ち上がる。その隣でグレイシスも同じようにソファから立ち上がっていた。

「当日の流れについてはまた後日、改めて知らせるから。ブレア隊長、彼女の任務の調整はお願いします」

「ええ。そのあたりについては私がうまく取りはからうわ」

「頼みます」

にこやかな笑顔を残し、フェリクスはグレイシスたちと執務室を去ろうとした。ところが先頭にいたグレイシスが扉を開けた時、ふと何かを思い出したようにフェリクスが戻ってきて懐から円形の箱を取り出し、レイスの前に置いた。

「忘れていた。これを君に渡しておかなければ」

「これは？」

テーブルに置かれた丸い真鍮《しんちゅう》の入れ物を不思議そうに眺めながらレイスは尋ねる。

「染め粉だ。当日は髪の色を黒に染めてきてもらいたいんだ」

「え……？」

フェリクスの言葉を聞いたとたん、レイスの顔がサッと青ざめた。

──黒髪に染めろですって!?

「ど、どうしてですか？」

「クレイル殿下の好みが黒髪の女性なんだ。殿下の傍に侍るなら、黒髪の女性の方が違和感がないと思ってね」

「そ、そうですか……」

確かに筋が通っている。けれどレイスにとっては黒髪というのが大問題だった。

躊躇していると、バードがじっと彼女の様子を窺いながら尋ねてくる。

「何か問題でも？」

レイスは慌てて首を横に振った。

「い、いえ。なんでもありません。仮面舞踏会へは黒髪に染めて行けばよろしいのですね」

言いながら手を伸ばし、テーブルに置かれた円形の入れ物を手に取る。

「ああ。よろしく頼むよ。重要なことだからね」

「は、はい。……あの、お尋ねしたいのですが！」

頷いたものの、急に胸騒ぎを覚えて、レイスは扉から出ようとするフェリクスたちを思わず呼び止めていた。

「何かな？」

フェリクスが振り返って微笑む。その顔を見て、言いようのない不安が押し寄せてきた。

「ど、どうして私がこの役目に選ばれたのでしょう。不躾ですが、理由をお尋ねしてもよろしいでしょうか？」

「なんだ、そんなことか。君が貴族出身だからだよ。仮面舞踏会に出られるのは貴族だけだからね」

「で、でも、私は男爵家の養女というだけであって、本当の貴族では……」

レイス・コゼットはコゼット男爵家の養女であって、もともとは平民。そういうことになっている。だから生まれながらの貴族ではないとレイスは訴える。けれど、フェリクスはあっさりそれを一蹴した。

「それでも貴族として礼儀作法は身につけているだろう？　それで充分だ」

「で、でも紅蓮隊には他にも貴族の子女はおります。何も私でなくともよかったはずです」

貴族令嬢は剣を振り回すなどもってのほかという風潮があるため、紅蓮隊に所属しているのは平民が中心だ。けれど軍人の家系である貴族の中には女性であっても剣を扱える者がいる。極端に少なく片手で足りるほどしかいないが、紅蓮隊にはレイスの他にも貴族出身の女性軍人が所属していた。

何もレイスでなくともいいのだ。なぜ純粋な貴族ではない自分が選ばれたのか。それが急に気になって仕方なかった。

「確かに他にも候補がいた。けれどその中で一番実力があるのは君だった。だから選んだ。それだけだよ」

フェリクスが嘘を言っているようには見えなかった。それが本当ならば光栄なことだ。

「そう、ですか……」

——気にしすぎなのかしら？

そう思いはするが、心のもやもやは晴れなかった。けれど、これ以上詮索するのは無理なようだ。バードに逆にこう尋ねられてしまったからだった。

「何か問題でも？」

レイスは慌てて首を振る。

「い、いいえ。なんでもありません」

これ以上食い下がったら、逆にこちらのことを探られる。そんな気がしたレイスは引き下がるしかなかった。

——大丈夫よね？　だって黒髪にしたとしても仮面で顔を隠しているんですもの。

だから気づく人はいないはずだ。そうレイスは自分に言い聞かせる。自分が選ばれたのはフェリクスの言うように偶然にすぎないのだろう。

——だから私の秘密がバレることはない。

レイスがひた隠しにしている素性も。髪を黒い色に染め、ドレスを身に纏ったレイスが前国王の側室だったレスリー妃に瓜《うり》二つだということも——。

第二章　前国王の側室

　仕事を終え、宿舎の自室に戻ったレイスはフェリクスから受け取った染め粉を質素な鏡台の前に置いた。

　その際に鏡に映った自分をふと見つめる。明るい茶色の髪をした軍服姿の女性がじっと見つめ返していた。

　貴族女性は、常にきらびやかなドレスを着て身ぎれいにしているものだ。ナイフならまだしも、剣を手に取ることなど一生ないに違いない。

　それに比べてレイスは、私服であっても男性のようにシャツとズボンといった姿で、身を飾ることなど一切しない。手は傷だらけで、長年剣を握っているため手のひらの皮膚は厚くなりゴツゴツしている。

　とても貴族女性には見えないだろう。この三年間、わざとそう見えないように振る舞っていた。

――なのに。

「黒髪……か……」

髪のひと房を手に取り、弄《もてあそ》ぶ。ふっと口元に苦笑が浮かんだ。

「皮肉なものね。髪を黒に染めろだなんて」

レイスは鍵のついた鏡台の引き出しから、丸い入れ物を取り出した。それはフェリクスから受け取った染め粉の入れ物ととてもよく似ていた。

蓋を開けると、明るい茶色の粉が入れ物に半分ほど残っている。その色はレイスの髪の色に似ている。

そう。レイスの生来の髪色は茶色ではない。染め粉を使って今の色にしているのだ。本来の髪の色は黒――皮肉にもフェリクスが染めろと指示してきた色だった。

「黒髪をわざわざ茶色に染めているのに、その上からまた黒髪に染めろっていうわけね」

複雑な笑みが浮かんでしまうのはどうしようもなかった。

この髪の色と同様に、今のレイスは何もかもが作り物だ。レイス・コゼットという名前も、コゼット男爵の養女というのも嘘だった。ただ、琥珀色の瞳については、変えることができずそのままだが。

三年前、レイスは外見と素性を偽って左翼軍に入隊した。それ以来ずっと周囲をだまし続けている。

ブレア隊長やアンジェラ、紅蓮隊の仲間たちのことを思うたび、レイスの胸は罪悪感で締めつけられている。

——嘘をついてごめんなさい。

けれど、ブランジェット家との関わりを一切隠し通すことが、軍に入るために両親と交わした条件だったのだ。

レイスの本当の名前はレイスリーネ・ブランジェットという。ブランジェット子爵家の長女で、正真正銘の貴族令嬢だ。

それがなぜ、名前や姿を偽って左翼軍で軍人をしているかといえば、叔母のレスリー・ブランジェットが発端だった。

ブランジェット子爵家は、その領地は王都から遠いものの、この国の中でも歴史の長い、由緒ある貴族の家系だ。父親は王宮には勤めておらず領地に引っ込んだままだが、レイスの祖父である先代のブランジェット子爵は、長い間右翼軍の軍人として、足の怪我がもとで引退するまで先代と先々代の二代の国王に仕えていた。

その功績もあって、祖父の名前は軍部の中でよく知られている。けれど、ブランジェットの家名を聞いた時、ほとんどの国民が思い浮かべるのは祖父のことではなく、ある女性のことだろう。

レスリー・ブランジェット。レイスリーネの父親の妹で、前国王の側室だった女性だ。

この国では一夫一妻制が法律によって定められている。けれど、国王だけは、王妃と側室合わせて五人までの妻帯が許されていた。近親婚が繰り返されてきた影響で、子どもができにくくなっていたからだ。

現国王のイライアスの父親である前国王には三人の妻がいた。王妃であるガードナ国の王女フリーデと、ベレスフォード侯爵家の令嬢エリーズ。そしてブランジェット子爵令嬢のレスリーだ。

レスリーは艶やかな黒髪に神秘的な琥珀色の瞳を持つ、とても美しくたおやかな女性だったという。ブランジェット子爵に会いに城を訪れたレスリーと偶然遭遇した前国王を、一目で魅了するほどに。

その当時、前国王はすでにフリーデを王妃として迎えていたが、夫婦仲は悪く、跡継ぎもなかなかできなかったので、側室を娶るように周囲から勧められていた。そこで彼は侯爵令嬢エリーズ・ベレスフォードと共にレスリーを側室として迎えることにしたのだ。

前国王にとっては、フリーデとエリーズは政略で迎えた相手だった。けれどレスリーだけは王が自ら望んで得た相手だ。彼はその側室をこよなく愛した。彼女の悲劇的な死のあとも、前国王は死ぬまでレスリーを愛し続けたという話だ。

この話は国民に広く知られている。

レイスリーネが外見を変え、素性を偽っているのは、まさにこのレスリーとの関係を悟られないためだった。ブランジェットの名前を出せば……いや、出さずとも、生来の姿で人前に出ればレスリーの血族であることはすぐに知られただろう。

「レスリー叔母上とは瓜二つなんだものね」

鏡の中のレイスリーネの口元に苦い笑みが浮かんだ。

レイスリーネが生まれる少し前に、レスリーは亡くなっていた。噂によると、レスリーが国王の子を身ごもったことで、自分の地位が危うくなると思ったフリーデ王妃によって暗殺されたのだという。

祖父にとっては最愛の娘、父にとっては仲の良かった妹であるレスリーの死に沈んでいたブランジェット子爵家は、レスリーとよく似た娘の誕生に歓喜した。黒髪に琥珀色の瞳。顔立ちも、生まれた頃のレスリーとそっくりだったようで、まるで生まれ変わりのようにも感じたという。そのため、レスリーの名からとってレイスリーネと名付けられた。

ところがその喜びはつかの間のものだった。

見れば見るほどレスリーに似ているレイスリーネに、祖父であるブランジェット子爵が危機感を覚えるようになったのだ。もしも、フリーデ王妃がレスリーそっくりの孫の存在を知ったらどう思うだろうかと考えた。レイスリーネにレスリーを重ね、憎しみを募らせて、彼女を、そしてブランジェット子爵家をも消そうとするのではないだろうかと。

当時、国王はレスリーを失ったショックからか、病の床に臥《ふ》していて、ベッドから身を起こせないほどに衰弱していた。政務のできない国王に代わって、当時政治を取り仕切っていたのは、フリーデ王妃とサイモン・オークリー宰相だ。彼らは、王太子がまだ幼かったのをいいことに、政権を掌握していった。逆らう貴族は容赦なく家ごと潰されて、やがては国王ですら彼らを抑えることができなくなった。

　こんな国内情勢の中、王妃にレイスリーネの存在を知られたら、ブランジェット子爵家も無事ではすまなくなるかもしれない。ブランジェット子爵はそう考えた。

　それは決して大げさなことではなかった。

　現にフリーデ王妃は、もう一人の側室で、亡きエリーズの従妹であるエストワール侯爵夫人のことも、エリーズに似ているからという理由で疎み、夫人ごと、エストワール侯爵家を潰す機会を窺っている、というのはよく知られた話だった。エストワール侯爵家が何とか存続できているのは、フリーデ王妃に逆らわず中立を保っているのはもちろんのこと、付け入る隙を与えないようにうまく立ち回っているからだ。侯爵家という高い地位にあるからこそ、それを可能にしていた。

　けれどブランジェット子爵は田舎の一貴族にすぎない。ひと睨みされただけであっという間に消されてしまうだろう。

　家や領地を守るためには、王妃に隙を見せてはならない。つまり、レイスリーネの存在をフリーデ王妃たちに知られるわけにはいかないのだ。そう考えた祖父はレイスリーネをレイスという男性名に改めさせ、表向き男児として育てることに決めた。そして男の子としての教育を施した。

　こうしてレイスリーネは、レイスとして幼少期を過ごすこととなった。と言っても、彼女にとってそれはまったく苦ではなかった。

使用人の子どもたちと庭を駆け回り、木に登ったり、追いかけっこをしたり、時には取っ組み合いの喧嘩をしたりと、自由奔放に暮らしていた。

あの頃のレイスリーネは、男の子にしか見えなかっただろう。

レイスリーネ自身は、自分が男だと性別を偽られて育ったわけではない。自分が女であることは教えられていたし、そのことを家族と信頼できる使用人の前以外では口にしてはならないと言い含められてもいた。

ただ、幼い子どもに男女の違いなど理解できるはずもない。女である自覚も本来とは違った性として育てられている認識も薄いまま、レイスリーネはただ自然に男の子のように振る舞っていた。それこそ祖父の思惑通りに。

そんなレイスリーネの生活が大きく変わったのは、十二歳になったばかりの頃だった。

一年前に祖父は他界し、父親がブランジェット子爵家を継いでいた。二年前に弟が生まれたあとも変わらず跡継ぎとして教育を受けていたレイスリーネはある日突然、両親から「長い間苦労をかけた。お前は女に戻っていい。この家の跡は本来通り弟に継がせる」と言われたのだ。そしてそれ以来、男装を禁じられ、ドレスを着て女性としての生活と教育を押しつけられることとなった。

まだ子どもだったレイスリーネは混乱した。跡継ぎが弟になるのはいい。けれど、なぜ突然、窮屈な生活を押しつけられるのか、そして女に戻れと言われるのか理解できなかったのだ。けれど、家長である父の命には逆らうことなどできず、それまでの生活は突如として終わりを告げた。

――長男のレイスは亡くなったことになり、身体が弱く遠い地で療養をしていた、レイスの双子の妹レイスリーネが降って湧いたように登場した。

もともと、レイスリーネを男として育てることに反対だった両親にとって、今までの彼女の生活こそ歪められたものだったのだろう。女性としての生き方に戻してやりたいと考えるのは当然のことだった。

けれどレイスリーネには、男の子として育てられた生活が歪められたものだという意識はなかった。むしろ、女性としての生活の方が堅苦しくて仕方なかった。

――剣を持てないし、自由に駆け回ることもできない。どうして女性としての生活はこんなにも不自由なんだろう。

そこで初めて、レイスリーネは女である自分がなぜ男の子として育てられたのか、そしてなぜ急に女に戻るように言われたのか疑問を持った。今まで誰も理由を言ってくれなかったのだ。

だが、その理由はすぐに知れた。ドレス姿のレイスリーネを見て、屋敷に勤める年かさの者たちが口をそろえてこう言ったからだ。

「本当にそっくり。まるでレスリー様が蘇《よみがえ》ったかのようだわ」

周囲の反応や噂話など、耳に伝わってくる話から、レイスリーネはすべて叔母のレスリーから始まったことを知った。

ブランジェット子爵家を守るために表向き自分は男の子として育てられたのだ。おそらくはブランジェット子爵家の動向を監視させているフリーデ王妃たちの目をごまかすために。

幸い祖父が危惧したようなことは起こらず、ブランジェット子爵家もレイスリーネもフリーデ王妃の目を引くことなく十年あまりが無事に過ぎた。何事もなければそのままレイスリーネは長男としてブランジェット子爵家を継ぐことになっていただろう。

状況が変わったのはイライアスが国王の座につき、その彼の手でフリーデ皇太后とオークリー宰相が失脚したからだった。

ブランジェット子爵家の脅威はなくなった。だからレイスリーネは女性に戻されたのだ。

歪められた彼女の人生を正すために——。

けれど家を守るためとはいえ、女から男へ。そして再び女に戻されたレイスリーネはたまったものではない。

——貴族令嬢として生きることが自分の正しい道だというのならば、男として育った十二年間は何だったのだろう？

辛いのは、その怒りをぶつけるところがないことだった。レスリーはすでに亡くなった身だし、フリーデ皇太后もオークリー前宰相も、すでに罰を受けている。レイスリーネの生き方を勝手に決めた祖父も亡くなっているし、そもそも彼も好きで男として育てさせたわけではない。

それが分かるくらいには、レイスリーネは成長していた。だからおとなしく受け入れた。男として育てられた過去を封印し、ブランジェット子爵家の長女として、いつか家のために嫁ぐ。それが自分に期待されている役割だと諦めた。幼い頃から持ち続けていた、立派な軍人になるという夢も。

けれど、頭では納得できても、心はそう簡単に割り切れるものではない。レイスリーネは常に、閉塞《へいそく》感を抱えながら生きることになった。

それに加えて、社交界デビューを果たした彼女は行く先々で好奇の目に晒されることになった。叔母のレスリーと似た容姿は、どこでも噂の的だった。誰も彼女自身を見ようとしない。

——何のために私は女に戻ったのだろう？　叔母上の影になるため？

田舎貴族の小さな社交界にレイスリーネの居場所はなかった。

そんなレイスリーネに再び転機が訪れたのは、十八歳の時だ。

ガードナ国との関係が悪化して戦争が避けられない状態になり、左翼軍が男女の区別なく大々的に兵士を募っていることを偶然耳にしたのだ。

女も兵士になれる。祖父のように剣を持ち、王家と国を守る。それは何も知らなかった幼い頃に憧れていた夢。

レイスリーネは、これだと思った。自分の過去を生かせる場所。自分の生きる場所はここだと示されているように感じた。おとなしく運命を受け入れたつもりでも、やはりどこかで諦めきれない思いがあったのだ。

目の前に道がひらけたと思ったとたん、レイスリーネの鬱屈《うっくつ》した思いは吹き飛んでいた。

左翼軍の兵士になる――その決心を両親に話すと当然ながら反対された。いくら女性部隊の役割が後方支援だといっても、戦争になれば戦いに巻き込まれる可能性があるからだ。

しかしレイスリーネの決心は固かった。

これまでレイスリーネの人生は他人によって決められてきた。レイスリーネ自身がどうしたいか考慮してくれる者は誰もいなかった。

誰もがレイスリーネにとって一番いいと勝手に決めてしまう。当時は子どもだったから仕方がなかったところもあるが、もうウンザリだった。

――今こそ、私の生きる道は自分で決めたい。

レイスリーネは自分の思いを両親に伝えた。勘当されてでも、今度は自分の思いを貫くつもりだった。

引かないレイスリーネを見て、両親はしぶしぶ折れた。家名を出さないことを条件に、軍への入隊を許してくれた。

おそらく、彼らの中にも、自分たちの都合でレイスリーネを振り回してしまったことに罪悪感があったのだろう。一度決めてしまうと両親はとても協力的で、母方の親戚であるコゼット家の養女という身分まで用意してくれた。

こうしてレイスリーネ・ブランジェットは表舞台から消え、レイス・コゼットが誕生した。

……それが三年前のことだ。

左翼軍の紅蓮隊の一員となったレイスリーネは、あの時の決断を後悔したことはない。どんなに訓練が辛くても、女だと侮られても、紅蓮隊こそが自分を生かせる場所だという思いは少しも変わることはなかった。

――だからこそ、素性がバレるようなことはしたくないのだけれど。

鏡に向かってレイスリーネは深いため息を吐いた。

幸いなことに、開かれるのは仮面舞踏会だ。黒髪に染めても、顔半分を隠すことになるのだから、レイスリーネが前国王の側室に似ていると気づく者はいないだろう。

――どうかずっと知られないままでいて。

レイスリーネはそう願いながら、染め粉を引き出しの中にしまった。

＊＊＊

十日後、仮面舞踏会の日の朝、レイスリーネはフェリクスの指示でメロウ伯爵邸を訪れていた。

メロウ伯爵は左翼軍の幹部で、グリーンフィールド将軍の右腕でもある人物だ。妻のメロウ夫人は軍人の妻たちのまとめ役の一人で、口が堅く世話好きとしても知られている。

フェリクスはそのメロウ夫人にレイスリーネの支度を依頼したのだ。

髪を黒く染め、頭からつま先までピカピカに磨き上げられたレイスリーネは、メロウ夫人と侍女たちの手を借りて、フェリクスの用意したドレスを身に纏った。

「まぁ、まぁ、とても素敵よ、レイス！」

メロウ夫人はレイスリーネを見つめて感嘆のため息を吐く。彼女の周囲では侍女たちが同意するように何度も頷いていた。

「ドレスもピッタリだし、その色、とても似合っているわ。さすがフェリクスね」

「そ、そうですね」

どうしてサイズが分かったのかと問いただしたいほど、彼の用意したドレスはレイスリーネにピッタリだった。

ドレスは光沢のある濃い紫色のハイウエストで、袖や襟は黒い繊細なレースに縁取られている。仮面舞踏会というから派手なドレスだったらどうしようかと思っていたが、全体的に上品なデザインだった。だが、襟ぐりが不安になるほど深く、胸の膨《ふく》らみの一部が覗いている。

聞けば今王都ではこのようなデザインが流行っているらしい。これまできっちり首元まで隠すドレスしか身につけたことがなかったレイスリーネにとっては大胆すぎた。幸いにも黒いレースのショールが用意されていて、胸元は隠すことができるが、一刻も早く任務を終えて脱いでしまいたかった。

ちょうど支度が整った頃、迎えの馬車が来たことを執事が告げに来た。レイスリーネはメロウ夫人に挨拶《あいさつ》をすると、玄関に向かった。

玄関の外にはあまり目立たない、けれど一見して貴族のものと分かる馬車が止まっていた。レイスリーネの姿に気づいてドアが内側から開けられる。中から出てきたのはバードだ。

バードはレイスリーネの姿を眺めると、かすかに口端を上げた。

「化けたな。よく似合っている」

「お気に召していただけて、光栄ですわ」

差し出された手を取りながらレイスリーネはツンとそっぽを向いた。相変わらずこの男の声は妙に腹に響く。

「そういうあなたは地味ね」

向かいに座ったバードをわざとらしく眺めてレイスリーネは言った。

「目立つわけにはいかないからな」

そう言って肩をすくめる彼は全身真っ黒と言ってもいいような格好だった。

黒髪に黒い上着、黒いベスト、そして黒いトラウザーズ。極めつけは黒いクラヴァット。かろうじて上着から覗くシャツは白のようだが、印象を覆すには至らない。

ただし、とレイスリーネはこっそり付け加える。

確かに一見地味だが、舞踏会にふさわしい貴族の礼服で、身につけているものはかなり高価なもののようだ。上着には黒地に金色の繊細な刺繍が施されているし、クラヴァットの留め石は緑色の宝石《エメラルド》が使われていた。

レイスリーネと同じようにフェリクスから支給されたのかもしれないが、決して借り物には見えない。堂々と着こなしているところを見ると、もしかしたら彼は貴族出身なのかもしれないと思った。

「レイス、これを」

バードが差し出したのは、小さな宝石がいくつもちりばめられた、目を覆う形状の黒い仮面だった。彼の傍らには、色は同じだが、少しデザインの違う仮面がもう一つある。おそらくこれはバードの分なのだろう。

受け取ってその仮面をつける。目の部分は穴が開いているので視界が狭まることはないが、慣れないせいか、なんだか妙な感じだ。

同じように仮面をつけながら、バードはそっけない口調で言った。

「すぐに城に到着する。どこに反国王派が紛れているか分からないから、これ以降、作戦のことは口にしない。馬車から一歩出たら、我々はただの招待客だ」

仮面をつけてしまえば人物の判別は難しい。近くにいるのが敵か味方か分からないのだ。そんな中で作戦の話をするのは危険すぎる。

「君のことは護衛の任につく者たちには伝えてあるが、いざという時、頼れるのは自分だけだと思っていた方がいい。クレイル殿下と敵の真ん中にいるつもりで作戦にあたれ」

クレイル王子を守る任についているのはレイスリーネだけではない。敵に悟られないようにフェリクスの部下たちも護衛する予定だ。だがクレイル王子の傍にいる者が全員フェリクスの手の者だという保証はない。そうである以上、一人で守っているものと思って動くしかないのだ。

「せめてクレイル殿下に事前にお目通りできていればよかったんだが、説明した通り、今の状況でそれは難しい」

「分かっています」

なぜこんな面倒な作戦を立てたのかといえば、クレイル王子に随行《ずいこう》している人物の中に第二王子派と通じている者がいるからだった。

彼はその立場を利用し、クレイル王子の傍で行動をずっと監視して、その情報を敵に流しているらしい。そのため、クレイル王子にはイライアスとの会談の場で直接作戦の詳細が説明されたという。

「……王族って大変ね」

思わず呟くと、バードがかすかに口元を綻ばせて頷いた。

「ああ、そうだな。俺もそう思う」

そうこうしているうちに馬車は王城の前庭に到着した。

「すごい……」

バードにエスコートされて広間に足を踏み入れたレイスリーネの口から、感嘆の声が漏れる。

豪華に飾りつけられた広間のあちこちで仮面の男女がきらびやかな衣装に身を包み、ワインを片手に談笑していた。ドレスや礼服だけでなく、身につける仮面のデザインにこだわっている貴族も多く、顔中を覆う仮面の者もいれば顔の縦半分を覆った奇抜なデザインの仮面をつけている者もいた。

「壮観だな」

周囲を見回しながらバードもどこか笑みを含んだような声で呟く。

「風紀が乱れると反対していた貴族も多かったが、蓋を開けてみれば招待状を送った貴族のほとんどが参加するらしい」

いまだにイライアスのやることに何がなんでも反対の意を表す貴族は多いらしい。

「陛下も大変ね。嫌なら来なければいいのに」

「まったくだ」

そんな話をしながら二人は広間の中ほどに進む。舞踏会はまだ始まっていないようだが、すでに酒は振る舞われていて、もう酔い始めていると思われる招待客が大きな笑い声を上げている姿があちこちに見受けられた。

女性たちは、そんな夫やパートナーを放って、噂話に興じているようだ。

「ねぇ、お聞きになって？　例のラシュター公爵も今夜の仮面舞踏会にお越しになるらしいわよ？」

「本当に？　今までこういった催しには一切お顔を出さなかったのに？」

「仮面舞踏会だからかしら」

彼女たちの会話が耳に入り、レイスリーネは思わず足を止めた。

——ラシュター公爵がこの仮面舞踏会にいらっしゃる？

ラシュター公爵は、一年ほど前に突如として現れた、イライアスの異母弟だ。フリーデに命を狙われることを恐れた当時の王や側近たちがその存在を隠し、信頼できる貴族に託して育てられたのだという。

王の血を引く貴重な存在に貴族のみならず庶民も興味津々なのだが、ラシュター公爵は公の場に出ることはなく、その人となりは一切不明のままだった。

そのラシュター公爵が今日この場に現れるという。

「残念ながら、たとえ本当にいらしていたとしても、みんなが仮面をつけている中では誰がラシュター公爵か分からないだろうな。……レイス、どうした？　ラシュター公爵のことが気になるのか？」

レイスリーネと同じく、女性たちの噂話を耳にしたバードが不思議そうに尋ねてくる。

レイスリーネは慌てて首を横に振った。

「いいえ、別に。私には関係ないことだもの」

「そうか」

再び歩き始めたレイスリーネだが、頭の中は今聞いたラシュター公爵のことがひっかかっていた。

関係ないなどというのは大嘘だ。なぜならラシュター公爵の母親はレスリー・ブランジェットで、彼はレイスリーネの従兄弟にあたるからだ。

――もっとも、向こうは私の存在など知らないでしょうけど。

レイスリーネも、一年前に初めて彼の存在を知り、大いに驚いたのだった。

コゼット男爵を通じてひそかに父に真相を尋ねたところ、父ですら、その時までラシュター公爵のことは知らなかったのだという。ただ、レイスリーネの推測にすぎないが、亡き祖父だけはレスリーの遺児が生きていることを知っていたのではないかと思う。

フリーデ王妃がイライアスを産んだ二年後、レスリーは男児を産んだ。本来であればその子は王子としてレスリーのもとで育てられるはずだったが、その前年、もう一人の側室であったエリーズと、生まれて間もない彼女の息子が謎の死を遂げたことが彼の運命を大きく変えた。

証拠はなかったものの、二人の死に、フリーデ王妃が絡んでいるというのは誰の目にも明らかだった。エリーズの子どもは自身の息子の地位を脅かす存在だったからだ。

一方、レスリーは地位の低い子爵家出身で、イライアスの地位を脅かすほどではない。けれど、反フリーデ派の貴族たちに祭り上げられる危険があったため、フリーデ王妃にとって邪魔な存在であることには違いなかった。よって、国王と側近は子どもの命を守るため、存在を隠すことに決めた。

本来ならば、レスリーの親元であるブランジェット家に預けられるところだが、ブランジェット家もフリーデやその一派に目をつけられていたし、守れる力もなかった。だから国王は、彼をブランジェット家とは無関係なところに預けたのだろう。

――それでいいんだわ。お互いに。

レイスリーネはラシュター公爵のことを頭から振り払うと、隣のバードに明るく尋ねた。

「舞踏会は陛下の挨拶から始まるのよね」

バードはレイスリーネの顔を探るようにじっと見下ろしたあと、ややあってから頷いた。

「ああ。国王の挨拶があって、その時にクレイル殿下のご紹介もある」

広間には仮面をつけた貴族たちが続々と到着し、一層華やかになっていく。

「仮装した人たちがダンスを始めたらきっと壮観でしょうね」

呟くと、バードがからかうような口調で言った。

「なんだ、踊りたかったのか？　仕事開始まではダンスをしても構わないぞ？」

ムッとしてレイスリーネは口を引き結んだ。

「違います！　だいたい、仕事で来ているのだから踊っている場合じゃないでしょう？」

「真面目だな」

たわいない話をしている二人は、はたから見れば仲の良い男女に見えた。

ところがもうそろそろ国王の登場という時になって、突然バードが言った。

「俺は確認することがあるから、少しの間ここを離れる。一人でも大丈夫だな？」

「え？　あ、はい」

レイスリーネが頷くのを確認すると、バードはその場を離れていった。彼の姿が人ごみの中に消えていくのを見ながら、レイスリーネは首をかしげる。

──確認することって警備状況か何かかしら？

「レディ、ワインはいかがでしょうか？」

深く考える前に、グラスの載ったお盆を持った使用人が声をかけてくる。

「ありがとう。いただくわ」

グラスを受け取り、レイスリーネは周囲をぐるりと見渡した。色とりどりの仮面に負けないくらい派手な服装をした人たちがおしゃべりに興じている。

仮面をつけているせいで、隣にいる人物が誰なのかは判別がつかないが、よく見知った人物ならば顔半分を隠していても分かるらしい。

もっとも、レイスリーネはこの舞踏会に出席できるほどの貴族は左翼軍関係者以外知らないので、話をする相手などいなかった。

──早く戻ってこないかしら。

この場にいるのがどうにも落ち着かなくなって、思わずバードの姿を探してしまう。けれど彼が戻ってくる前に、舞踏会の開始時間になってしまったようだ。

広間の入口が大きく開かれるのと同時に、招待客のざわめきが聞こえてくる。国王の入場が始まったのだ。

　扉から玉座までの直線上にいた招待客がさっと脇に避けていく。レイスリーネも隣の人に倣ってほんの少しだけ後退した。そんな、人々の作り上げた玉座への道を、国王の一行が悠然と歩いていく。

　レイスリーネは会場の中央近くにいたため、驚くほど近い位置で国王の姿を見ることとなった。

　黒い仮面を身につけた近衛団の兵に囲まれて、彼の周りだけが異質に見える。

　国王は、白を基調とした服を身に纏っていて、重厚な上着には金糸と銀糸で細やかな刺繍が施されていた。赤みがかった金髪が、歩くごとに肩先で優雅に揺れて見る者を引きつける。

　国王はこの場でたった一人、仮面をつけていなかったため、その顔がよく見えた。

　顔は麗《うるわ》しいの一言だった。鼻梁は高く、肌にはシミ一つない。瞳は青と緑の間ぐらいの碧色で、孔雀《くじゃく》石のように深い色合いだ。

　現国王イライアス・グランディアは、どちらかといえば女性的な容姿を持つ男性だった。前国王も女性のような繊細な顔立ちをしていたというから、彼は父の血を濃く引いているのだろう。

　けれど、女性のような顔立ちをしていても、彼にひ弱な印象はない。まっすぐ玉座に向けられた眼差しも、歩く姿も堂々としており、威厳に溢れていた。

――この方が国王陛下。

戦勝パレードの際に遠目で見たことはあったが、ここまではっきりと近くで見たことはなかった。

イライアスが彼女のすぐ目の前を通り過ぎていく。思わずレイスリーネは圧倒されていた。彼女だけでなく、周囲を見れば皆一様にイライアスに頭を垂れ、最上の礼を捧げている。自然とそうさせてしまう雰囲気が彼にはあった。

やがてレイスリーネが顔を上げた時、イライアスはすでに玉座に到着していた。その時になって初めて、レイスリーネは国王のすぐ後ろに別の一団が続いていることに気づく。中心にいるのは赤い上着を纏った明るい金髪の男性だった。彼もイライアスと同様に仮面はつけていない。おそらく彼がファルーニ国の王太子クレイルなのだろう。

彼に気づいた貴族たちがざわめいた。クレイル王子は、なかなか端正な顔立ちの持ち主だった。

ところが玉座についたイライアスがおもむろに手をあげると、ピタッとざわめきが消えた。良くも悪くもここに招待されている貴族がイライアスの一挙一動に注目しているのだ。

――すごいわ。

だが、今でこそこんなふうに威厳のあるイライアスだが、王太子時代の彼はまったく目立たない存在だった。自分の意見を言うことなどめったになく、母親であるフリーデ王妃の言うことをよく聞く少年だったらしい。「フリーデ王妃のお人形」と揶揄《やゆ》されていたほどだ。

　だがそれは周囲を欺くための姿だったようだ。前国王が亡くなり王位についたとたん、イライアスは「お人形」であることをやめ、フリーデ皇太后とオークリー前宰相一派の粛清を開始した。イライアスは、能力のある若い貴族をいつの間にか味方につけ、オークリーたちの犯罪の証拠を調べあげて突きつけたのだ。

　オークリー宰相をはじめ、多くの貴族たちが罪に問われて処刑された。フリーデ皇太后は処刑こそ免《まぬか》れたものの、人里離れた塔の中に幽閉され、死ぬまでそこから出られない。

　本当かどうかは定かではないが、オークリーの家族からいくら救命を嘆願《たんがん》されても、イライアスは微笑みながら死を言い渡したという。

　そのことからついた呼び名が「華麗にして苛《か》烈《れつ》な鮮《せん》血《けつ》の王」だ。

　その言葉が示すようにイライアスの御世は最初から血塗られたものだった。けれど、実際に多くの血が流れたのは初めのうちだけで、その後イライアスの治世は安定した。

　彼の統治者としての手腕は確かだった。主要な地位を牛耳っていたオークリー宰相一派を一掃し、その代わりに貴族としての地位は低いものの才能のある若者や、庶民も積極的に登用した。その方針は成功し、以前よりうまく仕事が回るようになって国力も回復した。

　そのことで今度は貴族としての地位にこだわる者たちの反感を買うことになったが、庶民や左翼軍の兵たちからの支持は高い。

「皆の者、よく来てくれた」

よく通る声でイライアスが言った。

「このたびの舞踏会は、我が国では六十年ぶりの開催となる仮面舞踏会だ。開催にあたっては、風紀が乱れるとの意見もあったが――」

一度言葉を切り、イライアスは周囲をぐるりと見回して、微笑んでみせた。

「我が国の貴族たちが――それも民の模範となるべき者たちが風紀を乱す行為をするはずはないと私は思っている」

反対した者たちへの皮肉か牽制《けんせい》か、イライアスが笑顔でそんなことを言うと、何人かの貴族の口から声にならない呻《うめ》き声が漏れた。それに気づいているだろうに、イライアスは笑みを浮かべたまま続けた。

「皆に今夜の仮面舞踏会の発案者を紹介しよう。知っている者も多いとは思うが、ファルーニ国のクレイル王太子殿下だ。私の在位十周年の記念式典のために来訪され、我が国との友好関係強化のために引き続き滞在なさっている」

玉座のすぐ傍にいたクレイル王子がその言葉を受けて一歩前に出た。

「陛下、このたびは仮面舞踏会を開いていただいてありがとうございます」

クレイル王子は優雅な仕草でイライアスに頭を下げると、貴族たちに向き直った。

「我が国において、仮面舞踏会は人気の催しです。仮面をつけている間だけは無礼講。身分も素性も関係ありません。気の向くまま、踊りや歌、おしゃべりに興じられるのです。皆さんも今宵《こよい》だけは普段の自分から解放され、大いに楽しんでもらいたいと思っております。さぁ、一夜限りの祭りを楽しみましょう！」

わぁ、という歓声と共にどこからか拍手が湧き起こり、それが会場全体に広がる。黒地に赤い宝石をちりばめた派手な仮面を掲《かか》げ、クレイル王子は言葉を続けた。

「私もこうして仮面を用意してまいりました。これをつけた瞬間から、ファルーニ国の王太子ではなくなります。皆とともに大いに楽しもうと思います」

言いながら、彼は仮面をつけた。顔の半分を覆ってしまえば顔は分からなくなるが、赤い服と派手な仮面で彼が誰であるかは明らかだ。

イライアスが玉座から立ち上がって宣言する。

「音楽を。これより仮面舞踏会を始めよう！」

再び、拍手と歓声が湧き起こったのと同時に、王室お抱えの楽団が演奏を開始する。何人かが広間の中央で踊り始め、会場中が一気に盛り上がった。

クレイル王子はたちまち貴族たちに囲まれて、談笑している。彼とお近づきになりたいと考えている貴族は多いようだ。

その様子を少し離れて確認しながら、レイスリーネはバードの帰りを待っていた。けれど、いつまで経っても戻って来る気配は無い。

――もう、肝心な時にどこに行っているの？

計画では、五曲目が始まる前にレイスリーネはクレイル王子のもとへ行き、彼の注目を得なければならないことになっている。バードは初対面のレイスリーネとクレイル王子の橋渡しをする予定だった。

彼がいなければレイスリーネは計画を始められないのだ。

けれど、四曲目のダンスが始まっても、バードは姿を見せなかった。

レイスリーネは気を揉《も》んだ。この計画で、レイスリーネの存在は不可欠だ。傍にいないとクレイル王子を危険な目に遭わせてしまうことになる。

――どうしよう。どうしたらいいの？

四曲目が終わり、五曲目が始まる。いよいよレイスリーネは焦った。

このままバードを待つか、それとも自分だけで計画を始めるべきか。だが、バードの紹介なしに、レイスリーネのことをクレイル王子に分かってもらえるだろうか？

レイスリーネの背中をツーと汗が流れ落ちる。

――私は、どうすれば……。

その時、レイスリーネの脳裏に馬車の中でバードに言われた言葉が浮かんだ。

『いざという時、頼れるのは自分だけだと思っていた方がいい』

レイスリーネはキュッと唇を噛み締めた。

――そうよ。頼れるのは自分だけ。バードがいなくても私は私の任務を遂行するのみ。

意を決してレイスリーネは歩き始めた。クレイル王子と彼を囲む一団のもとへと。グラスを手にしたまま、人々の間をすり抜ける。

「おや、黒髪の美しい人、君は……」

レイスリーネの姿に気づいたクレイル王子が声をかけてきた。本当ならばバードが先に王子に声をかけているはずだった。けれどいないのなら、自分一人で進めるしかない。

口元に笑みを浮かべながら、レイスリーネはクレイル王子の前でグラスを掲げてみせた。

「赤い服の素敵な方。今日は私の誕生日なのです。一緒にお祝いしていただけませんか？」


計画は順調に進んでいた。あとは作戦通り、わざと作った警備の穴を暗殺者がついてくるのを待つばかりだ。

「……そう思うだろう？　黒髪の美しい人」

「ええ。その通りですわ」

レイスリーネはクレイル王子の「お気に入りの女性」として傍に侍り、一緒に踊ったり、談笑したりしながらも、王子が休憩のために会場を抜けた時もついていき、周囲への警戒は怠らなかった。

やがて休憩時間が終わり、音楽が再開されてしばらく経った時だった。招待客の一人と世間話をしているクレイル王子の背後からさりげなく近づいてくる二人の男に気づいた。

男たちは一見、普通の貴族に見えた。怪しいところは無い。けれどその二人に、レイスリーネは胸騒ぎがした。何か違和感のようなものを覚えたのだ。

レイスリーネは反射的に動いていた。クレイル王子の腕から抜け出し、くるりと背後に回って男と王子の間に身体を割り込ませる。男の一人が袖の中から短剣《ダガー》を取り出しているのを目にした瞬間、男の腕に思いきり手刀を振り下ろしていた。日ごろの訓練の賜物だ。危険を認識するより先に身体が動いていた。

男の手から短剣が滑り落ち、ガシャーンと大きな音を立てて、床に転がった。

「くっ……!」

突然響き渡った鋭い音に人々が驚いて振り返る。その時にはすでにレイスリーネの周囲が動いていた。招待客に紛れていた護衛の者たちが、暗殺者たちに飛びかかる。レイスリーネの周囲にいたほとんどの者がこちら側の人間だったようだ。護衛たちはあっという間に二人の暗殺者を拘束し、床に引き倒す。

レイスリーネはそれを唖然として見守りながらも、守るようにクレイル王子の前に立っていた。

——そしてそんな彼女を、玉座から碧い目がじっと見つめていた。

イライアスはレイスリーネに視線を注ぎながら、うっすらと笑みを浮かべた。

「さて、余興の始まりだ」

音楽が中断され、広間中にざわめきが走る。拘束された二人の男たちと床に落ちた剣を見て、人々は何が起こったのか、そして、何が起ころうとしていたのかをすぐさま悟ったようだった。

「何ということだ……！」

突然、ざわめきを制するように、派手な服装の男が大声で言った。

「クレイル王太子殿下が我が国の舞踏会で襲われるとは、これは外交問題になりますぞ、陛下！」

その男は仮面をつけているので誰であるかは不明だが、豪華な服装からいって、高位の貴族であることは間違いないようだ。レイスリーネはすぐにピンときた。

――この男が、反国王派で暗殺者を雇った者か。

男が更に声を張り上げる。

「いかがなされるおつもりですか、陛下！」

その言葉に呼応するように、「そうだそうだ」という声がいくつか上がる。彼らの視線の先には悠然と玉座に座り、ことの成り行きを興味深そうに眺めている国王イライアスがいた。

イライアスはくすっと笑うと口を開いた。

「外交問題にはならぬよ。残念だったな」

「何をおっしゃいます！　クレイル殿下が襲われたのですぞ！　この責任は……」

「はて。襲われた者はクレイル殿下なのかな？」

男の言葉を遮ると、イライアスはレイスリーネの後ろにいたクレイル王子に合図をする。王子は頷くとその場で仮面を取り去った。ところがそこにいたのは、クレイル王子とは似ても似つかない地味な容姿の男だった。

目の色も違う。クレイル王子は青い目だが、偽者は碧色の目をしていた。

「クレイル殿下じゃない？」「偽者？」

どよめく人々を尻目に、イライアスの玉座の近くにいた濃い灰色の上着の男性が進み出る。

「私はここだ」

そう言って人々の前で仮面を外す。その顔はまぎれもなくクレイル王子本人で、人々はここでようやく、彼がいつの間にか別人と入れ替わっていたことに気づいたのだった。

そう。舞踏会の途中、休憩すると見せかけて別室へ行き、背格好のよく似た男と入れ替わったのだ。本物のクレイル王子は地味な格好をしてひそかに広間に戻っていた。

人々はレイスリーネと広間を出て行ったクレイル王子が別人と入れ替わっていたことにまったく気づかなかったようだ。特殊部隊の一員だという替え玉の男は、驚くほどクレイル王子そっくりに振る舞っていたからだ。

——立ち居振る舞いだけでなく口調や声もそっくりに演じられるなんて、さすが特殊部隊だわ。

レイスリーネはただただ感心していた。レイスリーネの役目はクレイル王子を守ることと、入れ替えを周囲に悟られないようにすることだった。

すべては仮面舞踏会であるからこそ可能だった作戦だ。

「そ、そんな……」

イライアスを糾弾《きゅうだん》しようとしていた貴族たちが狼狽する。彼らは自分たちがしてやられたことに気づいたのだ。

玉座に座ったままのイライアスが男たちの狼狽えようを見て嫣然《えんぜん》と笑う。

「さて、次はお前たちの番だな。捕らえろ」

その言葉が終わるか終わらないかのうちに近衛団の制服を着た男たちが現れ、非難の声を上げた貴族たちを拘束していく。

「お、お待ちください、私たちは何も……！」

「暗殺者を手引きしたことも、お前たちがファルーニ国の第二王子派と通じていることも分かっている。証拠も押さえてあるから言い逃れは無用だ」

「で、殿下！　クレイル殿下！　これは一体……！」

レイスリーネたちからそれほど離れていないところで声が上がった。見ると、クレイル王子の随行員の一人である男性が反国王派の男たちと同じように近衛団の兵に取り押さえられているところだった。

クレイル王子は玉座の傍から男の近くに寄ると、床に引き倒されたその男を冷ややかな目で見下ろした。

「お前が僕を監視し、第二王子派の連中やこの国の反国王派に情報を流していたのは分かっている」

「で、殿下……」

「残念だったな。ファルーニ国もこの国も、お前たちの好きにはさせない。連れて行ってくれ」

「で、殿下！」

「これは何かの間違いだ！」

わめく男たちと無言のままの暗殺者が近衛団によって広間から連れ出されていく。クレイル王子がそのあとに続き、ファルーニ国の者と思しき仮面の男が慌てて彼の後を追う。

それを見送ったあと、イライアスは騒然《そうぜん》とした雰囲気の中で玉座から立ち上がり、声を張り上げた。

「皆の者、騒がせてすまなかったな。私が用意した余興はこれで終了だ」

その言葉で、何も知らされていなかった招待客も、一連のことはすべてイライアスが仕組んだことだったと悟った。会場内に感嘆と畏怖《いふ》の吐息が広がっていく。

「私はこれで退出するが、皆はこのあとも仮面舞踏会を楽しんでいってほしい。もう今日は先ほどのような余興はないから安心したまえ」

そう言うと、イライアスは近衛兵を連れて玉座を下りる。人々は慌てて道をあけた。中央にいたレイスリーネもハッとして後ろに下がる。

目の前を美貌《びぼう》の主が横切っていく。その時、ほんの一瞬だけイライアスの視線が動いた。

――え？

青とも緑ともつかない深い色合いの瞳がレイスリーネを捉える。けれど、それはすぐ逸らされ、国王と近衛団の一団はあっという間に通り過ぎていった。

——陛下と目が合ったような気がしたけど、気のせいよね？

国王が広間から去ると、音楽が再開され、ざわめきが戻る。会場のあちこちで、たった今起こった事件についての雑談が始まった。

そんな中、レイスリーネは一人所在なくその場に立ちつくしていた。いつの間にか偽クレイル王子を演じていた男の姿は消えていて、護衛の者たちもその場からいなくなっている。現場にいるのはレイスリーネ一人だ。

そんな彼女に周囲から視線が注がれる。ついさっきまで偽クレイル王子にしなだれかかっていたのを多くの人間が目撃していたからだ。剣を叩き落としたところを見た者もいるだろう。

不思議そうな、窺うような目でレイスリーネを見ていた。

計画は成功した。だが、レイスリーネは計画終了後、自分がどう行動したらいいか聞かされていなかったのだ。バードに教えてもらう予定だった。

軍の寮に帰るにしても一人では無理だ。

——ええと、とりあえずここに来ているはずのグローマン准将かロウナー准将を探して指示をあおげばいいかしら……。

ようやくそのことを思い立ち、周囲を見渡したレイスリーネは、不意に腕を引かれて仰天する。

「こっちだ」

びっくりして振り返ると、そこには黒ずくめの男がいた。

「バ、バード!?　あなた、一体どこに行って……」

「いいから、こっちだ」

レイスリーネをぐいっと引っ張ると、バードはその場から彼女を連れ出し、バルコニーに向かった。

「もう、今頃のこのこと戻ってくるなんて！　一体どこに行っていたの!?」

彼が戻ってきたことと、好奇の視線から逃れられたことに安堵しながらも、レイスリーネはバードに詰め寄った。

「大変だったんだから！」

「すまない。こちらの方でも色々問題が発生していてな。でも……俺がいなくても、君は見事に任務を果たしたようだな。ありがとう」

「け、計画がちゃんとしていたからよ。私はたいしたことはしていないわ」

「いや、君の協力がなければ殿下は無事に入れ替われなかっただろう。さすがブレア中将の秘蔵っ子だ」

「ほ、褒め過ぎだわ」

レイスリーネは頬をほんのり染めながらそっぽを向いた。

「そ、それより任務が終わったのなら早く帰りましょう」

　目立ってしまったことで居心地が悪くなっていたレイスリーネは一刻も早くこのドレスを脱いでいつもの自分に戻りたかった。けれど、バードは首を横に振る。

「いや、まだ帰れない」

　そこまで言ったところで、バードは、バルコニーに招待客が入ってくることに気がつき、舌打ちした。いきなりレイスリーネの胸元に手をやりピンを外す。

「バ、バード？」

「黙って」

　ピンで留められていたショールを取られ、むき出しになった胸元をヒンヤリとした空気が撫でる。バードは自分の仮面を外し、レイスリーネの仮面とつけ替えると、彼女の腰に腕を回して、バルコニーから広間に戻った。途中、バルコニーにやって来た招待客とすれ違ったが、彼らがレイスリーネに気づいた様子はなかった。

「ショールや仮面を変えただけでもほら、気づかれないだろう？」

　ドレスは変わらない。けれど上半身を覆っていたショールがなくなってしまえば、かなり印象が変わる。仮面も少しデザインが変わっただけなのだが、皆レイスリーネがクレイル王子と一緒にいた女性だと思わないようだった。

　更にバードはすぐ近くにあった花瓶から花を数本引き抜くと、結い上げられたレイスリーネの黒髪にそっと差し込んだ。

「これで完璧だ。レイス、せっかくの仮面舞踏会だ。踊ろうか」

「え？」

いきなり言われて戸惑う彼女をよそに、バードは笑いながらレイスリーネを強引に広間の中央に連れ出した。

「任務は終わったのに……」

バードにリードされ、くるくる回りながらレイスリーネはぼやく。一方で、レイスリーネが中央で踊っていても誰も気づかないことに安心していた。

バードはくすっと笑う。

「そんなにふてくされなくても、皆が帰る頃になったらこっそり混じって出て行けばいい」

「でも……さっきのでかなり私、目立ってしまっているのに」

今は気づかれていないが、いつ気づかれるか分からない。だから一刻も早くこの場から立ち去りたいのだが、バードは違う意見のようだった。

「今そそくさと帰る方がよほど目立つだろう。皆さっきの余興を肴に、おしゃべりやダンスに興じて、帰る気配がないからな」

その言葉に周囲を見回すと、招待客は確かに楽しそうにしていて、帰ろうとしている者はほとんどいなかった。

「今動けば関係者だと大声で言っているようなものだ。気にせず、君も楽しめばいい。会場内にいる軍の関係者も皆任務から解放され、招待客に混じって舞踏会を楽しんでいる。ほら」

指し示された方に視線を向けると、見覚えのある雰囲気の二組が踊りの輪の中にいた。レイスリーネにはそれが誰だかすぐに分かった。左翼軍が誇る英雄、フェリクスとグレイシス、そして彼らのパートナーたちだ。

「ロウナー准将まで！」

フェリクスはともかく、グレイシスまで踊るとは思ってもみなくて、レイスリーネは思わずまじまじと見つめてしまった。仮面で顔はよく分からないが、二人の腕の中にいるのはエルティシアとライザだろう。

「君も気にすることなく、仮面舞踏会を楽しめばいい。めったにない機会なのだから」

「わ、分かったわ」

確かに、今は招待客に紛れている方がいいだろう。レイスリーネは腹を決めると、舞踏会を楽しむことにした。

「ああ、そうだ。言い忘れていた」

急にバードが思い出したように口を開いた。

「今日は見事だった。不測の事態が起こった時の判断力も、暗殺者の剣を叩き落とした腕も、申し分なかった」

「あなた、見てたの？」

驚いて見上げると、バードの口元ははっきり弧を描いていた。

「君は素晴らしい軍人だ」

レイスリーネは目を見開く。まさかこんなことを言われるとは思っていなかったのだ。

この任務にはレイスとして育った十二年間と、レイスリーネとして受けた十年間の教育、その両方を生かして臨んだつもりだった。その仕事ぶりを褒められたことで、レイスリーネは、自分のこれまでの人生が無駄ではなかったのだと言ってもらえているような、そんな気さえしたのだ。

――剣を習っていてよかった。ダンスを覚えてよかった。

レイスリーネは嬉しさのあまり破顔し、その笑みをバードに向けた。

「ありがとう、バード。そう言ってくれてどれほど嬉しいか」

「……」

直後、ほんの一瞬だけバードのステップが乱れたような気がした。けれど、すぐに乱れを感じさせない動きでレイスリーネをリードしていく。

「どうかしたの？」

「……いや、何でもない」

不思議に思ったけれど、乱れを感じさせないしなやかな動きに導かれて踊るうち、レイスリーネの中からすっかりそのことは抜け落ちていった。

やがて仮面舞踏会は終わり、レイスリーネは招待客に混じってバードとともに馬車で城

を後にした。

——もうこの人と会うことはないんだろうな。

馬車に揺られながら、レイスリーネは充足感とともに少しだけ寂しさも覚えた。

同じ左翼軍に所属していても、バードは特殊部隊だ。普段顔を合わせることはない。今回は本当にたまたま一緒に仕事をすることになっただけだ。友人ですらないのに。

「ではレイス。息災で。君のこれからの活躍を祈っている」

レイスリーネをメロウ伯爵家に送り届け、バードはそう言い残してあっさりと去っていった。また今度という言葉はなかった。……当然だ。今度はないのだから。

彼の乗った馬車を玄関先で見送ったあと、レイスリーネは振り切るように頬をぺちんと叩く。

「任務は無事完了！　染め粉を落として、明日からはいつものレイスに戻るわよ」

こうしてレイスリーネはいつもの日々に戻っていった。

＊＊＊

「彼女は合格だ。そうだろう？」

招待客のいなくなった広間で、玉座に腰を下ろした人物——国王イライアスは側近たちを前にして嫣然と笑った。

「任務に忠実で機転も利く。判断力も、自分の身を守れる能力もある。私にとって理想の相手だ。……それに、一番重要なのはあの人にそっくりなこと」

宰相をはじめ、側近たちが頷く。その中には、左翼軍の情報局長フェリクスの姿もある。ただ、その横にいるグレイシスだけは頷かなかった。

面と向かって反対とは言わないが、彼がそれを歓迎していないのは明らかだった。それを見たフェリクスは、小さくため息を吐いてグレイシスにそっと声をかける。

「グレイ、諦めたら？　あの人が一度決めたことを覆すはずがない。悪いと思うけれど、僕らは彼女を利用する――もう決めたことだ」

「……」

グレイシスは何も言わない。そんなグレイシスにフェリクスは小さな声でささやいた。

「でもね、グレイ。君は嫌だろうけど、僕は彼女に期待しているんだ。陛下のことで」

「陛下のこと？」

グレイシスは眉を顰める。フェリクスは頷いた。

「そう。彼女なら、憎しみと罪悪感の鎖から、陛下を解き放てるかもしれない。そんな気がするんだ」

フェリクスは玉座についているイライアスを見つめ、目を細めて微笑んだ。

「だって、彼女はあの人の血を引いているのだから――」

玉座ではイライアスが告げていた。

「彼女を側室に迎える。私の――国王イライアス・グランディアの第一の側室にして、唯一の妃にな」

第三章　国王の側室

　仮面舞踏会から半月後、レイスリーネは再びブレア隊長のもとへ呼び出されていた。

「新たな任務……ですか？」

　戸惑いの顔をフェリクスに向ける。驚くことにブレア隊長の部屋にはまたフェリクスがいて、情報局を介してレイスリーネに仕事の依頼をしたい人がいるのだという。

「ぜひあなたに、という話なの」

　ブレアが微笑みながらフェリクスに顔を向けると、フェリクスも微笑みながら頷いた。

「先方から、どうしてもコゼット少尉に頼みたいとご指名なんだよ」

「そうですか……任務の内容は？」

「それが、先方が直接あなたに伝えたいそうなの。グローマン准将がその方のところへ連れて行ってくれるそうだから、話を聞いてみてちょうだい。依頼を受けるかどうかはその話を聞いたあと、あなたの意思に任せるわ」

「ブレア隊長？」

いつもと違う彼女の様子にレイスリーネは訝しげな視線をブレア隊長に向ける。そんなレイスリーネをブレア隊長は慈悲のこもった目で見つめ返した。

「これは紅蓮隊に来た依頼ではなく、あなた個人に来た依頼なの。だから、それを受けるかどうかはあなたが決めていいのよ。断っても紅蓮隊には何の影響もないから心配しなくていいわ」

「私個人に来た依頼……？」

なぜか胸騒ぎがする。けれど、レイスリーネはそれを振り払って敬礼した。

「分かりました。話を聞いてそれから判断いたします」

「そうしてちょうだい。グローマン准将、この子を頼みましたよ」

二人はブレア隊長に見送られて、軍の所有する馬車で司令本部を後にした。

レイスリーネは、依頼主は高位の貴族だと推測していた。軍の情報局を動かせる人間など限られているからだ。けれど馬車は高位の貴族の屋敷が立ち並ぶ区画を通り過ぎていく。

窓の外に目をやり、レイスリーネはハッとしたようにフェリクスを振り返った。

この通りの先にあるのは王宮だ。

「まさか、依頼主というのは――」

フェリクスはにっこり笑った。

「そうだよ。この国の王、イライアス陛下だ」

「そんなに硬くならなくても大丈夫。城に来るのは初めてというわけじゃないんだし、多少の粗相をしても誰も怒りはしない。もちろん、陛下もね」

重い足取りで城の廊下を進むレイスリーネに、フェリクスは笑いながら声をかける。

「そうは言いましても……」

確かに城に来るのは初めてではない。先月の仮面舞踏会や、紅蓮隊が戦勝パレードの先頭を務めた時にも来たことがある。けれどそれはあくまで城内に足を踏み入れたというだけのことで、国王の住まう主居館に来たことはない。ましてや国王の傍に近づいたこともないのだ。硬くなるなと言う方が無理だ。

それに今回の依頼はその国王から直接名指しされたのだという。不安にならない方がどうかしている。

──私に一体、何をさせようというの？

胸のあたりがざわついて、どうも落ち着かない。これは緊張とはまた違うものだ。

──なんだろう、このざらつくような嫌な感じは。

「着いたよ。あそこだ」

フェリクスは廊下の突き当たりにある大きな扉を指し示す。扉の両脇には、帯刀した近衛団の男が立っていた。

レイスリーネはごくりと息を呑む。あの扉が怖かった。その奥で待っているものが。不意に、あの扉をくぐってしまえばもう元の日々には戻れない、そんな思いが胸に湧き上がる。できることなら今すぐ逃げ出したかった。

扉の前に立ったフェリクスが近衛兵に目線で挨拶をしたあと、扉をノックする。

「陛下。フェリクスです。レイス・コゼット少尉をお連れしました」

「入ってくれ」

扉の内側から聞こえてきた声に、レイスリーネは雷にうたれたようにビクッと震えた。なぜなら内側から聞こえてきたのはイライアスの声だったからだ。仮面舞踏会の時に聞いた、少し高めのテノール。間違いなく、それは国王の声だった。

「失礼します」

フェリクスが扉を押し開ける。それから、レイスリーネを振り返り、入室を促す。

「行くよ」

——行きたくない……!

唐突にそう思う。けれど、ここで逃げ出すのは無理だ。フェリクスにもブレアにも迷惑をかけてしまう。

レイスリーネは覚悟を決めると、フェリクスに続いてイライアスの執務室に足を踏み入れた。

「よく来たね。フェリクス、ご苦労様」

部屋に入って最初に耳に届いたのは、柔らかな響きのあるイライアスの声だった。すぐ目の前にフェリクスの広い背中があるから部屋の中の様子はよく見えないが、確かにいるのだ。ここにグランディアの国王が。レイスリーネの緊張はいやがうえにも高まった。

フェリクスがにこやかに応じる。

「いいえ。陛下のためであればこのくらいのこと何でもありません」

「結局、グレイは来なかったんだね」

「申し訳ありません。どうしても割り切れないらしくて。根が真面目で優しい奴ですから……」

イライアスはくすくすと笑った。

「グレイらしいね。でも彼の気持ちも分からないではない。家族的な意識もあるだろうしね」

「ええ。その情の強さが彼の欠点でもあるし、強みでもあります」

どうやらグレイシスの話題のようだが、レイスリーネには何のことを言っているのかさっぱり分からなかった。

その時不意に、フェリクスが脇に避け、急に視界が開ける。レイスリーネの目に、大きな机の向こう側で笑みを浮かべながらこちらをまっすぐ見つめているイライアスが映った。碧色の目と視線が合う。レイスリーネの頭は緊張で一瞬にして真っ白になった。

そんなレイスリーネの耳に、フェリクスの声が響く。

「陛下。改めてご紹介します。レイス・コゼット少尉です」

その言葉に我に返ったレイスリーネは、慌てて敬礼をした。

「レイス・コゼットです。参上いたしました」

そこでようやく部屋の様子が目に入って、レイスリーネは仰天した。

執務室にいたのはイライアス一人ではなかった。王族の護衛を担う近衛団の団長、国王の懐刀とも評される現宰相、若いながらも政策の実務を取り仕切っている国務大臣、着任早々ガードナ国との不利益な関税条約を撤廃させた外務大臣、平民出身でありながら財務府のトップに立つ堅実な財務大臣、そして左翼軍の頂点に立つグリーンフィールド将軍。

そこにいたのはイライアスが王位についた時から彼を支え続けてきた、彼の側近中の側近だった。

「なっ……」

レイスリーネは絶句し、無意識のうちに半歩ほど下がってしまった。だが無理もない。そこにいるメンバーは皆、レイスリーネにとっては雲の上の人たちなのだ。

——一体なぜ、こんなすごい人たちが勢ぞろいしているの⁉

気後れしているレイスリーネに気づいたイライアスが、小さく笑いながら言った。

「彼らのことは気にする必要はないよ、コゼット少尉」

仮面舞踏会では威厳のある王という雰囲気だったイライアスだが、今の彼は公の場でないからだろうか、にこやかで柔らかい雰囲気だ。とても『鮮血の王』には見えない。

「先月の仮面舞踏会での働きは見事だった。改めて礼を言う。君がいなければ、あの作戦の成功もなかっただろう。クレイル殿下も君のことを褒めていたよ」

「も、もったいないお言葉。ありがとうございます」

かろうじて言葉を紡ぎながらも、レイスリーネはあまりに突然で想定外の出来事に対応しきれず、頭がぼぅとなるのを感じた。

目の前にいるのは一国の王だ。子爵家の娘では言葉をかけられるどころかお目通りすることも叶わない相手なのだ。そのイライアスに褒められていることに、思考が追いついていかなかった。

「そんな君を見込んで新しい任務を頼みたい」

「は、はい。私でよければ、最善を尽くして務めさせていただきます」

「そうか。では新しい任務を告げる」

イライアスの唇が弧を描き、嫣然とした笑みが浮かぶ。レイスリーネはその美しい笑みに魅了され、ぽうっとなった。

けれど、レイスリーネを一瞬にして現実に引き戻すようなことをイライアスは告げるのだった。

「レイス・コゼット――いや、レイスリーネ・ブランジェット、君に私の側室となることを命じる」

「――――え？」

――今、なんて？

レイスリーネは、一瞬何を言われたのかよく分からなかった。けれど、ここで出るはずのない名前がイライアスの口から出たことを理解して、衝撃が走る。

「どう……して。名……前……」

絞り出すようにして呟くと、イライアスの笑みが深くなった。

「君が身元と名を偽っていることはとっくに把握済みだ。レイス・コゼットという名の者は存在しないことも、君がブランジジェット子爵家の令嬢であることも、かつてはレイスという名前でブランジジェット子爵家の長男だと騙《かた》っていたことも。全部、調べはついている。……君の本来の髪色が黒であることもね」

レイスリーネは琥珀色の目を大きく見開き、呆然とイライアスを見返した。

――そこまで、知られているなんて……。

イライアスだけではない。この部屋の中の誰も、その話に驚いた様子はない。レイスリーネの素性をここにいる全員が知っていることは明らかだ。もちろん、今自分の横で、事態の成り行きを見守っているフェリクスも。

「さて、それを踏まえて話を進めよう。レイスリーネ・ブランジジェット子爵令嬢」

イライアスはレイスリーネの混乱を楽しんでいるようだった。

「君が左翼軍入隊の際に身元を偽ったことや、それ以前に、君の性別についてブランジジェット子爵家が虚偽の申告をしていたことは国に対する重大な反逆行為だ。君やブランジェット子爵家、それに協力したコゼット男爵家には罰を受けてもらわねばな」

「待っ、お待ちください、私はともかく、それは……！」

レイスリーネが罪に問われるのは仕方のないことだ。自分の意思で身元や名前、姿すら偽って左翼軍に入ったのだから自業自得だ。けれど、ブランジェット子爵家や、ましてやコゼット男爵家まで累が及ぶことだけはどうしても避けなければならなかった。

イライアスはレイスリーネの懇願を無視して続ける。

「だが、もし君が私の側室になるというのなら、ブランジェット子爵家とコゼット男爵家の罪は水に流そう。どうだい？　悪い話ではないだろう？」

「わ、私が、側室になれば……？」

これは間違いなく脅迫だ。レイスリーネが側室になることを承諾しなければ、レイスリーネのみならずブランジェット子爵家もコゼット男爵家も罪に問うと、イライアスは言っているのだ。

——私が側室に……？　でも、どうしてそんな話が突然出るの？

国王の側室は正式な妻として法律でも認められている立場のため、王族の血を引いていない貴族令嬢にとっては最上の地位とされている。国王の側室に選ばれることは名誉なことなのだ。

けれどレイスリーネはどうしてもそうは思えなかった。叔母のレスリーのことがあるからだ。最上の地位についたはずのレスリーは悲劇的な死を迎えた。

家族——特に父親は、レスリーの死も悲劇もすべてフリーデ皇太后のせいだと考えているようだが、レイスリーネは違った。すべての始まりは、レスリーが前国王に見初められ側室となったことだとずっと感じていた。

側室にならなければレスリーは殺されることもなかった。子爵家令嬢の立場にふさわしい相手と結婚して、生まれたばかりの子どもを手放すこともなく、幸せな人生を全うできたのではないか。レイスリーネだって、叔母に容姿が似ていることで人生を歪められることもなかったはずだ。

国王の側室になることは不幸の始まり。悲劇の始まりだ。少なくともレイスリーネにとってはそうだった。

「どうする？　レイスリーネ」

イライアスが返答を促してくる。けれど実際にレイスリーネが口にできる答えは一つしかなかった。ブランジェット子爵家とコゼット男爵家を守るためには一つしか許されていない。

耳の奥でドクドクと心臓の脈打つ音が聞こえる。

——考えて。レイスリーネ、よく考えるのよ。

簡単に屈するのは嫌だった。是《ぜ》と答えるしかなくても、自分にとって少しでも有利な状況を引き出さなければ。

深呼吸をして、目の前の美貌の主を見つめる。その目にはレイスリーネに対する興味の感情が浮かんでいた。

田舎貴族の娘を側室に迎えても利点はない。かと言ってレスリーのように見初められたわけでもないようだ。イライアスがレイスリーネに興味を覚えているのは確かだが、それ以上の感情は見出せなかった。

だったら、イライアスがレイスリーネを脅してまで側室に据えたい理由は？

レイスリーネは深呼吸をすると、慎重に口を開いた。

「……返答をする前にお聞かせ願えますか？　私を側室に据えて何をさせたいのかを」

イライアスが、いや、ここにいる者たちが自分を側室にしようとしているのには何か理由があるからなのだ。レイスリーネはそう確信していた。

「ほう」

イライアスの片眉が上がる。彼の近くに立ち並ぶ男たちも感心したような目をレイスリーネに向ける。

「この緊迫した状況で側室になれと言われて、よくそこまで考えられたね、レイスリーネ」

からかうような口調のイライアスに、レイスリーネは冷静に返した。

「陛下は最初に『これは任務だ』とおっしゃいました。普通、側室になることは任務と言いませんから」

「賢い女性は好きだよ。話が早いから」

楽しそうに笑ったあと、イライアスは少しだけ居住まいを正すと口調を変えた。

「取引をしよう、レイスリーネ。私の側室となり、かつてレスリーが暮らしていた離宮に入り探ってもらいたい。レスリーを殺した犯人が誰なのかを」

「レスリー……叔母上を殺した犯人、を？」

思いもよらないことを言われ、レイスリーネは困惑する。

「そうだ。私はレスリーを殺害した真犯人を捜したい。真相を知りたいんだ」

「どういうことですか？　叔母上を殺したのはフリーデ皇太后の一派だと……」

あるいはオークリー前宰相の差し金か。レイスリーネは噂でそう聞いたし、父親からもそう聞かされていた。

そこでフェリクスが口を挟んだ。

「みんなそう思っていた。前国王陛下ですらね。ところが、どうもそうじゃないらしいんだよ」

レスリーはフリーデ皇太后の手の者によって殺害された。長らくそう信じられてきた。ところがイライアスが国王になって本格的に調査したところ、皇太后たちはもちろん、その周囲の誰からもレスリーの死に関わる証拠が挙がらなかったのだという。

「連中は自分は手を汚していないが、自分たちの仲間の誰かが実行したのだと思っているようだった」

イライアスたちが皇太后たちの罪を積み上げるために調査をしたが、何も出てこず、レスリーの殺害に関しては、彼らは無関係だったと結論づけるしかなかったのだという。

「確かにレスリー妃の殺害方法はフリーデ皇太后たちがよく用いていた方法とは違っていたからね」

フリーデたちは邪魔者を消す時は、ガードナ国の王家に代々伝わる特殊な毒薬を用いていた。遺体からは毒物は検出されず、また量を調節すれば、即死させることも徐々に死に至らしめることもできるというものだ。

「エリーズ妃とその子どもを死に至らしめたのも、この毒薬による方法だった」

二人は病死だと発表されていたが、真実は、フリーデによって特殊な毒を盛られて亡くなったのだ。

「フリーデ皇太后たちのやり方は毒殺なんだ。例の毒薬を使えば毒が残らず病死と判断されるから、たとえ疑われたとしてもその証拠が残らない。けれど、レスリー妃の時は毒ではなく鋭い小型の剣が用いられた」

レスリーの死因は心臓を刺されたことによる失血死だった。

「当時、警護の指揮をしていたオードソン将軍がやっきになって調べたが、実行した犯人も、フリーデ皇太后たちが命じた証拠も見つからなかった。十年後、僕たちが再調査するにあたり、フリーデ皇太后たちがやったという先入観を捨ててみると、彼女たち以外の内部犯だったと考えるのが自然なんだ」

「内部犯……」

「つまり、当時レスリー妃に仕えていた者たちの中に、彼女を手にかけた人間がいるんじゃないかってことだ」

「なっ……！」

「そして、当時レスリー妃に仕えていた者たちの大半はまだこの城に残って働いている」

「も、もしそれが本当だったら……」

――この城の中で、すぐ近くで、叔母上を殺した犯人が何食わぬ顔をしているということになる。

淡々とした口調で宰相が口を挟んだ。

「我々は獅子身中の虫を飼っていることになるわけだな。だが、十年前、その可能性に気づいていたとしても、その調査に割ける余力がなかった。けれど今、国内はようやく安定し、ガードナ国との戦争も終結した。この問題に向き合う余裕ができたわけだ。……ちょうどいい駒も手に入ったことだしな」

宰相の視線がレイスリーネに注がれる。その「駒」が彼女であることは明らかだった。

駒。レスリーと瓜二つのレイスリーネ。ここまで聞けば、イライアスたちがレイスリーネに何をさせたいかなど、子どもでも分かる。

「陛下は私に囮になれとおっしゃるのですね」

レスリーにそっくりなレイスリーネが、国王の側室としてかつてレスリーが暮らしていた離宮に入る。レスリーを殺した真犯人は穏やかではいられないだろう。二十年前の再現なのだから。罪を暴かれると考えて、動きを見せるかもしれない。あるいはレスリーに対して、私怨がある者の犯行だったとしたら、レイスリーネの存在に我慢できなくなり再び殺害に走るかもしれない。

　イライアスがにっこり笑う。

「その通りだ。私はかつてレスリーに仕えていた者たちを君の使用人にしようと考えている。つまり君は、レスリー殺害の容疑者の中で、命の危険に晒されながら暮らすことになるわけだ。これが普通の貴族令嬢だったら、さすがにそこまではさせられないが、幸い君は軍人で、しかも能力はすでに実証されている。周囲の手助けがない状態でも任務を遂行できる忠誠心と忍耐力、咄嗟《とっさ》の判断力。それに、自分の身を自分で守れる腕もある。ここにいる全員があの仮面舞踏会で確認している」

　実証という言葉に思い当たる節があって、レイスリーネはイライアスに恐る恐る尋ねた。

「ま、まさか……あの仮面舞踏会の任務に私が選ばれたのは――」

「ああ、今回の任務に必要なものを君が持っているか試すためだった」

「やっぱり……！」

　レイスリーネはギリっと唇を噛み締めた。どうりでバードがいなくなったきり戻ってこなかったわけだ。あれはレイスリーネをわざと一人にし、孤立無援の状態でも任務を遂行できるかを確かめるためのものだったのだ。

　髪を黒色に染めろというのも、クレイル王子の好みなどではなく、レスリーとそっくりになるかどうかを確認するためだったのだろう。

「そう怒らないでほしいな。確かに試すためにというのはあったけれど、それがなくても君があの任務をこなすのに最適だった。そう思ったからこそ僕もグレイシスも君に依頼をしたのだから」

フェリクスが宥めるように言ってくるが、レイスリーネの気持ちは収まらなかった。

──あの会場でたった一人にされて、私がどれだけ困惑したことか！

口元をきゅっと引き結んでいると、イライアスが声をかけてきた。

「さて、これで説明は終わった。それでレイスリーネ？　君はこの任務を受けるかい？」

──断らせるつもりなどないくせに。

そう思いはしたが、文句など言えるはずもない。レイスリーネはしぶしぶ頷いた。

「はい。この任務、謹んでお受けいたします」

レイスリーネの答えを聞いて、イライアスはにっこり笑った。

「その代わりと言っては何だが、ブランジェット子爵家やコゼット男爵家のことは心配いらない。レイスのこともね。レスリーを殺した犯人が見つかり次第側室の任を解き、レイスが無事に紅蓮隊に戻れるように取りはからおう。そもそものためにレイスリーネ・ブランジェット子爵令嬢に直接話を通すようにしたのだから」

「え？　戻って……いいのですか？」

素性がとっくにバレていたと知り、レイスリーネは左翼軍を辞めねばならないことを覚悟していたのだが。

「ああ。優秀な軍人を失うわけにはいかないしね」

「ありがとうございます……！」

レイスリーネは深く頭を下げる。名前と身元を偽った罪を考えると身に余るほどの恩情だった。

「……礼を言う必要はない。こちらは君を利用しようとしているのだから」

イライアスはややそっけなく言うと、椅子から立ち上がった。

「細かいことはフェリクスを通じて伝える。側室として入城するのは一か月後の予定だ。さっさと始めたいところだけど、準備があるからね」

「一か月後……」

レイスリーネにしたら早すぎるくらいだ。でも仕方がない。やると決めたことだから。

深いため息を吐くと、レイスリーネは頷いた。

「分かりました。一か月の間に準備をします」

「ああ、準備といえば、今日これから城の医務局に寄って検査を受けてくれ。話は通してある」

「検査？　何の検査ですか？」

戸惑いながら聞き返すと、イライアスはにっこり笑った。

「もちろん、純潔であることを確かめる検査だ」

「なっ……！」

絶句して、レイスリーネは呆然とイライアスを見つめる。そんな彼女を見ながらイライアスは実に楽しそうに言った。

「王族に嫁《か》す場合、処女であることは必須条件だ。それが証明されないと側室には迎えられない。だから今から検査を受けて、医師の証明書を得る必要がある」

「な、な、な……」

「もし処女じゃないと判断されたら、側室ではなく妾になるな。愛妾だと側室のための離宮に住まわせるわけにはいかないから困る。念のために聞くが君は処女かい？」

「あ、当たり前です！」

レイスリーネは顔を真っ赤に染めて答えた。

「これでも貴族ですから、夫となった相手にしか身体を許すつもりはありませんし、私は未婚ですから、当然経験などないです！」

叫ぶように言ったとたん、男たちは顔を見合わせ何とも言えない表情になった。田舎育ちで他の貴族たちともあまり交流せず、両親から古い貞操《ていそう》観念を植えつけられて育ったレイスリーネは知らなかったが、昨今では婚前交渉をする令嬢の方が多かった。

「素晴らしい貞操観念だな」

くっくっと笑いながら言ったのはレイスリーネの夫となる相手だった。

「君の言葉をそのまま信頼したいところだが、これぱっかりはそういうわけにもいかない。

途中で別の男との子を宿していた、ということが分かるとやっかいだからな。ひとまず医師のところへ行って検査を受けてこい。侍従に案内させる」

イライアスは机の上のベルを鳴らした。予想外の展開に、レイスリーネは怯んだ。処女の検査とは一体どういうことをされるのか、皆目見当がつかなかった。

「あの、どうしても検査を受けないと駄目なのでしょうか？」

イライアスは真面目な顔をつくってはいるが、その口元は笑うのを我慢しているようにピクピクと引き攣っている。

「まあ、受けなくても構わないが、その場合は初夜の床で証人を前に私とまぐわって処女であることを証明しなければならなくなる」

「なっ……！」

レイスリーネはあんぐりと口を開けた。

「潔く諦めて医務局で検査を受けてくるのだな」

「はい……」

がっくりとレイスリーネはうな垂れた。

＊＊＊

レイスリーネが侍従に付き添われて執務室を離れたとたん、イライアスは声を出して笑い始める。

「私の妻になる女性は可愛いね、そう思わないかい？」

「陛下。あんな嘘を言ってからかってはいけませんよ」

国務大臣が眉を顰めて咎めるように言った。

「証人の前で交わって処女性を確認するなんて、とっくに廃れた習慣ではないですか」

「ああでも言わないと、行きたがらないだろう？」

「当然ですよ。陛下の妃の座を狙う令嬢たちと一緒にしたら気の毒です」

「ああ、そういう令嬢たちなら進んで検査を受けるだろうね。処女でないことを、どうやってごまかすかは知らないが」

イライアスは冷笑した。

「確かにあんな連中と可愛いレイスリーネを一緒にしたら気の毒だな」

女性不信を隠そうともしない発言に一同は内心で顔を顰める。一国の王であるイライアスに近づこうとする女性は多いが、対応はいつもこの調子なのだ。

けれどフェリクスたちは希望を捨てていなかった。イライアスはライザやエルティシアに対しては親しみを感じているようだし、何よりレイスリーネに対してはその不信感を抱いていないようだ。

たとえ、レスリーとそっくりだからという理由があったとしても、フェリクスたちには歓迎すべきことであった。

「それにしてもレイスはレスリー様に本当によく似ておるな」

懐かしそうに目を細めて呟いたのはグリーンフィールド将軍だった。イライアス以外に唯一この中でレスリーと話をしたことがある人物だった。他の者はレスリーの存命中はまだ子どもで、肖像画の中の彼女しか知らないのだ。

「そんなに似ているのですか、レスリー妃と」

興味深げに聞いたのは将軍の隣に立つ財務大臣だった。

「ああ、陛下とお話する姿は、まるで前国王陛下とレスリー様を見ているようだった。声もよく似ている。もっともレスリー様は軍服を身に纏ったことはなかったし、あんなにじゃじゃ馬でもなかったがな」

グリーンフィールド将軍はハハハと豪快に笑う。レイスリーネのことを軽んじているわけでも、軽蔑しているわけでもない。将軍自身はレイスリーネを大いに気に入っていた。彼は男女の区別なく気骨《きこつ》のある若者が好きなのだ。きっと軍にレイスリーネがレイスとして戻ってきたら、剣の特訓を買って出て、彼女に構い始めるに違いない。

フェリクスはそんな将軍をやれやれと思いながら、イライアスに意味深な問いかけをした。

「ところで陛下、よろしいのですか？」

「何がだ？」

「レイスリーネ嬢のことです。可哀想に、無理やり側室の立場を押しつけられた上に、女性としてとても辛い検査を受けなければならないのですよ。しかも医師は初対面の者」

「…………何が言いたいんだ？　フェリクス？」

イライアスが眉を上げると、フェリクスは水色の瞳に楽しげな光を浮かべて彼を見返した。

「つまり、彼女が安心できるように誰かを付き添いにつけるべきじゃないかということです」

「だったら君が行けばいい。同じ左翼軍に所属する仲だ」

早く行けとでも言うように手を振るイライアスに、フェリクスは首を横に振った。

「残念ながら僕のすべてはライザだけのものなので、遠慮いたします。それに、僕はあなたと一緒に側室になるように脅迫した立場ですからね、たぶん彼女にはすっかり嫌われているでしょう。僕は適任じゃない。あとは……」

含みをもった視線を向けられて、イライアスは眉を寄せる。

「……私はこれから、運河の建設現場の視察をしなければならないのだが」

「バードがいるじゃないですか。彼に頼めばいい」

「……」

黙ったままのイライアスにフェリクスは畳みかける。他の者はその様子を、口を挟まずに見守った。

「それに、あなたはご存知ないかもしれませんが、老イリス師はつい先日引退し、今はその弟子の若い医師が王族専属医になっています。つまり、レイスリーネ嬢はその若い男性医師に、女性にとってもっとも大事な部分を暴かれることになるわけですね」

「男だと？　なんだって若い男なんかを王族専属医に据えた？　イリスは女だっただろう」

「お忘れと思いますが、あなたが『女の医師は口うるさいし、信用ならん。次は男の医師にしろ』と言ったからですよ。あなたの女性不信が招いたことです」

はぁ、とイライアスの口から大きなため息が漏れた。ややあって、彼は唐突に空に向かって呼びかける。

「バード」

「……はい。こちらに」

数瞬の後、どこからともなく若い黒髪の男性が現れ、イライアスの傍らに片膝をついた。イライアスの「影」であり、左翼軍情報局特殊部隊に所属する男だ。その、「小鳥《バード》」という男を見下ろしてイライアスが命じる。

「バード、聞いていたな？　私は運河の建設現場の視察がある。すまないが頼んだぞ」

「御意」

承知したとばかりにバードは深く頭を下げた。

＊＊＊

侍従に連れられて医務局に向かったレイスリーネは、カーテンで区切られたベッドのある空間で、白い着物に着替えていた。一枚の白い大きな布に腕を通すための穴のある、身体に巻きつけて紐でくくるだけの簡単な構造の服だった。医師の助手をしていると思われる白いエプロン姿の侍女はこれを処置服と呼んでいた。確かに意識のない人に着せたり脱がせたりするのには便利そうだ。

「着替え終わりましたか？」

白いエプロン姿の侍女がやってきて尋ねる。その時にはもうすでにレイスリーネは着替え終わってベッドに腰かけていた。

「それではこの薬湯をお飲みください」

そう言って侍女がレイスリーネに手渡したのはカップになみなみと注がれた白いとろっとした液体だった。

「これは……？」

「この検査をする時は、恐怖のあまり暴れるご令嬢の方も多いので、この薬で眠っていただいております。その間に検査を済ませてしまいますね」

「恐怖のあまり暴れる？」

それほど恐ろしいことをする検査なのだろうか？　レイスリーネは薬湯を両手で持ったままぶるっと震えた。

侍女が苦笑を浮かべて頷く。

「医師とはいえ、まったく見知らぬ者に女性の大事な部分を暴かれて指を入れられるのですもの。未婚の貴族の女性にはとても辛くて屈辱的な検査ですわ」

「指を入れられる……のですか？」

それはぞっとする話だ。嫌がる女性が多いのも無理はない。

「はい。でも大丈夫です。起きた時には全部終わっておりますから」

「そういうことなら……」

納得してレイスリーネはその薬湯に口をつける。苦いかと思ったが、ほんのり甘めの味だった。

「全部飲んでください。飲んだら横になってお待ちくださいね」

言う通りにすべて飲み干し、レイスリーネはベッドに横たわる。下着はつけてはダメだと言われていたので、白い処置服の中は何も身につけていない。無防備で妙に落ち着かなかった。一刻も早く検査が終わるようにとレイスリーネが祈っていると、そのうち薬が効いてきたのか瞼が重くなっていく。

目を閉じると真っ白な世界がレイスリーネを包んだ。

けれど不思議なことに、身体は眠りに入っているのに意識は完全に落ちきっていないようだった。ぼんやりと半覚醒のまま、まどろみと現《うつつ》の中を漂う。

――検査はもう終わったのかしら？

身体と心が乖離していて、時間の経過すらはっきりしなかった。

——それとも今私は眠っていて、これは夢なの？

その時、ふと何か声が聞こえた。何を言っているのか分からないけれど、一人の声ではなくて、複数の声だ。何か言い争っているようにも感じた。

——敵襲？

職業柄ふとそんなことを考えてしまう。確かめたかったけれど、身体が動かせなかった。

やがて、声が止み静寂が戻ってきた。

そのうち人の気配がして、カーテンが引かれ誰かが入ってきた。

目を閉じているせいで何も見えないが、あの侍女だろうか？

すっと頬を撫でられる。手の感触だった。レイスリーネが寝ているかどうかを確認しているのかもしれない。

やがて手が頬から離れ、腰の紐が解かれるのを感じた。緩んだ前身ごろの隙間からヒンヤリとした空気が入り込む。

突然のことにレイスリーネは狼狽えた。更に膝に手がかかり、脚を左右に大きく開かれるのを感じて恐怖に変わった。何が行われるか分かっていても——いや、分かっているからこそ、女として本能的に恐怖を覚えたのだ。

——いや！

レイスリーネは抵抗しようとした。けれど、手足は重く、少しも動かすことができない。

それがますます彼女を怯えさせた。相手は侍女か医者で、これは医療行為だと分かっていても恐ろしさはなくならなかった。

太ももに手が触れたあと、むき出しになった秘所に指が触れた。触れられたところが妙にひんやりと冷たい。何かを塗られているのだとすぐに分かった。指は、その冷たい何かを塗りこめるように蜜口で蠢く。

塗られたその部分が徐々に痺れてきて、先ほどまで冷たかったはずなのにどんどん熱を帯びていく。

そして、もっと奥に塗りこめようとしているのか、指がつぷんと音を立てて蜜壷の中に潜り込んだ。

——やめて、やめて……！

必死になって抵抗しようとするが、やはり指一本動かず、また、声も出せなかった。けれど、動かせないとはいえレイスリーネの心と身体は繋がっている。彼女の閉じられた目からは涙が溢れて眦《まなじり》をすべり落ちていた。

それに気づいたのか、レイスリーネに触れていた相手の手が止まる。

「レイスリーネ……？　起きているのか？」

上から降ってくるその声に、レイスリーネは聞き覚えがあった。

——バード？

「もしかして薬が完全には効いてない？」

バードの声だった。間違いない。でもどうしてこんなところに彼がいるのだろうか？

不思議に思いながらもレイスリーネは彼に応じようと手足を動かそうとする。もちろん、ピクリとも動かなかったが、なぜかバードには分かったようだった。

「チッ、やぶ医者め」

舌打ちしたあと、バードはレイスリーネに優しく言った。

「意識が少しでもあるなら怖かっただろう。すまない」

――バード……。

レイスリーネは彼に返事をしようと一生懸命、自分と身体を隔《へだ》てている薄絹のような壁を掻き分ける。すると、不意にその壁が崩れ、一気に意識が上昇を始めた。

重たい瞼を少しだけ開くと、レイスリーネを覗き込んでいるバードの顔が見えた。

「……バード……」

唇が開いて音が漏れ、声が出せるようになっていることにレイスリーネは気づく。

「バード……どう、して……」

ここにいるの？

そう続けるはずだった言葉はバードの言葉に遮られる。

「すまなかった。怖かっただろう。この検査は女性の心を深く傷つけるという。そのため、薬で眠らせるように指示してあったんだが、どうもその薬はお前には効きが悪かったらしい。まったく効いていないようでもないが……」

バードはレイスリーネの額にそっと手のひらを置いた。

「大丈夫。心配ない。すぐ終わるから気を楽にしていろ」

こくんとレイスリーネは頷く。

――さっき私に触れていたのは、彼？

部屋に他の人間の気配はない。だとすればレイスリーネに触れていたのはバードだったのではないか。

「どう……して？」

「陛下の指示だ。見知った人間が付き添っていた方がいいだろうとね」

レイスリーネが聞きたかったのは、なぜバードが彼女に触れているのかということだったが、彼は質問の意図を取り違えたようだった。

「レイスリーネ、目を閉じて」

言われてレイスリーネは目を閉じる。

「今から触れるが、怖いことは何もない。痛いこともない。だから、身体が感じるまま素直に身を任せていればいい」

「ええ」

そう言われてなぜか安堵の息が漏れた。さっきまでこわばっていた身体が弛緩《しかん》する。

両脚の付け根に再び指が触れた。一瞬だけビクッと震えたが、さっきのように冷たさは感じなかった。それどころか、触れられた場所がじんじんと疼《うず》いて熱い。

花弁をそっとなぞっていた指が蜜口に触れる。

「んっ……」

しばらく入口を探っていた指が、ぬぷっと音を立てて蜜壷の中に差し込まれる。違和感はあったものの痛みはなく、レイスリーネはそっと息を吐いた。

差し込まれた指が中を探る。

「ああ、間違いなく純潔だな」

バードが呟いたが、レイスリーネは両脚の付け根を探る指に気を取られて、聞いていなかった。

「ふぅ、ん……」

膣壁を指で擦られるたびに鼻にかかったような声が漏れる。立てた膝がビクビクと震え、つま先がシーツを掻いた。

触れているのがバードだと思うと、レイスリーネには未知の感覚への恐怖はなかった。

これが素面なら、大事な部分に触れられ指を突き立てられていることに抵抗感を覚え、恥ずかしさと居たたまれなさを感じていただろう。けれどこの時、レイスリーネは薬が中途半端に効いている状態で、そのあたりの常識的な感覚が麻痺していた。奇妙な安心感があり、身を委ねるのに何のてらいもなかった。

差し込まれた指が中を広げるようにゆっくりと上下する。

「んっ、あ……」

腹の奥が熱くなって、何かがトロリと滴り落ちていくのを感じた。

——私、なにか、変。身体が、熱くて……。

脚の間にだけ感じていた熱がいまや全身に広がっていた。

レイスリーネの奥から溢れた蜜がバードの指に絡みつき、音を立てる。ちゅぷ、じゅぷと脚の間から湿った音が狭い空間に響いていた。

それを恥ずかしいと思う以前に、レイスリーネは身体を覆う熱に、走る疼きに翻弄《ほんろう》されていた。

「ん、あ……っ」

指が増やされて二本になった。

レイスリーネの中は陰部に塗られた薬の影響か痛みを覚えることなく、その太さを受け入れる。けれど、異物感はやっぱり拭えず、ぐっと奥まで差し込まれて思わず身を捩っていた。

その拍子に前を覆っていた布が完全にすべり落ち、胸の膨らみが露《あらわ》になる。ヒンヤリとした空気に触れたせいか、それとも刺激を受けたからなのか、胸の頂がたちまち硬く尖った。

「んっ、ふぁ……」

レイスリーネが身体を震わせるたびに、丸みを帯びた形の良い胸と赤く色づいた胸の先端がふるりと揺れる。それに誘われたように、バードのもう片手が伸びて、レイスリーネの乳首に触れた。

「ああっ……！」

ピリッとした刺激が背筋を駆け上がり、レイスリーネは声を上げながら背中を反らす。つま先がグッと丸まってシーツに埋まった。

胸の先端を摘まれビクンビクンと身体を揺らす。胎内《たいない》からじわりと染み出した蜜がバードの手を濡らし、シーツを汚した。

「あ、んっ、んんっ！」

鼻にかかったような声がレイスリーネの口からひっきりなしに零れる。

「レイスリーネ、これが気持ちいいのか？」

大きな手で胸の膨らみを摑まれ、じんじんと熱を帯びる胸の尖りを指でこりこりと扱かれる。二本の指で蜜壷の中をかき回され、レイスリーネは何も考えられずに何度も何度も頷いた。バードが言うように、身体が感じるまま素直に身を任せていた。

「んっ、気持ち、いいっ」

背中を反らしながら嬌声を上げる。

「……本当に、可愛いな。手を出してはいけないと分かっているんだが……」

バードの呟きが聞こえた。けれど、レイスリーネには何を言っているのかよく分からない。閉じているのに目の前が真っ白に染まり、激しく脈打つ心臓の音しか聞こえなかった。

「ひゃっ……！」

指で弄られていた方とは反対の胸の先に、突然の刺激を感じてレイスリーネは声を上げた。指とは違う湿った感触に、思わず目を開けて視線を下げると、バードの黒髪が見える。彼の口の中に胸の先端が含まれていることに気づき、レイスリーネは息を呑んだ。

その時、バードがレイスリーネの胸の先を歯で扱きながら強く吸い上げた。

胸と蜜壷に与えられる快感、それに目からの刺激が加わって、レイスリーネの官能は一気に押し上げられる。

目の前がチカチカと瞬き、レイスリーネの中で何かが弾け飛んだ。

「あっ、や、ああーーーーっ！」

背中を反らし、腰を浮かせ、全身を震わせながらレイスリーネは絶頂に達した。すると、上げた嬌声を封じるかのようにバードの唇がレイスリーネの口を覆う。

「……んっ、んっ、んん……」

くぐもった悲鳴がバードの口の中に吸い込まれていく。開いた唇から舌が入り込み、レイスリーネの咥内を這いまわる。ぴちゃぴちゃと合わさった唇から水音が響いていた。

「……ふ、ぁ……」

身体を痙攣させせながらキスを受けていたレイスリーネは、やがて意識がすっと遠くなるのを感じた。

「あ、気づかれましたか？」

目を覚ますと、目の前には白いエプロンの侍女がいた。

「私……」

ハッとして頭を上げてみると、服の乱れはなく、ベッドに横たわっている自分がいた。

――あれは、夢だったの？　バードが来て、私に触れて……。

「検査は無事に終了しました。起き上がれますか？　めまいがするようでしたら、しばらく休んでいてください」

「いいえ、大丈夫です」

上半身を起こしてみると、重く動かなかったはずの身体は、嘘のように軽くなっていた。ちゃんと思い通りに動かせる。

「問題ないようでしたら、お着替えください。お迎えの方がお待ちです」

愛想よくそう言って立ち去ろうとする侍女を、レイスリーネは思わず呼び止めた。

「あの、ここに誰かいませんでしたか？　医師ではない人が」

「……いいえ？　先生と私以外はおりませんでしたよ？」

レイスリーネの気のせいかもしれないが、一瞬だけ答える前に間がなかっただろうか？けれど、にこにこと笑いながら答える侍女の顔からは何も窺えなかった。

「そう、ですか……」

いずれにしろ、この侍女から真相を聞くのは無理そうだ。侍女が出て行くのを見送ると、レイスリーネは額に手を当てた。

──あれは本当に夢だったの？

夢ではなかったような気もするし、夢だったような気もしてしまう。

……もし、あれが夢だとしたらなんて夢を見てしまったのだろう。数回会っただけの、友人とも言えない相手に。

急に恥ずかしくなって、レイスリーネは思わずベッドに顔を伏せる。けれど、侍女の言っていたことを思い出してすぐに顔を上げた。

「そういえば、迎えが待っているって言っていたわね」

おそらくフェリクスに違いない。あまり待たせては失礼だろう。レイスリーネは着替えのためにベッドから下りようとした。けれどその時、下腹部に妙な感覚があって思わず動きを止める。

両脚の付け根にかすかな違和感があった。

夢の中でバードに指を入れられたことを思い出し、かぁと頬が赤く染まった。

──まさか、あれは本当のことだったというの？

けれど、医師が検査をしたのなら、当然その時のものだろうと思いなおし、レイスリーネは頭を振った。

──とにかく今は早く着替えてグローマン准将たちのところに戻らないと。

違和感のことを頭から追いやると、レイスリーネは籠の中に置いた軍服を手に取った。

医務局から廊下へ出ると、驚くことにそこにはフェリクスではなくバードが立っていた。

「バ、バード!?」

レイスリーネに気づいて、バードは寄り掛かっていた壁から身を起こす。

「久しぶりだな。レイス。迎えに来た。総本部まで俺が送る」

「お、お久しぶりね、バード。なぜあなたがここに？」

先ほどのことを思い出してしまい、まともに顔が見られず、少し視線を外しながらレイスリーネは尋ねる。

「グローマン局長は打ち合わせがあるので、君を送り届けることができないそうだ。それで別件で城にいた俺が君を送るように頼まれたというわけだ」

「そ、そうだったの」

「レイス？　どうした？」

顔を合わせようとしないレイスリーネを不審に思ったらしく、バードが眉を上げる。

「な、何でもないわ」

レイスリーネは慌てて手を振ってごまかした。

夢の中のバードは、彼女をレイスではなくレイスリーネと呼んでいた。考えてみればバードはレイスリーネの本当の名前は知らないはずだ。だとすればあれはやっぱり夢だったのだろう。

身体にはまだ触れられた感触が残っているのに……。

――忘れるのよ。現実じゃなかったのだから。

身体にしつこく残る感触を意識の外に追い出しながら、レイスリーネは明るく言った。

「わざわざ送ってくれるのね。ありがとう。遅くなってしまうから行きましょう」

バードが用意した馬車は軍のものではなく、貴族が普段使う二頭立ての馬車だった。紋章はなく、客車のデザインも非常にシンプルだ。窓にはカーテンはなく、室内には余計な飾りもないが、軍所有の馬車より座席の座り心地は良かった。

馬車が走り始めると、バードが口を開いた。

「そういえば、クレイル殿下はようやく帰国できることになったそうだ」

二人きりであることに気まずさを覚えていたレイスリーネは、ホッとしてその話題に乗る。

「まぁ。では戴冠式の準備が整ったのね？」

「いや。それはまだだ。けれど、ファルーニ国での状況が変わったんだ。今回の騒ぎを知ったファルーニ国王がとうとう第二王子の王位継承権を永久にはく奪した。それによって第二王位継承権は遠縁の王族に移り、たとえクレイル殿下が亡くなろうと第二王子は王位に就くことができなくなった」

「つまり命を狙われる理由がなくなった、ということね」

「その通り」

命を狙われることもなくなったから、戴冠式の準備が整う前に帰国が決まったのだろう。

「いつご帰国なの？」

「半月後らしい」

それではレイスリーネが側室として城に赴《おもむ》く時はもうクレイル王子はいないということになる。何となくそのことに安堵する。もし顔を合わせることがあったら、彼はすぐに仮面舞踏会で踊った相手だと気づくだろう。

あの時レイスリーネは仮面姿だったけれど、クレイル王子は馬鹿ではない。むしろとても聡明だ。おそらくごまかすことはできないだろう。けれど、レイスがレイスリーネ・ブランジェットであると知られるのは困るのだ。

「そういえばあの時捕まった貴族はどうなったの？」

その後の経過についてレイスリーネは報告を受けていない。もしかしたら世間で噂になっていたのかもしれないが、レイスリーネの耳には届いていなかった。

「まだすべての調べは終わっていない。けれど、余罪がありそうだ。我が国の情報をファルーニ国の第二王子派に流していたようだしな。おそらく厳罰に処されるだろう」

「まぁ。でも当然ね」

公の場で騒ぎを起こしたのだから、見せしめのためにも軽い罰で済ませることはないだろう。現にイライアスの在位十周年式典の直前に起こったクーデター未遂事件の時は、関わった右翼軍の将校はすべて処刑されたと聞く。

「クーデター未遂事件で、国王に抵抗する連中はだいぶ少なくなり、見通しがよくなった。残るは仮面舞踏会の時のような小物だけだ」

そんなことを話していると、突然馬車の速度が遅くなり、やがて止まってしまう。左翼軍の総本部のすぐ近くという場所だった。

「どうした？」

御者に声をかけると、戸惑うような声が返ってくる。

「申し訳ありません。道に人だかりができていて通れないのです。どうも運河の建設現場にどなたかいらしているようで」

その言葉に、バードはしまったというように上を向いた。

「そういえば、今日この時間は国王が運河の建設現場に視察に出向いているんだった」

「陛下が？」

バードの言葉にレイスリーネは思わず窓の外を見る。すると道の至るところに人がいて、皆一様に同じ方向を眺めている。彼らの視線の先に目を向けたレイスリーネは、人々の頭越しにイライアスの姿を見つけた。

遠目でもすぐに分かる。近衛団の黒い軍服姿の兵士たちに囲まれて、たった一人赤みがかった金髪が輝いていた。工事の責任者らしき役人と話をしているのだろう、頷くたびに髪に陽光が反射している。

イライアスの姿を一目見ようと集まった平民たちが「陛下！」「陛下！」と声を上げる。

距離はあったがそれが聞こえたのだろう。イライアスは顔を上げて集まった人たちに手を振った。わぁと歓声があちこちで湧き起こる。

「すごい人気ね」

フリーデ皇太后とオークリー前宰相の圧政から国民を解放し、国力を回復させたイライアス。戦争に勝ち、今後ますます国を発展させていくに違いない国王は国民から絶大な支持を集めていた。

彼がフリーデ皇太后の実子であることなど、国民にとっては問題ないのだ。彼らが求めているのは国を安定させて自分たちの暮らしをよくしてくれる王なのだから。悪の妃の息子であることにこだわっているのは一部の貴族たちだけだ。

「そうだな」

バードはややそっけない口調で頷くと、御者に声をかけた。

「別の道を行ってくれ。しばらくこの道は通れなさそうだ」

「はい」

御者は馬車を大きく回りこませて方向を変え、来た道を引き返していった。

その後、王都内にある左翼軍の総本部まで馬車で送ってもらったレイスリーネは、バードと別れてブレア隊長の部屋へ向かった。

廊下を歩きながら、ブレア隊長に何と説明したらいいか思案する。しばらく軍の仕事を休まなければならないことをどう説明したらいいのだろうか。ここはやはり自分の素性を素直に打ち明けるべきなのか。

……けれど、レイスリーネの悩みはすべて杞憂だった。

任務を受けることになった旨を報告したレイスリーネに、ブレア隊長は驚くべきことを言ってきた。彼女はレイスリーネのことも、イライアスの今回の任務の内容もすべて知っていたのだった。

「私は昔、父に連れられてレスリー妃とお会いしたことがあるのよ」

ブレアの父親オードソン将軍は、前国王から頼まれてかつてレスリーが暮らしていた居館の警備を担当していた。気さくなレスリーはオードソン将軍や警備の任についている兵たちとその家族を招いては時々食事会を開催していたらしい。ブレアは父親に連れられてその食事会に出席したことがあった。

レスリーの警備を右翼軍ではなくてオードソン将軍率いる左翼軍が受け持ったのには訳がある。

「その当時、すでに右翼軍の上層部はフリーデ皇太后やオークリー前宰相に取り込まれていてね。信用できなかったの」

だから前国王は信用していた左翼軍のオードソン前将軍、それに、当時は大将だったグリーンフィールドにレスリーの警備を託したのだ。

「けれど、レスリー様は殺されてしまって。その犯人を見つけることもできなくて。そのことを死ぬまで父は悔やんでいたわ。だからレイス……いいえ、レイスリーネ。亡き父のためにも、レスリー様を殺害した犯人を突き止めてほしいの」

「ブレア隊長……」

ブレア隊長は微笑んだ。

「紅蓮隊のことは気にしなくて大丈夫よ。あなたは任務でしばらく王都を離れるということにしておくから。レスリー様の仇を取ったあと、また戻ってレイスとして働いてちょうだい。陛下からも便宜を図るように言われているわ」

そこまで言って、ブレア隊長は急にふふっと笑い出した。

「あなたが断ることなど最初から想定していないのよ、あの方は」

レイスリーネも苦笑を浮かべる。確かに、イライアスは断る選択肢など与えてくれなかった。それでもブレア隊長は断ってもいいと言ってくれたのだ。

「ブレア隊長。色々とありがとうございました」

素性を偽っていることを知りながらこの人はレイスリーネを紅蓮隊に入れて、三年間も見守り続けてくれたのだ。

ブレア隊長は真剣な眼差しでレイスリーネを見つめる。

「レイス。行ってきなさい。そして必ず生きて戻るのよ」

この任務が危険と隣り合わせであることをブレア隊長も分かっているのだ。

レイスリーネは心からの敬礼をブレア隊長に捧げながら誓った。

「はい。ブレア隊長。叔母上を殺害した犯人を見つけて、必ず戻ってまいります」

＊＊＊

それから一か月後、グランディア国王イライアスと側室レイスリーネ・ブランジェット子爵令嬢の結婚式が城の広間で厳かに行われた。

「おめでとうございます！　レイスリーネさん……じゃなくて、レイスリーネ様」

式を終えて控え室でホッとくつろぐレイスリーネのもとへフェリクスとその婚約者のライザ、それにグレイシスが挨拶に訪れた。

「様は止めてください。ライザ様。側室になるのは単なるお芝居にすぎないのですから」

苦笑を浮かべたあと、レイスリーネは居住まいを正し、フェリクスとライザに頭を下げた。

「この半月の間、お二人にはお世話になりました。無事に今日を迎えられたのもお二人のおかげです」

レイスリーネは結婚式の準備のため、半月前からフェリクスの屋敷に世話になっていた。未婚のフェリクスの屋敷に滞在するのはどうかという意見もあったが、彼の婚約者のライザ・エストワール侯爵令嬢が彼の屋敷にほぼ住み込んでいる状態なので大きな問題にはならなかった。

　実際、レイスリーネの世話や準備をしてくれていたのはフェリクスではなくてライザの方だ。準備の傍ら、田舎貴族で社交に疎いレイスリーネに、社交術や女主人として屋敷を取り仕切る方法などをみっちり仕込んでくれた。彼女がいなければレイスリーネは城に入ったあと、側室としてどうやって生活したらいいか分からなかっただろう。

「私たちはたいしたことをしていないわ。ねぇ、フェリクス」

　ライザはにっこり笑ったあと、フェリクスを見上げた。フェリクスも微笑んで頷く。

「ああ。それに君を無理やりこの件に巻き込んだ僕らができるのは、このくらいのことしかないからね」

「グローマン准将のせいじゃありません」

　確かにレイスリーネにこの依頼を持って来たのはフェリクスだが、彼はイライアスに命じられたにすぎない。彼が国王であるイライアスの命に従うのは当然のことだ。

「お気になさらないでください。それより式に出席してくださってありがとうございます。知っている人が少ないので、心強かったです」

　レイスリーネはずっと黙ったままのグレイシスに声をかけた。

「ロウナー准将も、ありがとうございました。エルティシア様のお加減はいかがですか？」

　愛妻の名前を聞いて、グレイシスの引き結ばれた口元が少しだけ緩む。

「だいぶマシになってきた。今日の式に出席できないことを悔しがっていたが……粗相をして式を台無しにするわけにはいかないからな」

グレイシスの妻エルティシアはつい先日懐妊しているのが判明した。そのことはとても喜ばしいが、同時につわりも始まって、それがかなりひどいらしく、大事を取って今日の式は欠席することになったのだ。

「君によろしく伝えてくれと言われている」

「ありがとうございます。エルティシア様に、お大事にとお伝えください」

「ああ」

頷いたあと、ややあってグレイシスは言いづらそうに口を開いた。

「今回の件、俺は反対だった。いや、今もそうだ。命の危険のある場所に囮として君一人を放り込むなんて」

「グレイ、まだそんなことを……」

フェリクスの言葉を無視してグレイシスは続ける。

「犯人を突き止めても、死んだ人間は生き返らない。死んだ人間のために君を危険に晒すなどというのは間違っている。生きている人間の方が大切だ」

「ロウナー准将……」

「今ならまだ引き返せる。君が嫌だというのなら、俺の持っている権限をすべて使って君を助ける。陛下に奏上する」

レイスリーネは息を呑んだ。

ああ、彼は私のために イライアスの不興を買うのを承知で、助けてくれようとしているのだ。嬉しかったが、もちろん、エルティシアのためにもそんなことはさせられない。

「ロウナー准将。ありがとうございます。でももう決めたことですから」

微笑みすら浮かべたレイスリーネの顔をしばらくじっと見つめ、グレイシスはふぅと息を吐いた。

「そうか。……でもこれだけは言わせてくれ。命を粗末にするな。必ず無事に戻れ」

「はい……！」

レイスリーネは力強く頷いた。

＊＊＊

国王の側室になった者には、それぞれ城の中に居館が与えられる。館は豪華できらびやかな建物が多く、離宮と呼ぶ者もいた。側室は普段はそこに住まい、国王の訪れを待つ。

レイスリーネに与えられたのは、国王の住まう主居館にほど近い、比較的小さな居館だ。最初にこの館を与えられた側室の名前から取ってアデラ宮と呼ばれている。アデラ宮はかつてレスリーに与えられていた居館でもあった。

結婚式を終え、重臣たちとの挨拶を済ませたレイスリーネは、近衛団の兵らに付き添われてアデラ宮へ向かった。レスリーの死後、アデラ宮は閉じられていたが、レイスリーネが側室になると決まってから、大急ぎで整えられたのだという。

アデラ宮に着くと、レイスリーネは玄関ホールで大勢の人に迎えられた。

「ようこそ、お待ち申し上げておりました、レイスリーネ様」

立ち並ぶ人々の中から一歩前に出て頭を下げたのは、こげ茶色の髪を結い上げ紺一色のワンピースを着た中年の女性だった。

「私はこの館を取り仕切る役目をたまわっております、女官長補佐のティーゼ・バウマンと申します。遠慮なくお申し付けください。レイスリーネ様が気持ちよく暮らせるように、一同心を込めてお仕えする所存です」

背筋をピンと伸ばし、はきはきと告げる姿はどことなく威厳があり、なるほど、女官長補佐を務めるだけのことはあるとレイスリーネは思う。

その時ふとバウマンという名前に聞き覚えがあることを思い出し、レイスリーネは内心で「あっ」と声を上げた。

バウマン。聞き覚えがあるはずだ。彼女はアンジェラの叔母に違いない。

――そういえばアンジェラの叔母さんは女官をしていると言っていたっけ。

大切な友人の身内だと思うと好感が湧き上がってくる。レイスリーネはティーゼに親しみのこもった笑みを向けた。

「こちらこそよろしくお願いね。ティーゼ」

とたんにティーゼの顔がふっと緩み、笑顔になった。

「話には聞いておりましたが、本当にレスリー様によく似ておいでです」

レイスリーネの顔に微苦笑が浮かぶ。

「そう」

もちろん、わざと似るようにしたのだ。髪色を本来の黒に戻し、髪型もレスリーのように垂らしたままにしている。ドレスもレスリーが好んでいた色やデザインのものを取りそろえてもらった。

「まるで在りし日のレスリー様が立っていらっしゃるようです」

驚いたことにティーゼの薄茶色の目が潤んでいた。

「ティーゼ？」

「私をはじめ、ここにいる何人かはかつてこの館でレスリー様に仕えていた者なのです。皆、レスリー様にはよくしていただきました。そのレスリー様の姪でいらっしゃるレイスリーネ様にお仕えできること、皆喜んでおります」

見ると、使用人たちの中には、年配の者が混じっていて、彼らは一様にレイスリーネの姿を見て、懐かしそうに目を細めたり目を潤ませたりしている。

「叔母様は……皆に好かれていたのですね」

「はい」

微笑みを浮かべたままレイスリーネは使用人たちを見回した。

――叔母上の殺害は、内部の者の犯行だという。この中に犯人がいるのかもしれない。イライアスはレイスリーネに囮になれと言った。レイスリーネはそれを承知した。けれど、ただ待っているなどというのは性に合わない。

レイスリーネはレスリーとよく似ている容姿を利用して、彼らから話を引き出し、犯人を自ら捜し出すつもりだった。

「叔母様同様、よろしく頼みますね」

にっこりとレイスリーネは笑った。

＊＊＊

日が落ち、夕食を一人で済ませたあと、レイスリーネはティーゼの指示で湯殿に連れて行かれ、そこで数人の若い侍女によってピカピカに磨き上げられた。

極力自分のことは自分でするからと言ったのだが「この夜は特別ですから！」と押し切られた結果だ。半月間のライザの奮闘により、レイスリーネの肌は白さを取り戻し、傷跡もだいぶ目立たなくなっていたが、それでもなくなったわけではない。見られて不審に思われたらことだと考えていたのだが、レイスリーネの身体を磨き上げた侍女たちは特に反応を示さなかった。

あとから聞けば彼女たちはこの夜のためにイライアスが特別に派遣した者たちだったらしい。居館の規模を考えると、アデラ宮の使用人は少ないので、時々こうして外部から手伝いの人員が送られてくるのだそうだ。

これはレイスリーネにしてみれば都合がよかった。使用人の手が足りないからと自分のことは自分でする言い訳になるからだ。

ただし、この夜はティーゼの言うように特別らしい。おそらくこれが世間一般の初夜にあたるからだろう。これが普通の結婚だと思っているティーゼや侍女たちはきっと、今夜レイスリーネとイライアスが熱い夜を過ごすと思っているに違いない。

――初夜なんて、名ばかりの側室である私には関係ないのだけれど。

レイスリーネはイライアスが今夜彼女のもとへやってくるとは夢にも思っていなかった。

「それでは私たちはこれで失礼します。よい夜をお過ごしください」

肌を滑らかにするという香油を全身に塗られ、薄い夜着を身につけさせられたレイスリーネは、寝室に案内された。頭を下げて寝室から出て行くティーゼと侍女たちを見送ったあと、レイスリーネはランプの光に照らされた部屋をぐるりと見回す。

寝室には一つだけ扉があり、レイスリーネに与えられた私室と繋がっていた。広い部屋の中央に大きな天蓋《てんがい》付きのベッドが据えられている。ベッドの脇には猫足の豪奢なベッドサイドテーブルがあり、そこには水差しとワインの瓶。そして二つのグラスが用意されていた。

他に目立った家具はなく、まさしく寝るだけ――それもベッドの大きさを考えると、一人ではなく二人で夜を過ごすための部屋であることが見てとれた。

しばらく部屋や天蓋付きのベッドを外側から見つめていたレイスリーネだが、覚悟を決めてベッドに近づく。

「ここが、叔母上が殺された場所……」

レスリーはこのベッドの上に血に染まった姿で倒れているところを、朝起こしに来た使用人によって発見された。

もちろん、今は血の痕跡などはなくベッドも新しいものに替えられている。けれど、ここでレスリーが殺されたのは間違いないのだ。

そんな場所をレイスリーネの寝室にするなんて悪趣味もいいところだが、ティーゼや使用人たちの反対を押し切って、イライアスが断行したらしい。おそらく、何もかもレスリーが生きていた時と同じ状況にすることで、犯人を挑発できると考えたのだろう。

でも使用人にとってはいい気分ではない。現にティーゼは、この寝室に入る時に顔をこわばらせていた。レイスリーネだって同じだ。任務でなければこんな場所で寝泊まりするのは拒否しただろう。

ただ、その反面、使用人たちもなるべく近づかないようにするだろうから、一人になるにはうってつけの場所だった。

――この部屋の中ならうまくすれば使用人たちに見つからずに武器を隠しておける。問題は……。

「どうやって武器を調達するかよね」

入城する際、武器の持ち込みは禁止されてしまった。当然だ。これから国王と結婚式を挙げるのに、帯刀している花嫁などいないし、そんな相手をイライアスに近づけるわけにはいかないのだから。

けれど敵のただ中で生活することになるレイスリーネにとって武器は必須だ。

――グローマン准将にひそかに差し入れを頼むしかないわね。

フェリクスは時々連絡係をよこしてくれると言っていた。その者に言えばきっと融通してくれるだろう。

そんなことを考えていると、扉が開く音が聞こえた。隣のレイスリーネの居間に誰かが入ってきたのだ。

使用人ならはじめにノックをして声をかけるだろう。けれど、その音は聞こえなかった。たちまちレイスリーネの身体に緊張が走る。さっそくレスリーを殺した犯人が襲いにきたのかもしれない。

部屋に侵入した主はまっすぐこちらに向かってくるようだ。

レイスリーネはすぐに飛びかかれる体勢を取った。ところが、扉が開き、姿を現した人物を見てアッと声を上げる。

入ってきたのはイライアスその人だったのだ。

「陛下……」

レイスリーネは警戒を解きながら、安堵の息を吐く。確かに城の主《あるじ》たるイライアスなら部屋に入るのにノックはしないだろう。この部屋はレイスリーネに与えられたものだが、突き詰めて考えればイライアスの部屋でもあるのだから。

「どうした。そんなホッとしたような顔をして」

イライアスがくすっと笑う。イライアスは式で身につけていたような礼装ではなく、シャツに普段の上着とマントを羽織っただけの姿だった。

「犯人かと思いまして……」

「もし私の考えるようにレスリーを殺したのが内部犯だったら、二十年以上も身を潜めていた相手だ。さすがに一日も経たないうちに襲いかかってくるとは思えないけどね」

「ですよね……」

きっと今はこちらの出方を——レイスリーネの様子を窺っているだろう。こちらが相手を探っているのと同じように。

「レイスリーネ、これをお前に渡しておこう。必要だろう？」

マントの内側に隠していたものを、イライアスはレイスリーネに差し出す。それは三十センチほどの長さの短剣だった。

「これは……」

それは今何よりレイスリーネが必要としているものだった。

「護身用に持っているといい」

「ありがとうございます、陛下」

ありがたく受け取り、手にずっしりとくる重さを確かめる。彼女にとってその重さはとても馴染みのあるもので、安心感を与えてくれるものであった。

「何が起こるか分からないからな。決して油断するな」

「はい」

しっかり頷いたあと、レイスリーネはふとイライアスに尋ねた。

「陛下はこの剣を渡すためにわざわざいらしてくださったのですか？」

剣を渡すだけなら侍従や近衛団の者に言付けてもよかったはずだ。それが、忙しい身だろうに、わざわざ自ら来て手渡してくれるとは。

恐縮しながらも無邪気に尋ねるレイスリーネを見て、イライアスがおかしそうに笑う。

「それもあるが、式を挙げた夜に、私が妻になったばかりの妃のところに来なければ、そちらの方がおかしいじゃないか。そうだろう？」

「そういえば、そうですね」

確かに初夜にイライアスがここを訪れた形跡がなければ、国王が側室を寵愛している、と見せかけることはできない。レイスリーネは、何よりこの館の者たちを欺かなくてはいけないのだから、彼がここに来るのは当然とも言えた。

「分かりました。それでは陛下はこちらの寝室をお使いください。私は隣の部屋のソファで眠りますから」

レイスリーネはイライアスに微笑みかける。ところが頷くと思ったイライアスはレイスリーネをしばらくじっと見つめたあと、目を細めてくっくっと笑い出した。

「お前は夢にも思っていないのだな……」

「陛下？」

笑ってはいるが、なぜか楽しんでいるようには聞こえなかった。レイスリーネは自分の何かがイライアスの機嫌を損ねたことを悟って怯む。けれど、謝罪の言葉を口にする前に、イライアスが言った。

「手は出すまいと思っていたが、気が変わった」

「陛……」

下、と最後まで言うことはできなかった。すっと近づいたイライアスに手を掴まれる。不意を突かれたこともあるが、反応する間もないほど素早い動きにレイスリーネはついていけなかった。

――え……？

目の前が回転し、次の瞬間、レイスリーネはベッドに押し倒されていた。その拍子に手から短剣が離れ、シーツの上に放り出される。

「陛下……!?」

――一体、何が？

レイスリーネには何が起こったのか分からなかった。唖然とするレイスリーネの両手をシーツに縫《ぬ》いとめ見下ろしながら、イライアスが嫣然と笑う。

その笑みはぞっとするほど美しく、それでいて禍々しさを感じさせるものだった。

「なぜかお前は名ばかりの側室だと思っているようだが、私はそのようなことは一言だって口にしていない」

「え？」

戸惑ったレイスリーネはイライアスを見上げる。けれど、自分を見下ろす碧色の目に、今までにない熱っぽい光が宿っているのを見て、ぶるっと身体を震わせた。

側室になるのは囮の立場を与えるためだと思い込んでいたが、確かにこの人の口から名ばかりの側室だと聞かされたことはない。

「お前は私の妻だ。側室でいる間はその役目を果たしてもらおう」

「そんな……！」

「もちろん、他にも理由はある。実は、先日お前が受けた処女検査だけでは不十分なんだ。過去に、どういう方法を使ったかは知らないが、検査を合格したのに、別の男との子を妊娠していたという者がいてね。そのため、加えて初夜で妃が本当に純潔だった証を立てることが義務付けられている。以前、証人の前でまぐわってお前の純潔の証を示す、と言ったのを覚えているか？」

ヒクっとレイスリーネの喉が鳴った。

――まさか、本当に、他人が見ている前で……。

「あれは古い習慣で今は廃れているが、それに代わって花嫁が流した破瓜《はか》の血のついたシーツを、翌朝証人に提出することになっている。それを以って純潔だった証とする」

「破瓜の血……」

避けられない予感に、レイスリーネの目の前が真っ暗になる。

この「任務」を受けた時、こんなことになるとは夢にも思っていなかった。なぜならイライアスがそんな目でレイスリーネを見たことは一度もなかったからだ。

家族以外の男性と会う機会の少ない貴族令嬢と違って、レイスリーネは男だらけの軍に勤めている。今でこそ少なくなったけれど、紅蓮隊の結成直後は、周囲の男たちから、欲望のこもった目で見つめられることも多かった。貞操の危機に陥ったことだって何度もあった。そんな経験をしていれば、目の前の男が自分に性的な興味を抱いているかなどすぐに分かるようになる。

ところが、イライアスの自分を見つめる目にそのようなものを感じたことは今までに一度もなかった。執務室で対面した時も、結婚式の時も、つい今しがたまで欠片ほどもなかった。だから名ばかりの側室なのだと考えたし、それを疑いもしなかったのだ。

けれど、今イライアスの自分を見つめる瞳には紛れもなく欲望の炎が渦巻《うずま》いている。

背筋にゾクッと冷たいものが走る。その一方で、なぜか身体の奥が熱くなるのを感じていた。まるで彼の欲望に呼応するかのように。

体温が上がったからなのか、身体に塗られた香油の香りがきつくなった気がした。

「レイスリーネ」

イライアスがレイスリーネの夜着の胸元に片手を滑らせる。レイスリーネの身体がビクンと跳ねる。薄い生地越しに感じる手の温もり、その感触に、どういうわけかじわじわと身体の奥から熱が広がっていく。

「やっ……」

解放された片手で、咄嗟にイライアスの肩を押しのけようとしたレイスリーネは次の瞬間、ひっと喉の奥で声にならない悲鳴を上げた。深い襟ぐりをたどっていた手が中に潜り込み、素肌の乳房をぐっと摑んだからだ。

ツキンと、下腹部に痛みにも似た快感が走り抜ける。なぜか処女検査の時に見た夢で、バードに胸の膨らみを愛撫されたことが脳裏に蘇る。と同時に、身体までもがその時に感じたことを思い出したのか、胎内からじわりと蜜が染み出してきた。

――なっ、どうして……!?

レイスリーネは自分が信じられなかった。好きでもない相手に触れられて感じてしまうなどと。

「身体が熱いか、レイスリーネ？」

くっくっと笑いながら、イライアスはレイスリーネの形のよい膨らみを揉みしだく。

「香油を塗られただろう？　あの香油には、催淫効果がある。初夜で花嫁の緊張を解すためのもので、肌を通して徐々に効いてくる」

「催淫効果……？　あっ、や……！」

イライアスの胸を弄る指が膨らみの先端に触れる。じんじんと熱を帯びる突起を摘まれ、レイスリーネは身悶えた。擦られるたびにキュンキュンと下腹部が疼き、それが全身に広がっていく。

「香油の効果とはいえ、処女の割には感度がいいな、レイスリーネ？」

揶揄されて、レイスリーネの全身がカッと熱くなった。ピンク色に染まった顔をイライアスが愉快そうに見下ろして目を細める。

「誰かに触れさせたことでもあるのか？　それとも誰かを想像して自分で慰めていた？」

その瞬間、レイスリーネの脳裏に浮かんだのはバードの顔だった。慌ててその面影を振り払いながら頭を横に振る。

「違います。そんなことしてない……」

——違う、あれは単なる夢だ。

「想像だろうがなんだろうが、今夜からこの肌に触れるのは私一人だ」

イライアスはそう言うと、レイスリーネをシーツに縫いとめていた片手を放し、その手で彼女の夜着の肩紐を下げていく。胸元のリボンが解かれ、はらりと膨らみを覆う布がすべり落ちる。

「へ、陛下、お願いです。お許しください。私は……！」

乳房が露になり、うろたえたレイスリーネは両手でイライアスの肩を押しのけようとした。けれど、意外なことにイライアスはビクともしない。簡単に押しのけられるだろうと思っていたレイスリーネは目を見張った。

——この、方は……。

どんなに女性的な顔立ちをしていようが、男なのだ。それも、日々身体を鍛えている。レイスリーネを押し倒した時の動きや、人の弱い部分を的確に押さえ込む技量。間違いない、彼は軍隊にいたか、もしくは軍人に訓練を受けた経験がある。

「抵抗するのか、レイスリーネ？」

イライアスは楽しそうに尋ねる。相手は国王だ。レイスリーネが抵抗できるはずがないことをよく分かっていてわざと聞いているのだ。まるで、猫が捕らえた鼠《ねずみ》をいたぶるように。

「それ、は……」

どうすればいいのだろう？　どうしたらこの窮地から抜け出せる？

ぐるぐると考えていると、無意識のうちにシーツをさまよっていた手が短剣に触れた。ぐっと柄を握り締める。

この剣を抜けばここから逃げ出せる。相手は丸腰だ。鍛えていたとしても、武器を持っているレイスリーネの方が有利になる。それだけの訓練をレイスリーネも受けてきた。けれど……国王に剣を向けることの意味、それは——

「イヤなら私を殴り倒して逃げればいい。その剣で刺しても構わないぞ」

イライアスが楽しそうに笑った。レイスリーネはぎゅっと目を瞑り、短剣から手を放す。装飾の入った短剣は重みでシーツに沈んだ。

傷つけるわけにはいかない。剣を向けることすらできない。相手は国王だ。軍人として一番に守るべき相手なのだ。その彼に剣を向けることはレイスリーネにはどうしてもできなかった。

それ以前に、そんなことをしたらレイスリーネはおろかブランジェット子爵家もどうなるか分からないのだ。

レイスリーネの心を読んだかのようにイライアスが苦笑を浮かべた。

「お前も難儀だな。自分の身を守りたいなら、その剣を抜けばよかったのに。でもそれがお前がお前たる所以か。では私はそれに付け込もう。……レイス・コゼット少尉」

突然、軍人としての名前で呼ばれて、レイスリーネは目を見開いた。イライアスはそんな彼女を見下ろし、そっと彼女のむき出しになった喉に触れながらはっきりとした口調で告げた。口元に美しい笑みすら浮かべて。

「お前に夜伽《よとぎ》を命じる。レスリーが父上にそうしていたように、今宵からここで毎晩私に身体を開き、受け入れろ」

それは、軍人としてのレイスリーネに対する国王からの命令だった。左翼軍の一員であるレイスリーネにとって主君であるイライアスの命令は絶対だ。……いや、もしただの子爵令嬢としてここにいても同じだっただろう。この国の一員である限り、イライアスの命令には逆らえない。

レイスリーネは全身を震わせ、目に涙を浮かべた。それが純潔を失うことへの悲しさなのか、悔しさなのか自分でもよく分からなかった。

「……卑怯《ひきょう》、です」

震え声で呟くと、レイスリーネに覆いかぶさっていた男が笑う。

「卑怯だとも。私は使えるものがあればそれが何であろうと駒として使うし、手段は選ばない。欲しいものがあれば、どんな手を使っても手に入れる。必要だと思うならそれが卑怯な手でも躊躇しないだろう。今さらだ。私はお前を無理やり側室にし、囮にし、あげくの果てにお前の身体を奪おうとしている。私が憎いか？　ならば憎めばいい。憎悪と怒りは私にとって何よりも親しみ深いもの。私を私たらしめているものだ。だからもっと憎めばいい。……さぁ、レイスリーネ、どうする？　お前は私の命令に逆らえるのか？」

イライアスが答えを促す。いや、答えではなく、レイスリーネが陥落するのを待っている。

「あなたには失望しました。でも……悔しいですが、従います」

レイスリーネは吐息を漏らしながら答えると、無抵抗を示すように身体中の力を抜いて目を閉じた。

──命令には逆らわない。でもせめて無反応でいよう。

そう決心するレイスリーネの上でふっと微笑んだような気配がした。

「ふ、ぁ、……んっ、あっ」

ぴちゅ、ぴちゃと濡れた音が寝室に響く。レイスリーネの引き締まった裸体がシーツの波に踊った。

「んぁ……！」

堪えようと思っても、噛み締めた歯の隙間から声が漏れてしまう。

何も感じないでいようと決めたのに、香油によって高められた身体が早々に彼女自身を裏切っていた。触れられただけで身体が熱を帯び、イライアスの舌が這うたびに、快楽がさざ波のように全身に広がっていく。

「やはりお前は初めてとは思えないほど感度がいいな」

愉悦を浮かべながらイライアスがレイスリーネの蜜壷からゆっくりと指を引き抜く。その手は彼女の蜜でべっとり濡れていた。恥ずかしさに真っ赤に染まった顔を背けると、イライアスが笑う。

「褒めているのだがな。お前の中はとても熱くて蕩《とろ》けている。この中に入ったらさぞや気持ちいいことだろう」

「そ、そういうことは、言わないでくださ……ああっ」

ずぷりと音を立てて再び二本の指が蜜壷に埋まる。レイスリーネの媚肉はそれに嬉しそうに絡みつく。奥からトプっと蜜が溢れ、広げられた両脚の付け根からシーツに零れていった。

頭を下げたイライアスは、指を動かしながらレイスリーネの胸の膨らみに舌で触れ、疼く先端を口で捕らえる。歯で擦られながら吸われると、強烈な快感が身体中を駆け巡り、レイスリーネはぎゅっと両手でシーツを握り締めた。

イライアスが巧《たく》みなのか、それともレイスリーネが彼の言うように感じやすい身体なのか、的確に彼女の弱い部分があぶりだされていく。彼の指がもたらす悦楽に、レイスリーネは追い詰められていた。

――こんなのは私の身体じゃない……！

そう心の中で叫んでも、身体は心を裏切る。感じてはならないと思うそばから、身を捩り声が勝手に漏れてしまう。

男の子として幼少期を過ごし、その後軍隊で鍛えたこともあって、レイスリーネは自分の身体の制御《コントロール》に自信があった。けれど、今彼女は自分の身体を制御する術をもたず、ただただイライアスに翻弄されるだけだった。

蜜壷に埋められた指が、腹側にあるざらざらした部分を擦り上げる。

「んっ、んっ！」

ビクンと腰が跳ね上がり、媚肉がイライアスの指をきゅっと締めつける。それを押し開くようにぐりぐりと抉られて、レイスリーネはまた腰を揺らしながら嬌声を上げた。

「ああっ、んン、っあ……！」

全身を紅に染めて波打つ身体に、イライアスは唇と舌を這わせ、時に歯を立てる。胸に埋まっていた顔が少しずつ下がり、やがて慎ましやかな黒い茂みに達した。

「あっ……！」

蜜で塗れた花弁の上部にある花芯に舌が触れる。

「へ、陛下、そこは……あっ、ああっ……！」

充血した花芯をイライアスの舌が捕らえる。チュッと音を立てて咥えられ、偶然触れた歯の感触に、雷にうたれたようにレイスリーネの身体が跳ねた。背筋を悦楽の波が駆け上がっていく。

奥から蜜が溢れ、イライアスの指に掻き出されて白く泡立ちながら零れ落ちる。その卑猥な光景に恥じらう間もなく、レイスリーネは敏感な花芯を歯と舌で扱かれ、背中を反らして喘いだ。

「ふぁ、や、ああっ、陛下、陛下ぁ……！」

寝室に響く甘い声にイライアスがくすっと笑う。その吐息ですらレイスリーネに震えるような快感をもたらす。

——おかしく、なる。

次第に頭がぼうっとしてきて、レイスリーネは何も考えられなくなった。ここがどこなのかも、自分が好きでもない相手に抱かれていることも、頭から消え去っていた。だからだろうか、レイスリーネは不思議な感覚に陥っていた。処女検査の時に見た夢で感じたバードの手の感触とイライアスの愛撫の手がいつしか彼女の中で重なり、区別がつかなくなっていた。

「んっ、あ、あ、んっ……」

——バード……これはバードの手？　触れているのは、バード？

「レイスリーネ、気持ちがいい？」

バード、これはバードの声。

「あっ、っぁ、あ、気持ち、いい……！」

「そうか。それは重畳」

指が更にもう一本加わる。よく濡れているせいか、レイスリーネの蜜壷はすんなりと三本の指を受け入れた。けれど痛みはほとんどなく、ほんの最初だけ蜜口が引き攣れたようなピリッとした痛みを覚えただけだった。

「んぁ、……あ、は、あぁ、ん……」

イライアスの手が上下するたび、彼の舌が蠢くたびにレイスリーネの腰がビクビクと揺れ動く。両脚の間から聞こえる粘着質な水音も、気にならなくなっていた。

「んんっ、あ、ん、来る……！」

目の前がチカチカと瞬き、身体の奥から何かがせりあがってくるのを感じて、レイスリーネは喘いだ。夢の中でも感じた白い波が、絶頂が、すぐそこまでやってきていた。

「そろそろかな……」

そう呟くと、イライアスは蜜壷の中の指を激しく動かす。と同時に、レイスリーネの真っ赤に充血した花芯に歯を立てながら強く吸った。

レイスリーネはその強すぎる刺激に一気に頂点に押しやられる。目の前が真っ白に染まった。中で何かが弾け飛び、レイスリーネを高く押し上げた。

「あっ、あ、あ、あああああぁぁ！」

背中を反らし、部屋中に嬌声を響かせながら、レイスリーネは絶頂に達した。ピクピクと膣壁が蠕動し、イライアスの指を締めつける。奥からどっと蜜が溢れ、イライアスの手を濡らした。そんなレイスリーネからイライアスは指を引き抜き、ゆっくりと離れていく。

「ん、あ、はぁ、あ、ん……」

すべてを押し流され、荒い息を吐きながらレイスリーネは呆然と天蓋を見つめる。衣擦れの音が聞こえてきたが、そちらに意識が向くことはなかった。自分の身体に起こったことに圧倒される一方で、どこか夢の中の出来事のような気もしていた。

やがてすべてを脱ぎ捨てたイライアスがベッドに戻ってくる。重みでギシッとベッドが鳴ったが、それはレイスリーネの耳にはかすかにしか届かなかった。イライアスはレイスリーネの脚を更に大きく割り開き、その間に身体を落ち着かせると、自身の猛った肉茎を彼女の蜜口に押し当てた。

指よりももっと大きくて太いものがこじ開けようとしていることに気づき、ようやくレイスリーネは絶頂の余韻から目覚める。

慌てて顔を上げると、全裸になったイライアスがいた。予想していた通り、イライアスは女性的な顔立ちとは裏腹に、引き締まった筋肉を持っていた。軍で一緒に訓練をする男の兵士たちに比べれば確かに細身だが、均整の取れた筋肉のつき方は明らかに鍛えられたもので、一部で揶揄されているような「ひ弱な国王」などではないことを示している。

一瞬だけ見とれてしまったレイスリーネは次の瞬間、ひっと喉の奥で悲鳴を上げた。綺麗な顔に似合わない、まるで別の生き物のように雄雄しく立ち上がったイライアスの肉茎が、レイスリーネの両脚の付け根に押し当てられているのが目に入ったからだ。

それが何を意味するのか言うまでもなかった。イライアスはレイスリーネを今まさに奪おうとしているのだ。覚悟を決めたはずなのに、やはり純潔を奪われる恐ろしさにレイスリーネは怯えた。

――怖い……！　誰か助けて……！

「やっ、やめっ、助け……バード……！」

なぜこの場でバードの名を呼んで助けを求めてしまったのか、自分でもよく分からない。ついさっきまでバードの手をイライアスの手と混同していたからだろうか。咄嗟に出てきたのが、両親でもなく、亡き祖父でもなく、バードの名前だった。

レイスリーネの言葉を聞いたとたん、イライアスの身体が一瞬だけ硬直したのが分かった。そして次に自分を見下ろす碧の瞳に怒りの色が浮かぶのを目にした。

「閨の中で、別の男の名を呼ぶとはね」

「……あっ……」

レイスリーネは恐ろしさに震える。なぜ口にしてしまったのか。自分だけではなく、バードにだって累が及ぶかもしれないのに。

「申し訳――っあ！」

謝罪の言葉は激痛と悲鳴にかき消された。イライアスがレイスリーネの腰を摑み、容赦なく彼女の蜜壷に己の怒張を押し込んだからだ。

「痛っ……！　や、あぁああ！」

いくら丹念に解されていても、指とは太さも質量も違う。何者も踏み入れたことがない狭い膣道が、イライアスの肉茎で無理やり広げられていく。まるでごりごりと内臓ごと抉られていくかのような圧迫感と、脳天に響くような痛みに、レイスリーネの口からは声も出なくなる。

はふはふと本能的に痛みを逃がすように短い息を吐くのが精一杯だった。

生理的な涙が目尻に盛り上がり、零れ落ちていく。それすらも意識できないほど、自分を串刺しにする凶器にすべてを奪われていた。

「どうやら私の側室は厳しくしつける必要があるようだな。バードはお前に触れたのか？」

「ち、違……。あれは、夢……」

「夢？　まぁ、いい。お前がこれ以降思い出すのは、私の手の感触であり私の身体だ」

独占欲を滲ませた宣言に、レイスリーネは怯えた。イライアスによって自分の何かが変えられてしまうような気がして恐ろしく思えた。

「やめっ、いやぁ！」

イライアスはもがくレイスリーネの腰をしっかり摑むと、更に腰を押しつけてくる。容赦なく穿たれ、レイスリーネは胎内で何かがブツンと切れたような衝撃を感じた。とたんに更なる激痛が襲い、目の前が真っ赤になる。

痛みに喘ぐ中、気がつくとレイスリーネの脚の付け根とイライアスの腰がぴったり重なっていた。恐ろしくなるほど奥まで打ち込まれた楔に、全身に這うような震えが走る。レイスリーネは気づかなかったが、処女を奪われ、破瓜の血がじわじわと染み出してきていた。

——ああ、私は純潔ではなくなってしまったのだわ……。

悲しみに胸が塞がるようだった。けれど、自分を哀れむ間もなくイライアスが律動を始め、その激しい痛みにレイスリーネはたまらずシーツを手放し目の前の存在に縋る。肩に手を回し、ぎゅっと抱きつくと、イライアスの顔に小さな笑みが浮かんだ。

「そうだ。それでいい」

「陛、下……」

「イライアスだ。私の名を呼べ、レイスリーネ」

なかば朦朧となりながら、レイスリーネは口を開く。

「イライアス、様……」

「様はいらない。レイスリーネ、お前だけ特別に名前を呼ぶことを許すのだ。だから……

呼べ。私の名前を」

ぎりぎりまで引き抜かれた楔が、再び奥まで打ち込まれる。ずんと響く律動と痛みに耐えながらレイスリーネはうわ言のように口走った。

「イライアス……イライアス……」

「レイスリーネ……！」

イライアスはレイスリーネを穿ちながら、レイスリーネの頬や口元に唇で触れる。レイスリーネを凶器で攻めたてる一方で、その仕草はやけに優しいものだった。

「レイスリーネ……」

「あっ。あ、あっ、んっ、あ、はぁ……」

次第にレイスリーネは痛みが遠のき、それに伴い、快感が戻ってくるのを感じた。太い部分で膣壁を擦られ、その摩擦がえも言われぬ快感を子宮に伝える。

媚肉がざわめき、みっちり埋め尽くされたものを熱く締めつける。奥からぐじゅっと蜜が溢れ出し、イライアスに楔を出し入れされるたびに掻き出されていった。

「よくなってきたようだな」

胸の先端を弄りながら、イライアスはからかうように言った。レイスリーネは頭を左右に振ったが、それが彼の言葉を否定してのことか、背筋を這う悦楽から逃れようとしてのことか、自分でも分からなかった。

イライアスがレイスリーネを穿ったびに、ベッドが軋んだ音を出す。それに重なるように粘着質な音が響き、レイスリーネの口からひっきりなしに零れる嬌声が部屋にこだまする。

「あっ、あンッ、んっ、あ、は、っあぁ」

——違う、こんなのは私じゃない……。

喘ぎながら、レイスリーネはぼんやり考える。けれど、すぐに思考が快楽にからめとられ、分からなくなる。自分はどうしてこんなふうによく知りもしない男にしがみついて声を上げているのだろう。

次第に頭の中が霞がかってきて、何も考えられなくなる。分かるのは自分に覆いかぶさる男の身体の重みと熱。それに蜜壷を蹂躙する熱い楔だけだった。

「ふぁ……！　あっ、あっ、ふぅ、ん」

奥まで穿たれた拍子にイライアスの腰に花芯を擦られ、レイスリーネは身悶えする。ぶるぶると全身が震え、またもや絶頂の波が押し寄せるのを感じた。

「イライアス……私、ああっ……！」

下腹部が熱く蕩け、媚肉がうねり、イライアスの張りつめた楔に絡みつく。それを振り切るようにイライアスの動きが速く、そして深いものになっていく。

「あっ、あっ、ああ」

パンパンと肌がぶつかる音が寝室に響き渡る。レイスリーネはイライアスの肩に縋りながらその激しい動きに揺さぶられた。

「あっ、んン、あっ、んんっ」

絶頂がそこまで近づいてきていた。レイスリーネは無意識のうちにイライアスの腰に足を絡める。それに煽られたようにレイスリーネの中でイライアスの楔が大きく膨らんだ。

「くっ……！」

イライアスが何かに耐えるように歯を食いしばると、レイスリーネの中にまた強く己を打ち込む。絡みつく襞を掻き分け、ズンッと奥まで穿たれたその衝撃に、レイスリーネの中で何かが決壊した。

「あ、あああああ！」

レイスリーネが頤を反らし、絶頂に達する。と同時に、イライアスの怒張が弾け、胎内に熱い飛沫が注がれるのを感じた。

「あ、あ、あ」

奥にじわりと広がる熱と、襲い来る法悦にレイスリーネは全身をガクガク震わせる。イライアスはそんなレイスリーネを痛いくらいに抱きしめると、何度も何度も彼女の中に白濁を放った。

やがて荒い呼吸が収まると、イライアスはレイスリーネの手と脚を解いて、彼女の上から離れていく。ぬちゅと音と立てて楔が引き抜かれた。

「んっ……」

その感触にも疼きを感じてしまい、レイスリーネは鼻にかかった声を漏らす。じんと身

体に響く淡い快感をやり過ごしたあと、全身の力を抜いたレイスリーネは、その時ふと両脚の付け根から何かがトロリと零れていくのを感じた。

それはあとからあとから溢れてきて、下肢を汚していく。

――一体……。

ぼんやりと考えたレイスリーネはようやくその答えに思い至り、血の気が引いていくのを感じた。絶頂の余韻など吹き飛んでいた。

これはイライアスの子種だ。それが何を意味するのか悟って、レイスリーネは恐怖におののく。「妊娠」の文字が頭の中に浮かんだ。

「へ、陛下。……こ、子ども、が……」

混乱しながら呻くように呟くと、事後の余韻からか無駄に色気を放っているイライアスが物憂げに言った。

「ああ、心配ない。あとで薬を持ってこさせる」

「薬……？」

「避妊薬だ。事後でも作用する。一日以内に服用すれば問題はない」

「そ、そう、ですか……」

ホッと安堵の息を吐くも、次のイライアスの言葉にレイスリーネは衝撃を受けた。

「子どもはいらない。欲しくないからな。できないようにするのが一番だ」

「え、そ、そう、ですね……」

答えながらレイスリーネは胸がツキンと痛むのを感じた。どうしてだろう。子どもができてしまえば側室を辞めることが難しくなる。レイスリーネだって望んではいないのに。それなのに。

――どうしてこんなに胸が締めつけられるのだろう。

唇を噛むレイスリーネに、イライアスが手を伸ばす。

「子どもはいらないが、この行為は歓迎だな」

「陛下!?」

イライアスはレイスリーネの腰を摑むと、白濁と蜜に塗れた蜜壷に、再び自らの怒張を押し込んでいく。さっき出したばかりだというのに、彼の楔は硬さを取り戻していた。

「なっ……」

信じられないとばかりに大きく目を見開くレイスリーネを見下ろして、イライアスが妖しく微笑む。

「あれだけで済むわけがない。幸い、お前はひ弱な貴族令嬢と違って身体を鍛えているから問題ないだろう？　私の気の済むまで付き合ってもらうぞ、レイスリーネ」

「あっ、いやぁ……！」

再び始まった情事にレイスリーネは否応なく引きずり込まれていった。

揉みくちゃにされ、深く貫かれ、激しく揺さぶられて、嬌声を上げる。レイスリーネの声は長い時間途切れることはなかった。

胎内に四度目の白濁を受け、ようやくレイスリーネは気絶するように意識を手放す。

「もっと私を憎め。決して許すな」

意識が闇に閉ざされる直前、レイスリーネはイライアスのささやきを聞いた気がした。

＊＊＊

――『私を憎め』。

純潔を、なかば強姦の形で奪われたレイスリーネだったが、それでも身体を奪われている間、彼に憎しみを覚えることはなかった。ただ悲しくて悔しかっただけだ。

レイスリーネにとってイライアスは尊敬する国王、守るべき君主だった。ブランジェット子爵家をフリーデ皇太后たちの脅威から救ってくれたのは紛れもなく彼なのだ。レイスリーネはそれを忘れたことはない。

それはこの先も変わらないだろう。

けれど初夜が明けた翌日、イライアスの言っていた薬を届けに来たと言い、彼女の前に現れた人物を見た瞬間、彼に対する憎しみが湧き上がるのを確かに感じた。

「君の次の任務というのは、国王の側室役か。大変だな」

「バード……」

なぜ彼がここに？

疑問に思ったが、すぐに理由が分かった。イライアスは、初夜にレイスリーネがバードの名前を呼んだことを許していない。だから彼にわざわざ避妊薬を持っていくように命じたのだ。

イライアスのモノになったレイスリーネをバードに見せつけるために。そしてそのことでレイスリーネが苦しむように。

――なんて陰湿な。

ぎゅっと拳を握り締めながら、レイスリーネはバードに明るく尋ねた。

「あなたが来るなんて思わなかったわ。また偶然、任務で城にいたの？」

バードは頭を横に振った。

「いや。違う。今回は偶然ではなくて、これが俺の任務なんだ」

「え？」

「陛下のご命令で、俺が陛下と君の連絡係になることが決まった。これからもちょくちょくここに来ることになるだろう。改めてよろしくな、レイス」

微笑むバードを呆然と見上げながら、レイスリーネはイライアスへの憎悪を胸に刻んだのだった。

第四章　憎悪と思慕との狭間で

レイスリーネが側室として城にあがって半月が経った。

王妃と違い、側室には公務の義務がないため、レイスリーネが何かをする必要はなく、昼間はぼんやりと過ごす。

閉じ込められているわけではない。国王と王妃の居住空間である主居館以外の場所も事前の通告さえあれば自由に出入りが可能だ。けれど、レイスリーネは何もする気力がなく、自分の部屋に引きこもっていた。

訓練に明け暮れていた紅蓮隊の時代には考えられないことだ。

——もう何日間剣を握っていないんだろう？

身体が鈍っているし、剣の腕も落ちていることだろう。これでは何かあった時に自分の身を守ることすらままならないかもしれない。

そう思いはするが、何もする気が起きなかった。

原因はイライアスだ。彼は毎夜レイスリーネのもとを訪れ、彼女を抱き潰していく。いくら軍人として鍛えているレイスリーネも、さすがに連日の夜伽には疲れ果ててしまい、動くことすら億劫になる。

椅子に座り、窓の外に見える中庭をぼんやりと眺めていると、部屋の外からティーゼの声が聞こえてきた。

「レイスリーネ様、陛下の使者の方がいらしております」

レイスリーネはハッと顔を上げる。レイスリーネにとっては、この訪問だけが唯一の楽しみだった。

「お通しして」

そわそわして待っていると、しばらくして部屋にバードが現れる。案内してきたティーゼが頭を下げて扉から出て行くのを見送ると、レイスリーネは苦笑しながら親しげに声をかけた。

「何も三日おきに来ることはないのよ」

「国王からの贈り物を届ける役目も兼ねているからな」

国王という言葉を聞いてレイスリーネが眉を寄せる。けれど、彼女は湧き上がりそうになる怒りや憎しみを抑え込んで何気なく尋ねた。

「……今日は何を贈ってきてくださったの？」

「今、王都で流行っている焼き菓子だ」

そう言ってバードが差し出したのは、何の変哲もない箱に入ったマドレーヌだった。それをじっと見下ろしてからレイスリーネはため息を吐いた。

「そう。お菓子に罪はないわよね。受け取るわ」

「そうか。よかった」

バードの口元が弧を描く。それを見てレイスリーネは胸がキュンと締めつけられるのを感じた。

三日おきに報告にくるバードはレイスリーネのもとを訪れる口実なのか、イライアスからの贈り物を持ってくる。最初は宝石やドレスなど高価なもので、レイスリーネはそれらを見て顔を引き攣らせてしまった。表面上は喜ばなければならなかったのに。

けれど、レイスリーネが側室でいるのはレスリーを殺した犯人を突き止めるまでだ。その任務が終わればいなくなるというのに、こんな高価なものを贈られても困るのだ。

そうバードに言い、イライアスにも抗議をすると、贈り物は花やお菓子などに変わった。レイスリーネが胸を撫で下ろしたのは言うまでもない。

「何か報告はある？」

レイスリーネはお菓子の箱を受け取りながら尋ねる。するとバードが頷いた。

「情報局で、かつてレスリー妃に仕えていた者たちの再調査を行っていると前に伝えたな？　それにはレスリー妃の事件後に、城を離れた者たちも含まれる。大半は残っているが、一部の者は城勤めをやめて故郷に帰ったり、別の商売を始めたりしている。彼らの追跡調査を行って、レスリー妃の事件と何か関わりがあるかどうか調べているんだが、その中の一人がひっかかったらしい。誰かは言えないが、どうやら紹介状に書かれていた者とは違う人間が名を騙って城に入り込んでいた形跡がある」

レイスリーネは目を見開いてバードを見返す。

「もしかしてその者が叔母上を殺した相手かもしれない、と？」

「いや、そこまでは不明だ。成りすましも確定ではなくて、その可能性があるというだけだ。その者は城を出たあと、故郷にたどり着く前に死んだことになっている。その審議も含めて、調査は続行中とのことだ」

「亡くなっている……」

もしその調査でひっかかった相手というのが犯人だったならもう死んでいる可能性もある。そうだった場合、レイスリーネが側室になった意味はないということに……。

「深く考えるな。死んだことすらはっきりしたわけじゃない」

レイスリーネが考えていることが分かったのか、バードがぴしゃりと言った。

「分かってるわ。ただ……」

もし意味のないことだったら、純潔を失ってまで自分は何をしているのだろうと思ってしまったのだ。けれどそんなことは言えず、レイスリーネは唇を噛む。バードは知らないのだ。時々彼がレイスリーネに持ってくる薬の意味も、毎晩彼女のもとを訪れるイライアスが何をしているのかも。

てしまう。

——言えない。彼だけには言いたくない。知られたくない。知られたらきっと軽蔑され

敵地の真っただ中にいるレイスリーネにとって、バードの訪れだけが心の支えなのだか
ら。彼と話をしている間だけ、レイスリーネはレイスに戻ることができる。この関係を壊
したくなかった。

「報告も済んだし、俺はそろそろ帰るよ」

バードが突然言う。レイスリーネはパッと顔を上げる。

「え？　も、もう？」

思わず口にしてしまい、慌てて手を振る。彼が長くここに逗留できないのは分かってい
るのに。

「いえ、何でもないの。報告ありがとう。また何かあったら知らせてね」

「ああ。また三日後に来る。お前も気をつけろよ」

「分かってるわ」

軽く挨拶を交わし、バードが部屋を出て行く。それを見送ったレイスリーネはその後も
彼の消えた扉をしばらく見続けていた。

バードの滞在時間はとても短い。当たり前だ。彼はイライアスの贈り物を届ける使者と
いう名目で来ているのだ。使者がいつまでもレイスリーネの部屋にいるわけにいかないの
は当然のことだ。

それなのに、思わず引き止めようとしてしまうなんて。

「だめね、もっとしっかりしないと」

レイスリーネはため息交じりに頭を振りながら呟く。

何も言ってこないがバードはレイスリーネの元気がないことにきっと気づいている。たおやかでおしとやかだったレスリーを模倣するのにはちょうどいいかもしれないが、これは本来のレイスリーネとは違う。

――しっかりしなくちゃ。私には任務があるのだから、ここにいる意味と理由を忘れてはだめ。

そう言い聞かせながらも、レイスリーネの気持ちは沈んだままだった。

――今夜もまたあの方がやってくる。

レイスリーネの心と身体を引き裂きに。

夜のことを思い、ぞくりと身体を震わせながらぎゅっと自分の身体を抱きしめる。けれどその震えには恐れや怯え以外に、甘い疼きが含まれていることを気づかないではいられなかった。

＊＊＊

窓のない寝室の、ランプの明かりに照らされたベッドの上でレイスリーネは四つん這いになり、イライアスに向かって高くお尻を突き出しながら震えていた。

「も、う、お許し、を……陛下……」

すでに一度イライアスの精を受けた秘部からは、ぴくぴくと引くつくたびに彼が放った白濁が零れ落ちていく。その淫靡な光景をイライアスは薄く笑って見下ろしながら、手を伸ばす。

「ああ、ほら、零してはダメだと命じたのに」

真っ赤に充血した蜜口から新たに染み出してくる白濁を掬い取ると、イライアスはレイスリーネの中にぐっと指を押し込む。

「ああっ……！」

新たな刺激にレイスリーネは嬌声を上げた。差し出すように高く掲げた双丘がぷるぷると揺れる。イライアスが指をゆっくり出し入れすると、その動きに合わせて腰が揺らめいた。

じゅぷじゅぷと粘着質な音がして、レイスリーネの羞恥を更にかきたてる。けれど、その心とは裏腹に熱く蕩けた膣壁は、差し込まれた指が蠢くたびに嬉しそうに絡みついていった。

じわりと奥から蜜が溢れ、指で掻き出された愛液がイライアスの白濁と一緒に太ももを伝わり、シーツにまで零れていく。

「零すなと言ったのに、まだ溢れさせるのか。淫乱だな、レイスリーネ」

「ん、やぁ……」

レイスリーネの口から嬌声交じりに否定の声が上がる。けれど、そう言いながらも、指の動きに合わせて引き締まった臀部がもっと快楽を得ようと揺れ動くのだった。

――いや、止まらない……！

自分ではどうすることもできない反応だった。

イライアスが指を引き抜き、レイスリーネの腰を引き寄せる。レイスリーネの子宮が期待感に疼いた。

「零した罰だ。受け取れ、レイスリーネ」

「あっ、あああああ！」

イライアスの肉茎が一気に奥まで押し込まれ、その衝撃にレイスリーネは甘い悲鳴を漏らす。

待ち望んでいたものを再び与えられた媚肉が蠢き、肉襞がイライアスの楔を熱く締めつける。それを引きずり出すかのように腰を引き、イライアスは再び奥に打ち込んだ。

「あっ、ぁあ、あ、んンッ！」

レイスリーネの喉から嬌声がほとばしる。ベッドが軋む音も、肌がぶつかる音も、今の彼女には官能を高めるためのものでしかなかった。

シーツをかきむしり、全身を貫く快感に耐える。

――おかしくなる、おかしくなってしまう……！

理性すら手放してしまいそうになる悦楽に、レイスリーネは怯えた。

「陛下、やぁ……！　やめ、て」

喘ぎながら桜色の唇から拒否とも謝罪ともつかない言葉が漏れる。けれど、イライアスは動きを止めることなく、それどころか、穿ったまま腰を回し胎内を激しくかき回した。

「あ、ああっ！」

奥の感じるところを笠の部分で抉るように擦られて、レイスリーネは甘い悲鳴を上げながら背中を弓なりに反らした。そんな彼女のうなじからしなやかな背中にかけて、イライアスはキスの雨を降らせながら、膨らんだ楔で媚肉を擦り上げる。

「あっ、あっ、あ、ん、んんっ」

背筋を駆け上がる快感に、レイスリーネの全身が震えた。

「口ではいやだと言いながらお前のここはこんなに悦んでいるではないか」

イライアスはレイスリーネの耳朶を食みながら、言葉で彼女を嬲っていく。

「お前は軍人よりきっと娼婦の方が合っているのだろうな」

「あ、んん、違う…！　私は、娼婦、なんかじゃ……」

けれどレイスリーネは心の奥底では、その通りだと思っていた。毎晩のようにイライアスに抱かれ続け、馴らされた身体は、悦楽に従順だ。もうすでに香油などなくても、彼に触れられるだけで疼き、悦んで彼を迎え入れる。

これで軍人などとは笑わせる。

「お前は私専用の娼婦だ」

「違っ……」

けれどその言葉に呼応するように、レイスリーネの中がキュッと収縮する。

「娼婦だと言われて悦ぶとはな……」

呆れるような声に、頬にかぁと熱が上がる。けれど、レイスリーネの媚肉は、羞恥を覚えれば覚えるだけ、嬉しそうにイライアスの怒張を熱く締めつけるのだった。

――だれか、助けて。私が私でなくなってしまう……！

レイスリーネの心が悲鳴を上げる。

「私が憎いか？　お前をこんな女にした私が？」

「憎い、です。憎い……」

揺さぶられながら何度も呟く。けれどレイスリーネは分かっていた。本当に憎いのはイライアスではなく、彼に抗いきれない自分なのだということが。

心はバードに向いているのに、身体はイライアスの与える悦楽の前に簡単に屈してしまう。夜だけではなく、昼間すら、時々身体が疼くことがあって、堕ち始めている自分を自覚する。

ともすれば心が身体に引きずられそうになってしまう。すべてを明け渡して委ねてしまいそうになる。この圧倒的な法悦に、ただ心身を委ねることができるならばそれはどれほどの悦びだろうか。

けれど、ギリギリのところでレイスリーネは堕ちそうになる心を留めていた。

――バード……！

彼の存在がレイスリーネを何とか踏み留まらせていた。

けれどイライアスはそれを叩き潰して、彼女を淫悦に沈めようとする。彼はレイスリーネの腰を摑んでいた手を放すと、前に回し、真っ赤に充血した陰核を指で弄んだ。

「い、いやぁ……！」

「お前はこうやって突かれるのが好きだったな」

敏感な部分を弄られながら、ズンと奥を突かれる。レイスリーネの感じる場所を太い先端でグリグリと抉られ、目の前に火花が散った。

「なぁ、今のお前をバードが見たらどう思うだろう？」

「やっ、いやぁぁぁぁあああ！」

言葉で嬲られ、ひときわ高い声を上げながらレイスリーネは絶頂に達する。シーツに顔を押し当て、ガクガクと全身を痙攣させながらレイスリーネは甘い絶頂の波に放り出された。けれど、イライアスは容赦がなかった。まだ震えているレイスリーネの中に激しく打ち込み始める。

「やっ、ま、まだ、あっ、あっ、お許しを……！」

絶頂が治まらず全身が敏感になっているレイスリーネは、再び襲いかかってくる快楽に苦しさを覚えるほどだった。けれど、イライアスはレイスリーネの懇願を無視して、再び彼女を悦楽の坩堝へ突き落とす。

「ああっ。あっ、やぁっ、ぁあ、ああ！」

イライアスの下で嬌声を上げながら快楽に翻弄される今のレイスリーネには、凛とした軍人の面影はなかった。その姿はただの女——雌だった。

その後も何度も絶頂に達したあと、イライアスの白濁を胎内に受け止めながら、レイスリーネは暗闇の中に落ちていった。

「私を憎め。決して許すな」

そんなささやきを耳にしながら——。

＊＊＊

それから二日後、アデラ宮に珍しいお客が訪れた。

「ライザ様、エルティシア様！」

友人が来たと聞いて首をかしげたレイスリーネのもとに、ティーゼに案内されて現れたのはライザとエルティシアだった。

「お久しぶり、レイスリーネさん。元気だった？」

「お久しぶりです！　レイスリーネさん」

「ようこそいらっしゃいました。お二人とも」

二人を庭のテーブルに導きながらレイスリーネはエルティシアに尋ねる。

「エルティシア様、つわりは大丈夫なのですか？」

「ありがとう。だいぶよくなって、ようやく外出を許してもらったの」

椅子に腰を下ろしながら、エルティシアは嬉しそうに笑う。その隣でライザが茶化すように言った。

「ロウナー准将がものすごく過保護でね。今日だってわざわざ自分で送り迎えをするって言って休暇まで取ったのよ。目を離すとシアのつわりがひどくなるとでも思い込んでいるんじゃないかしら」

「そ、そんなんじゃないのよ。グレイ様は今日たまたま城で用事があるって」

「どう考えたって城での用事はあなたの送り迎えのついででしょうが。もしここであなたがつわりで具合が悪くなって倒れるようなことになったら、あの男のことだから用事そっちのけでここまで押しかけてくるわよ」

「いくらなんでもそこまでは……」

「あの男ならするに決まっているでしょう！」

「ふふふ」

二人の掛け合いがおかしくて、レイスリーネはつい笑ってしまった。とたんに二人の視線がレイスリーネに注がれる。

「あ、ごめんなさい。お二人のやり取りが面白くて……」

口元を押さえて苦笑すると、ライザがエルティシアと顔を見合わせた。

「少し顔色が明るくなったみたい。良かったわ。ね、シア」

「ええ。やっぱりレイスリーネさんは明るく笑っている方が似合ってると思う」

「ライザ様？　エルティシア様？」

びっくりして目を見開くと、ライザが微笑んだ。

「実はね、フェリクスから、あなたが元気なさそうだと聞いて、心配していたのよ」

「グローマン准将が？」

そのフェリクスは一度もここに姿は見せていないので、きっとバードからレイスリーネの様子を聞いたに違いない。

「そうなの。だから、陛下に許可をもらってシアと来たのよ。幸いここに出入りするには問題ない身分だし、それに何より私たちはあなたの任務も素性も知っているから、気を張る必要もないでしょう？」

「そう。だから、私たちの前でだけはレスリー妃の真似をしなくていいのよ、レイスリーネさん」

「ライザ様……。エルティシア様……」

張りつめていた気持ちが緩み、じわりと目に涙が滲む。イライアスとのことだけでなく、命を狙われるかもしれないこと、レスリーのように振る舞わなければならないことはレイ

スリーネが自分で考えている以上に負担になっていたようだ。

「ありがとうございます。とても嬉しいです」

「それにね、もう一つ、私たちがここに来た理由があるの。はい、これ」

エルティシアが一通の手紙を差し出す。レイスリーネの名前は書いてあるが、差出人の名前はない。困惑しながら手紙を受け取ったレイスリーネに、エルティシアがにっこり笑う。

「レイスリーネさんのご両親からの手紙よ。グレイ様が預かってきたの」

「ロウナー准将が？　私の両親から？」

「ええ。あなたに直接渡してほしいって」

両親はレイスリーネがイライアスの側室になると公示されても、不思議なことに何も言ってこなかった。レイスリーネから一度だけ「心配はいらない」という趣旨の手紙を書いてコゼット男爵に託したが、それに対する返事はなく、結婚式にも姿を見せなかった。

それほど怒っているのか、それとも女の身で軍に入っただけではなく、今度は国王の側室になるというレイスリーネに呆れ、とうとう見限られてしまったのか。フェリクスはブランジェット子爵家のことは心配ないと言ってくれたが、実家の状況がまったく見えず、レイスリーネはひそかにやきもきしていたのだ。

「陛下のご命令であなたのご両親にレスリー妃のことやあなたの任務のことを伝えに行ったのはグレイ様なの。その時に預かったのですって。ね、読んでみて。もし返事を出したいのなら私が預かるから」

「は、はい」

エルティシアに促されて手紙を開封する。そこに記されていたのは、間違いなく父親の字だった。

ドキドキしながら見慣れた文字を目で追うと、そこにはこんなことが書かれてあった。

二代続けて側室を輩出したことでブランジェット家の周囲が騒がしくなり、警護のための兵が、イライアスの命で城から派遣されてきたこと。兵を率いてきたのがグレイシスで、彼からすべての事情を聞かされたのだという。

レスリーの身に起こったことを考えれば、レイスリーネが側室になることはとても心配だが、それが任務であるならば致し方ないと。安全のことを考えて結婚式には出席できないが、家のことは何も心配せず、レイスリーネが信じた道を行けばいいと。

手紙を胸に抱きしめ、零れそうな涙を堪えるように目を閉じる。見限られたのでも、怒っているのでもなかった。レイスリーネがやろうとしていることを知って、信じて黙って送り出してくれたのだ。

――お父様、お母様。

しばらくして目を開けると、レイスリーネはエルティシアに頼んだ。

「返事を書きたいのです。ロウナー准将にお渡しいただけますか？」

「もちろんよ」

レイスリーネは二人に断って机に向かうと、素早く手紙をしたためる。心配しなくても、必ず任務はやり遂げると。短い文だが、両親には通じるだろう。

手紙をエルティシアに渡しながら恐縮する。

「ロウナー准将ほどの方に使いのようなことをお願いするのはとても心苦しいのですが」

「とんでもない。グレイ様はとても喜んでいるわ。こんな機会でもないと、あなたの家と接点を持つことはできなかったんですもの。知ってる？　グレイ様はかつて右翼軍一の剣豪と言われたあなたのお祖父《じい》様のことをとても尊敬しているのよ」

「え？　そうだったのですか？」

意外な事実に驚いてエルティシアを見つめると、彼女は嬉しそうに笑った。

「ええ。生前に話をする機会がなかったのをとても悔やんでいたの。だから今回のことは良いきっかけになったわけ。その機会を与えてくださった陛下には感謝しているわ。……あ、ご両親のことは心配いらないから、レイスリーネさん。念のための警護というだけだから」

エルティシアは慌てて付け加える。レイスリーネは笑って頷いた。

「はい。手紙にもありましたから」

両親によると、騒がれてはいるが、特に身の危険を感じるほどではないという。兵を送るのは万が一のためというのと、唯一の妃であるレイスリーネをイライアスが寵愛していることを示すためなのだろう。

「それに、こんなに騒がれるのも、期間限定のことですから」

レイスリーネが側室である間だけの。

——そう。陛下との夜伽も、叔母上を殺した犯人を捜すまでのことだわ。

二人に気づかれないように、レイスリーネはそっと拳を握った。

それが終わればレイスリーネは側室をやめ、紅蓮隊のレイス・コゼット少尉としていつもの日常を取り戻すことができるのだ。すべてをなかったことにして。

そう自分に言い聞かせていると、ふと頭の中で声がした。

——本当に？　本当になかったことにできるの？　なかったことにしていつもの日々に戻れるの？　忘れられるの？

脳裏にイライアスに抱かれて嬌声を上げる自分の姿が蘇りそうになり、レイスリーネは慌ててそれを振り払った。

「期間限定と言わず、レイスリーネさんにはそのまま陛下の妃になってほしいって、私とシアは思っているのよ」

「うん、そうそう。レイスリーネさんなら陛下にぴったりだもの」

「え？　ちょ、ちょっとお待ちください。なぜそういう話に……。私はただの任務で……」

話がとんでもない方向に向かっていることに気づいてレイスリーネは慌てた。ライザとエルティシアは顔を見合わせてからふふっと笑い合う。

「だって、黒髪に琥珀色の目だし、理想通りなんですもの。ね、ライザ」

「なんと言ってもレスリー妃にそっくりだものね。陛下が放っておけないのも当然よ」

「叔母上にそっくりだから？」

言っている意味が分からずレイスリーネは首をかしげる。するとライザが微笑んで言った。

「ああ、この話はあまり知られていないものね。実は陛下の初恋の人ってレスリー妃らしいの」

「え⁉」

なぜかドキリとして、レイスリーネは思わずライザの顔を凝視する。

「意外でしょう？　お二人に接点があるとは思わないものね。でも、陛下自身が言っていたし、フェリクスが言うにはそれは本当らしいわ」

「グレイ様も、陛下が『人形』であることをやめたのはレスリー様がきっかけだったと言っていたわ」

二人が言うには、イライアスはかつて本当に「人形」のように、感情を表すこともなく、笑うこともなく、ただ言われるまま王子としての日常を送る、そんな子どもだったらしい。フリーデ皇太后が、自分たちが権力の座を摑むのに都合がいい駒として従順になるようにわざとそんなふうに育てさせたという。

従順な「人形」のようだった子どもはある日、散歩中に供と離れ、誰にも見咎められることなく偶然にもアデラ宮の庭に迷い込んだ。そこでばったり顔を合わせたのがレスリーだった。

「レスリー妃は陛下を優しく受け入れたの。産んだばかりの自分の子どもを手放さなければならなかった原因でもあった陛下を。……たぶん、失った子どもの面影を陛下に見ていたのでしょうね。レスリー妃は陛下に母親のような愛情を注いだ。陛下は初めて自分に愛情を向けてくれる存在を得たのよ」

イライアスはそれからたびたびレスリー妃のもとをひそかに訪れるようになった。前国王も、そのことに気づいても咎めることはなく、イライアスがレスリー妃のところに通えるように手助けをしたようだ。それまでめったに顔を合わせることもなく、親子としての交流もなかった父子がレスリーを通して心を通じ合わせるようになったのだ。

「叔父様が言っていたわ。レスリー様と前国王陛下、そして幼い陛下と三人でいる姿は本当の親子のように見えたそうよ」

エルティシアがしみじみと呟いた。

レスリーと前国王と三人で過ごす日々は、愛情を向けられずに育ったイライアスにとって、まるで宝石のようにキラキラ輝いた素晴らしい日々だったに違いない。

けれど、その輝かしい日々は突然断ち切られてしまった。……レスリーの死によって。

「愛情を注いでくれたレスリー様を奪われて、陛下はその時初めてフリーデ皇太后に憎しみを覚えたそうよ」

それまでのイライアスは、フリーデ皇太后には実母としての親しみも怒りも覚えておらず、ただ「母」という記号にすぎなかった。けれど、彼の胸には憎悪が刻まれたのだ。

「……陛下は、その時、何歳だったのです？」

レイスリーネの尋ねる声が少し震えていた。ライザが答える。

「七歳だったそうよ。それから十二年間もずっと、フリーデ皇太后たちに憎しみと怒りを抱きながら表面上は従順な顔を見せ、彼らを失脚させる時を待っていたのだから、凄まじいの一言よね」

イライアスはフリーデ皇太后のことを語る時に、絶対に名前を呼ばず、母とも言わない。「あの女」と彼は言う。あの大粛清から十年経ってもまだ。……彼の憎悪は消えていないのだ。レスリーの死がフリーデ皇太后たちが画策したものではないと知った今もなお。

「我慢強いのは今も一緒ね。本当はレスリー妃を殺害した相手をすぐにでも捜し出したかったと思うの。けれど国内情勢は不安定で、ガードナ国との問題もあった。レスリー妃のことに人手を割ける余裕も時間もなく、陛下は後回しにすることを選んだの。国のために。そして今、十年以上経って戦後処理も終わり、国内は安定し、ようやく陛下はこの問題に着手することができるようになったのよ。周囲の者はこれで陛下が区切りをつけて、一歩前に進めるんじゃないかと期待しているわ。強引に巻き込まれたレイスリーネさんには迷惑でしかないかもしれないけど……」

申し訳なさそうに話すライザにレイスリーネは微苦笑を浮かべながら首を横に振った。

「いえ。叔母上のことだったら私は無関係ではありませんから。……ありがとうございます、ライザ様、エルティシア様。今の話で色々なことが分かりました」

なぜ、二十年以上も前に起きたことを、イライアスが今さらこんなに手間隙かけて探ろうとするのか。なぜ周囲がそれに協力するのか。……そして、なぜイライアスがレイスリーネをあんなにも執拗に抱くのか。その答えがようやく分かった。

レイスリーネがレスリーとよく似ているからなのだ。

男性の性についてレイスリーネは詳しくないが、初恋の人そっくりの女性が目の前にいて、それも手をつけても許される状況にあって手を出さずにいられるだろうか？

——ああ。だからなんだわ。陛下は私を抱いているんじゃない。叔母上を抱いているんだ。

あの劣情をぶつけている相手も、レイスリーネではなくてレスリーだ。レイスリーネは身代わりにすぎなかった。

イライアスだって国王である前に一人の男だ。男として当たり前のことをしているだけ。レイスリーネだって好きな男性と瓜二つの人間が目の前にいたら、心が揺れてしまうだろう。それと同じだ。そう考えれば納得できる。

——……なのに、なぜこんなにも傷ついているの？　憎んでいる相手が何を考えて私を抱いているかなんてどうでもいいことなのに。

どうしてこんなに胸が痛むのか。何も分からずただ身体を蹂躙されている時よりもっと辛いと感じるのはなぜなのか。

不思議なことに、憎いと思っていた感情は急激に萎み、胸を抉られるような痛みとやりきれなさに置き換わっていた。

――あの人に必要なのは私の身体だけ。叔母上とそっくりなこの容姿だけなのね……。でも人のことは言えない。自分だってバードに心を傾けながら、イライアスに身体を開いているのだから。

「レイスリーネさん……」

感情を隠し切れず、悲痛な表情になっていたのか、ライザとエルティシアが心配そうにこちらを窺っていた。それに気づいたレイスリーネは我に返った。

――いけない。二人を心配させてしまう。

「何でもありません。気を抜けない日々を送っているせいで、少し滅入っていたみたいです。でも、お二人のおかげで少し晴れました。ありがとうございます」

「それなら、いいけれど……。無理はしないで、レイスリーネさん」

まだ心配そうなエルティシアにレイスリーネは明るく微笑む。

「大丈夫です。ところで、機会があればずっとお聞きしたいと思っていたのです。ロウナー准将や、グローマン准将とはどういうきっかけで今のご関係に至ったのですか？　ぜひともなれ初めをお伺いしたいです」

二人は顔を見合わせたあと、それぞれ互いのなれ初めについて先を争うように話し出したのだった。

帰っていくライザとエルティシアを見送りながら、レイスリーネは決心していた。二人の訪問はレイスリーネに自分を取り戻すきっかけを与えてくれた。見守ってくれている両親のため、わざわざ会いにきてくれた二人のため、そして何より自分のために、レイスリーネはレスリーを殺害した相手を見つけ出し、レイス・コゼットとして一刻も早く紅蓮隊に戻るのだ。

イライアスとのことで悩むのはもう止めだ。本来の自分に戻って、任務を遂行しなくては。でなければ何のためにこんな思いをし、純潔を失ってまでここにいるのか分からなくなってしまう。

「また来てくださいますとも。それにレイスリーネ様には陛下がいらっしゃいます」

友人を見送って寂しがっているとでも思ったのか、じっと玄関ホールに佇むレイスリーネにティーゼが声をかける。

「そうね」

レイスリーネはティーゼに微笑みを向けたあと、ふと尋ねた。

「そういえばライザ様たちにお聞きしたの。叔母う……叔母様とイライアス陛下は交流があったのですって？　ティーゼは知っていて？」

「はい。まだ幼い陛下がひそかに通われていて、時には前国王陛下がお連れして、よくご一緒にお過ごしになっていました。私たちに『王妃には絶対内緒だよ』とおっしゃって。三人でここの庭を散策される姿はまるで本当の親子のようでした」

ティーゼは懐かしそうに、けれど気のせいでなければどこか辛そうに目を細めた。

「それなのに、レスリー様があんなことになられて……。楽しい思い出があるからこそ、お辛かったのでしょうね。陛下はここを閉鎖されてしまい、決して足をお運びになることはありませんでした」

「陛下というのは、今の陛下のことではなくて……」

「あ、申し訳ありません。前国王陛下のことです。イライアス陛下は……閉鎖後も時折ここに足をお運びになっていたようですよ」

「そう……」

イライアスはきっとレスリーの面影を探していたに違いない。……それとも懐かしい日々に思いを馳せていた？

——いいえ、関係ないわ。私には。

ちくりと痛む胸に気づかないフリをしてレイスリーネは小さく首を横に振ると、改めてティーゼを見る。

この半月、レイスリーネはただ引きこもっていたわけではない。レスリーがやっていたように、使用人に気軽に声をかけ、交流を図ってきた。その甲斐あって、皆レイスリーネに打ち解けてきているようだ。そろそろ一歩進めてもいいだろう。

「ねぇ、ティーゼ。私の家——ブランジェット子爵家には、叔母様の最後の様子は伝えられていないの。たぶん前国王陛下のご配慮だったのだと思うのだけど、そのせいで一般に知られていることしか私は聞かされていない。だから、ティーゼ、もし差しさわりがなければ教えてほしいの。叔母様にあの夜一体何があったのかを」

そう言ってからレイスリーネは慌てて付け加える。

「叔母様のことを知ることが陛下をもっとよく知ることに繋がると思うの。だから、ティーゼ教えて？」

「レイスリーネ様……」

ティーゼはしばらく躊躇している様子だった。けれど、レイスリーネが再度イライアスのことを持ち出すと、しぶしぶ頷いた。

「分かりました。あまり気持ちのよいお話ではありませんが、レイスリーネ様がそこまでおっしゃるのなら、私が見聞きしたことをお教えいたしましょう」

「ありがとう、ティーゼ」

本当のことを言えば、レイスリーネはフェリクスから二十年前に起きた状況を知らされていた。ティーゼにわざわざ尋ねたのは、現場の実際の状況と当時アデラ宮にいた者たちの証言に矛盾がないか探るためだった。

「あの日。陛下の訪れはなく、レスリー様は早めに寝室に向かわれました。私は夜番として、レスリー様が寝室に行かれるのを確認してから、部屋の明かりを消して侍女の控え室へ向かいました。それが生きているレスリー様を見た最後だったのです。朝、起こしに寝室へ向かうと、血だらけになって床に倒れているレスリー様がいらっしゃいました。あちこちに血が飛び散って、床も血だらけで……」

当時を思い出したのか、ティーゼは震えながらぎゅっと目を瞑った。

レスリーの命を奪ったのは剣であり、心臓を刺されたからだ。けれど、急所を狙った一突きで苦しむことなく亡くなったと思われていたが、それは大きな間違いだった。

『レスリー妃は何箇所も刺されていた。死因は確かに心臓を刺されたことによる失血死だったが、急所は外れていたようだ。そのため、しばらく生きていたはず。……だからだろうね。犯人は執拗に何度も何度も彼女を刺している。胸の他にも身ごもっていた腹部も……』

まだ生まれてもいない子どもに対しても執拗に剣を向けていることから、恨みによる犯行であることは想像に難くない。けれど、イライアスやフェリクスたちがレスリーを殺害したのは内部の人間だと判断したのは、それだけではなく、彼女の遺体には犯人に抵抗した痕跡がなかったからだ。

『ベッドではなく床に倒れていたことや、血の痕からみて、レスリー妃は起きているところを正面から襲われたようだ。でも普通、見知らぬ人間が目の前に現れたら刺される前に抵抗するだろう？　けれど、その痕跡がまるでないということは……』

レスリーは襲われる寸前まで、目の前にいる相手が自分を襲うとは考えていなかった。つまり内部の顔見知りの犯行だということが考えられる。

『オードソン前将軍によるアデラ宮の当時の警備態勢は万全で、外部から侵入者が入る余地も、またその形跡もなかった。だからこそオードソン前将軍も内部に裏切り者がいると考えてやっきになって捜したんだが、前国王陛下がそれを否定して認めなかった。レスリー妃と使用人たちはとても仲がよく、その中の誰かが彼女を殺したなどと考えたくなかったんだろうね。それにフリーデ皇太后側からの圧力もあってオードソン前将軍はレスリー妃の殺害犯捜しを諦めざるを得なかったようだ』

フェリクスの話を思い出しながら、レイスリーネはティーゼに尋ねる。

「悲鳴は聞こえなかったそうだけど、朝になるまで叔母様の様子は見に行かなかったの？」

ティーゼは目を開けると辛そうに俯いた。

「それが……途中で相談したいことがあるからと小間使いのアウラが控え室にやってきて、二人で話し込んでいたために、見に行けなかったのです。もし、あの時私が行っていればと何度思ったことか……！」

震え始めたティーゼの様子にレイスリーネは慌てて言った。

「ごめんなさい、辛いことを思い出させたわ。でも、話してくれてありがとう」

その後もレイスリーネは当時もこのアデラ宮で働いていた者たちに話を聞いたが、皆似たような話と反応だった。

料理人をしていた故トマス老とその助手をしていたローレルは、夜半まで翌日の仕込みと献立の計画を二人で練っていた。けれど事件には気づかず、その後それぞれの部屋に戻って休んでいる。レスリーの死を知ったのは翌朝のティーゼの悲鳴を聞いてからだ。

庭師のアレンはずっと自室で寝ていて事件には気づかず、夜明けとともに起き出して庭で仕事の準備をしていたところ、ティーゼの悲鳴を聞いて事件を知った。

ティーゼの同僚だった侍女たちも、当時使用人たちを束ねていた侍従のソーンダイクも同じだ。それぞれが仕事をしているか部屋で寝ていて、怪しい人影に気づくこともなく朝になってから事件のことを知った。

事件後仕事を辞めて城を出て行った者も、亡くなった者も、二十三年前にオードソン将軍が調べた調書によると同じような状況だったようだ。

誰も使用人棟を出てレスリーの部屋に近づいた形跡はなく、異変や不審者に気づくこともなく朝になってからレスリーの死を知った。唯一近くにいて、誰にも気づかれず犯行に及ぶことが可能だったのは別室で控えていたティーゼだが、彼女は一人ではなかったために犯行は不可能。小間使いのアウラはすでに城勤めを辞めていたが、ティーゼと一晩中一緒にいたと、当時証言している。

レイスリーネは故オードソン前将軍やフェリクスたちと同じように袋小路に入り込んでいた。状況的に犯行が可能だった者にはアリバイがあり、逆にアリバイがない者は、警備兵に見つからずにレスリーの部屋に近づくのは不可能。

「これは……一苦労ね」

報告しながらため息を吐くと、バードが慰める。今日は三日に一度の訪問の日だった。

「仕方ないさ。相手がそう簡単に尻尾を出すはずはないのだから。それよりも詮索しすぎて使用人たちに疑われないようにな」

「それは大丈夫よ。だってみんな、叔母上を殺したのはフリーデ皇太后の一派が差し向けた外部の人間だと信じて疑ってないんですもの」

レイスリーネは苦笑を浮かべる。ティーゼや、老いても冷静そうな侍従のソーンダイクですら、あの一件はフリーデ皇太后のせいだと考えていた。

「だからもし私の詮索を今さら犯人を捜すためだと疑う者がいたとしたら、それこそ犯人だわ。その者だけが叔母上を殺したのがフリーデ皇太后たちではないことを知っているのだから」

「だからといって無理はするな」

「……分かっている。ありがとう」

バードの気遣いが心に染みて思わず笑顔になる。彼はイライアスと違い、レイスリーネに嫌なことはしない。彼女をからかい、気遣い、時には叱咤や注意をしながらも、節度を守っている。その距離感が今のレイスリーネには心地よかった。

「そろそろ俺は行くよ。何か欲しいものはあるか？　陛下の贈り物ということにして差し入れるが……」

「いいえ、特には……。あ、外での追跡調査に何か進展があれば知らせてくれる？　私の方も探りを入れるから」

「分かった」

部屋を出て行くバードを見送ったあとも、レイスリーネの口元にはまだ笑みが残っていた。

誰もがレイスリーネの中にレスリーを見ているこの館の中で、彼女自身を見て、そして認めてくれる者はバードだけだ。だからこそ余計にバードに惹かれるのかもしれない。

——バカね。バードにとって私は同じ任務にあたる同僚でしかないのに。それに、私の身体は……。

レイスリーネの顔から笑みが消える。バードと顔を合わせた日の夜は、必ずイライアスは激しく容赦なくレイスリーネを抱く。彼女を言葉と身体で執拗に攻めたてて追い詰めて狂わす。まるで自分の存在を刻みつけるように。

——私を叔母上の身代わりにしているくせに。

それが分かっているのに、レイスリーネの身体はイライアスに応えてしまう。

寝室へと続く扉に視線を向けて、レイスリーネは震える声で呟いた。

「今夜も、また……」

またレイスリーネはイライアスに翻弄されるのだろう。今夜のことを考えるとレイスリーネの背筋にゾクリと何かが駆け上がっていく。下腹部が熱くなり、じわりと蜜が零れ始めていた。

怯えや恐怖だけではないその反応に、レイスリーネはイライアスとの情事に溺れかけている自分を否応なく思い知らされる。

――結局は私も陛下と一緒だ。

心は別の存在に傾けているのに、身体だけは繋がって快楽を得ているのだから。

皮肉なことにその罪悪感が背徳感を煽り、レイスリーネを閨で淫らにしていた。

ベッドの上で嬌声を上げながら、レイスリーネは時折、まるでバードという存在を餌にイライアスと自分が互いに煽り合っているように感じられることがあった。そんな時は自分の心が分からなくなる。

――昼間はこんなに自分の気持ちははっきりしているのに。これも情事に溺れているせい？

バードの存在が占めているはずのレイスリーネの心の奥底の一角に、時折イライアスの面影が差し込むことがあるのを、彼女はどうしても認めることができなかった。

＊＊＊

「ライザが、レイスリーネ嬢のことで怒っているんですよ、陛下を」

恨みがましくイライアスを見ながらフェリクスが言った。イライアスの執務室に報告に来ていた彼だったが、開口一番出たのがこの言葉だった。

「女の勘というやつでしょうか。ピンときたらしいです。陛下が彼女にしていることを正確に見抜いて『立場にモノを言わせて奪うなんて最低よ。これだから男は！』って。ライザの男嫌いを再発させるようなことはやめてほしいですね。僕までとばっちりを受けるんですから」

フェリクスの隣ではグレイシスが眉を寄せながらもっと物騒な視線をイライアスに向けていた。それは臣下が王に向けていい態度ではなかったが、周囲にいた宰相も近衛団の団長も何も言わなかった。フェリクスとグレイシスの二人はそれが許される立場だったからだ。

英雄二人に言葉と視線で責められたイライアスだが、当の本人はまるで気にした様子もなく笑みを浮かべながら応じる。

「すっかりライザ嬢の尻に敷かれているようだね、フェリクス」

「陛下。笑っている場合ではありませんよ」

フェリクスは真剣な眼差しをイライアスに向けた。

「同じ男としてあなたが彼女に手を出してしまう気持ちは分からなくはありません。ですが、どうしてあんなひどい態度を取るんですか？　あなたらしくもない」

イライアスは片眉を上げながらおどけるような口調で言った。

「だって、閨で他の男の名を呼ぶんだよ？　仮にも私の妻となったのに、それは許せないじゃないか、そうだろう？」

「バードをあの任務に据えたのはあなただ。自業自得というものです」

そっけない口調でイライアスの芝居がかった態度を一蹴したのはグレイシスだった。彼は一歩前へ出ると、椅子に座っているイライアスをじっと見据えた。

「陛下なら彼女を懐柔するような振る舞いは簡単にできたはず。それがなぜあんな態度を？　わざわざ嫌われるような……」

そこまで言った直後、グレイシスは目を見張る。彼にはその状況にも感情にもどちらにも覚えがあった。

「まさか、わざとですか？　わざと嫌われるように？　彼女を遠ざけようとして？」

グレイシスはかつて、自分の運命に巻き込むまいとエルティシアにわざとそっけない態度を取っていたことがあった。それを不意に思い出したのだ。

肯定するようにイライアスの口元に微苦笑が浮かぶ。

「そんなところで君との繋がりを感じるとは思いもよらなかったよ、グレイ」

それを聞いてフェリクスが詰め寄った。

「どうしてです？　あなたが彼女を気に入っているのは分かっています。だからこそバードをつけたのでしょう？　それならそのまま側室に据えればいい。彼女なら自分の身を守れる。レスリー妃のようにはならない。側室として立派にやっていける。僕たちもそれを望んでいる」

「でもそれはレイスリーネの望みではないんだよ、フェリクス」

穏やかな口調でイライアスは言った。その言葉にその場にいた誰もがハッとなる。

「父上を支えるために自ら望んで側室となったレスリーとは違う。私は駒として彼女に側室になるよう脅迫した。そのことを忘れてはいない。私は国王としてレイスリーネに事件が終われば側室から解放し、彼女がもっとも望んでいる場所へ返すと約束した。それは守るつもりだ。だから互いに情が移っては困るのだよ」

「陛下……」

ならば最初から手を出さなければよかったのに。そう言いかけてフェリクスは言葉を呑み込む。彼自身にも覚えのあることだった。ライザが手に入る機会が手の中に転がり込んできた時に、フェリクスもまたダメだと思いながらも彼女に自分を刻み込まずにはいられなかったのだから。

「憎しみは原動力となる。私がいい証拠だ。私を憎めば憎むだけレイスリーネは側室だった自分に背を向けて新しい生活を踏み出せるだろう。私もまた、閨での態度がひどくて側室に逃げられたと噂になれば、娘を妃にと勧めてくる貴族連中を遠ざけることができる。一石二鳥だ」

微笑すら浮かべながらそう語るイライアスに、誰も何も言うことができなかった。レイスリーネに対する態度を咎めようとしたグレイシスでさえも。

イライアスはこの話題はここまでとばかりに居住まいを正すと、一同を見回しながら口調を変えた。

「さて、本題に移ろう。フェリクス、報告を。追跡調査はどうなっている？」

フェリクスも一瞬にして左翼軍情報局長としての顔に切り替えて言う。

「二十五年近く前に、小さな宿場町で乱闘に巻き込まれて亡くなった身元不明者がいます。その者が亡くなる数日前に話をしたという人物を見つけることができました。その者の話だと『城で働くために王都に向かう』と言っていたそうで、正式な紹介状も持っていたそうです。ところが亡くなった時には身元に繋がるものや紹介状もなくなっており、結局身元不明者ということで葬られたそうです。そのため、縁者には連絡がいかず、ずっと生きているものと思われていた。一方、その紹介状を持って城で勤め始めた者がおります。その者はレスリー妃の事件のあと、しばらくして勤めをやめて城を出ていますが、その足取りが摑めません。帰郷中、亡くなったことになっていますが、誰も実際にその者の死を確認してはいないそうです。墓も空っぽでした」

宰相が一歩前に出て口を開く。

「私の方の調査も進展がありました。陛下の言う通りレイスリーネ・ブランジェット子爵令嬢の周辺を洗い出したところ、一人だけ素性が怪しい者がおりました。こちらも同じような状況です。つまり、死んだ者に成りすましてその者の名を騙っているということです。本当の素性は分かっておりません」

沈黙が広がる。浮かび上がってきた事実に誰もが困惑を隠せなかった。イライアスが背もたれに背中を預けて確認するように呟く。

「つまり二十三年前と今、それぞれレスリーとレイスリーネの近くに他人に成りすましていた素性不明の人間がいるということか。はたしてその二つに繋がりはあるのか……」

「同一人物という可能性は？」

グレイシスがフェリクスに尋ねると、彼は肩をすくめた。

「可能性は否定できないけど、それだと年齢が合わないんだよね」

「そうか……」

イライアスが椅子から立ち上がりながら言う。

「ひとまず、フェリクスと宰相はそのまま調査と監視を続けてくれ。グレイシス、君はブランジェット家に恨みを持つ者がいないか調べてほしい。レスリー個人への恨みだけではなく、ブランジェット家そのものが標的になっている可能性もあるからね」

「分かりました」

フェリクスと宰相、それにグレイシスは姿勢を正して頷く。イライアスはうっすらと笑みを浮かべながら宣言した。

「そして私は、少しレイスリーネを見せびらかして挑発してみるとしよう。さて、一体何が出てくるやら」

＊＊＊

レイスリーネは突然のイライアスの訪問に仰天した。今まで彼は夜しかアデラ宮を訪れたことがなく、白昼姿を見せるのはこれが初めてだったからだ。

「あ、あの……？」

訳が分からず戸惑うレイスリーネの腰に腕を回しながらイライアスは笑う。

「この一か月、部屋にこもりきりで外に出ていないようだから、気分転換に散歩に誘いに来た。遅ればせながら主居館に案内しよう」

「え？　あの、へ、陛下？」

ぐいっと腰を引かれ、なかば引きずられるように扉に向かいながら、レイスリーネはいまだにこの状況についていけなかった。

――一体、何なの!?

ティーゼが困惑したような顔で、おずおずと声をかけてくる。

「あ、あの、外出されるのでしたら、レイスリーネ様に、ベールを……」

「いらない。ベールなど必要ないからね。さぁ、行こう」

イライアスはティーゼを一人部屋に残し、レイスリーネを連れて出て行った。

レイスリーネとイライアスが二人連れ立って歩く姿は行く先々で注目を浴びた。何しろ結婚後、毎晩国王は側室のもとへ通っていて、寵愛するあまり彼女を離宮から出さずに囲っていると噂されていたのだ。それが、主居館の中を側室を連れて歩いているのだという。

一目その姿を見ようと廊下に出てきた者たちは、近衛団の兵に周囲を守られながら寄り添って歩く国王と側室の姿に驚き、次いで感嘆のため息を漏らすのだった。

黒髪の美しい側室は頬をほんのりと赤く染めながら、国王を見上げている。美貌の国王はその側室の腰を大事そうに抱きかかえながら、微笑を浮かべて愛おしそうに見下ろしている。睦まじい様子で廊下を進む二人は幸せそうで、その容姿も相まってまるで輝いているように見えた。

前国王とその側室の姿を覚えている年配の者は懐かしそうに目を細め、美しい一対を見つめる。若い者は羨ましそうに、それでいて微笑ましげに二人を見守った。

彼らには思いもよらなかっただろう。仲睦まじく見える国王と側室が演技をしているなどと。レイスリーネが頬を染めているのは、突然公衆の面前に連れ出されて、恥ずかしさと怒りを覚えているからなどと。

「一体なぜこんなことを……」

「つべこべ言わずに笑っていろ。幸せそうに見えるように」

レイスリーネは不満だったが、これも犯人をあぶり出すためとあれば仕方なかった。蕩けるような笑みを浮かべてイライアスを見上げる。

「分かりましたわ、陛下」

イライアスは応えるようににこっと笑いながらレイスリーネにしか聞こえないようにさ

さやいた。

「そう、それでいい」

微笑み合う国王と側室の姿に見物人はわぁと沸いた。

イライアスはその後もレイスリーネを連れて主居館や城の重要な場所、人の大勢いる場所を選んで彼女を見せびらかした。

驚くことに、一日だけだと思っていた「仲睦まじい国王と側室」の芝居は、その日以降毎日のように続いた。イライアスは公務の合間に足しげくアデラ宮を訪れ、レイスリーネと共に過ごす。二人でお茶を飲み、庭を散策し、時にはアデラ宮の外に連れ出して、賓客に紹介する。

瞬く間に、国王は側室に夢中だと国民にまで噂は広がった。そんな中、レイスリーネだけが不満を募らせていた。

「……忙しいでしょうから、毎日のように来なくたっていいのに」

アデラ宮の庭をイライアスと並んで歩きながらレイスリーネは呟く。

「最愛の妃の顔を見ないと一日が明けた気がしなくてね」

「……よくもそんな白々しいことを」

庭師のアレンが毎日丹精込めて世話をしている色とりどりの花で埋め尽くされた美しい庭をゆっくり巡りながら、レイスリーネは唇を噛む。突然現れてレイスリーネを振り回すイライアスに、彼女はすっかりペースを乱されていた。

一番の不満はイライアスが来るせいで、バードと会えないことだ。イライアスの使者としてここに来ていたのだから、当の本人が贈り物を手に直接現れたら、口実がなくなるのも当然だった。

——会いたいな、バードに。

そう思いはするが、イライアスに振り回され、じっくり自分の思いに浸る時間がないせいか、レイスリーネがバードのことを考える時間は前より減っていた。それにレイスリーネ自身は気づいていなかったが、イライアスのことを考えている時間が増えていることも一因だ。

——本当に一体何を考えているのかしら、陛下は。

寄り添って歩きながらイライアスに目を向けて、レイスリーネはそんなことを考える。そしてそんな自分にびっくりしていた。ついこの間までレイスリーネはイライアスのことを考えるたびに欲望と憎しみと苦々しさの混じった感情しか出てこなかったのに。

ところが、閨以外でイライアスと一緒にいる機会が増え、彼の言動を目の当たりにすることが多くなってくるに従って、レイスリーネの心には奇妙な変化が訪れていた。

あのくすぶるような憎悪が湧いてこないのだ。それどころか、かつて抱いていた尊敬の念がじわりと染み出してくる。

王としてみんなと話すイライアス。艶やかな微笑を浮かべて、反感を持つ者を一言でやりこめるイライアス。王として大勢の前にいるイライアスと、親しい人たちだけに見せる顔……知っているようで知らなかった彼の一面を傍で見るたび、自分が彼についてほとんど知らないことに気づかされるのだ。

レイスリーネが知っているのは、閨での彼だけだった。けれど今、イライアスは、レイスリーネの前で色々な面を見せている。一体、本当のイライアスはどれなのだろう？

そしてそんなことを考えてしまう自分も、不思議だった。

──私、変だわ。あんなに憎んでいたはずなのに……。

「どうした？　昨夜は一回しかお前を可愛がらなかったのが不満か？」

レイスリーネを見下ろしながらイライアスがからかうように笑った。たちまちレイスリーネの頬に赤みがさす。

「そ、そんなんじゃ……！」

「心配せずとも、今夜はお前を存分に可愛がってやるから、今から体力を温存しておくがいい」

意味ありげにささやかれて、レイスリーネの背筋に震えが走る。じわりと両脚の付け根が潤うのを感じて、恥ずかしさで真っ赤になった。

「か、からかわないでください！」

「からかってなどいないさ。本気だ」

けれどそう言いながらもイライアスの顔は笑っている。レイスリーネをからかうためにわざと閨のことを持ち出したのは明らかだ。

「もうっ、知りません」

顔を真っ赤に染めてプイッと横を向くレイスリーネ。イライアスはそれを見てますます笑みを深めた。

そんな仲睦まじい様子の二人を窓越しに見守りながら、侍従のソーンダイクが懐かしそうに目を細める。

「ああ、まるで前国王陛下とレスリー様を見ているようだ。そうは思わんか、ティーゼ、セラ」

お茶の準備をしていたティーゼは手を止め、同じように窓の外に目を向けた。そこには顔を真っ赤に染めながらイライアスの腕の中にいるレイスリーネの姿があった。

「ええ。本当に。まるで二十三年前に戻って陛下とレスリー様を見ているようだわ」

しみじみと言うと、同じくかつてレスリーの侍女をしていたセラという名の老夫人が頷く。

「レスリー様が亡くなる直前も、イライアス陛下はお二人と一緒にああやって寄り添って散歩なさってて。……ああ、あの小さかった陛下が、レスリー様そっくりのレイスリーネ様を側室に迎えるなんて、まるで神が引き合わせた運命のよう。そう思わなくて？」

「ああ」「そうね」

その場にいた、レスリーにかつて仕えていた者たちが頷く。あれから二十三年。誰もが年齢を重ね、亡くなった者も少なくない。彼らももう決して若くはない。けれど、若かった頃に心酔していた主たちの姿が目の前に蘇ったのだ。時を忘れ、二十三年前の自分に思いを重ねる者も多かった。

その中の一人が目を細めて窓の外を見つめる。視線の先には、金色の髪を持つ美しい面差しの王と、琥珀色の神秘的な瞳を持つ黒髪の側室が、互いに身体を寄せ合い、仲睦まじい様子で散歩している。

「陛下……レスリー様……」

幸せそうで光り輝いて見える二人。間もなくレスリーはその身に彼らの愛の結晶を宿し、ますます幸せになるだろう。国王に深く愛されて。

それはかつて見た情景だ。自分はそれを遠くでただ見ているだけ。あの時も、今回も。

「……許せない」

ギリッと歯を食いしばりながら呟く。けれどその呟きはその場にいる者たちの誰の耳にも届くことはなかった。

第五章　側室の危機

城内をイライアスと出歩くようになってから半月ほど経ったある日の昼。レイスリーネはイライアスに誘われて主居館で宰相を交えての昼食会に臨んでいた。

「昼食会といっても報告を兼ねた気楽な場だ。緊張する必要はない」

イライアスはそう言ったが、宰相と顔を合わせるのは一か月半ぶりのこともあって、妙に緊張してしまう。一方、宰相の方は緊張とは無縁のようで、いつものように淡々とした態度だった。

「お久しぶりです。レイスリーネ様」

「お、お久しぶりです。宰相閣下」

「どうかテオバルトとお呼びください。あなたは陛下の唯一の妃なのですから、陛下以外にそんなにかしこまっていただく必要はありません」

「は、はい。テオバルト様」

「様も必要ありません」

そうは言ってもイライアスの懐刀とも言われるテオバルト・フェイマール宰相は自身も伯爵位を持つ、レイスリーネにとっては雲の上の人だ。いくら側室になったとはいえ、身分差から考えても呼び捨てにしていい相手ではない。

クスクス笑いながらイライアスが二人の会話に割って入る。

「そのくらいにしてやってくれ、テオ。レイスリーネが困っている」

幸いそれ以上宰相は何も言わなかったので、レイスリーネはホッと胸を撫で下ろした。

テーブルに食事が運ばれてくる。普通は食事の進み具合に合わせて一皿一皿順番に出てくるものなのだが、驚くことにイライアスはすべての食事――食前酒から食後のお茶まですべて一度に運ばせた。こうすると、後は人払いをしてしまえば食事を終えるまで人が部屋に出入りする必要がないからのようだ。

どうやら気楽な昼食会だというのは本当のことらしく、格式ばったことは一切なく二人は食事をしながら話をしている。内容は主に国内情勢や周辺諸国の状況だ。互いが得た情報を突き合わせて確認しているようだった。

フォークを口に運びながら、レイスリーネは二人の話を興味深げに聞いていたが、内心首をかしげていた。王妃と違って側室は国政に参加する必要はない。レイスリーネがここに一緒にいる意味はあるのだろうか？

けれど、昼食を食べ終えたあと、イライアスが口にした言葉で、レイスリーネは自分がここに呼ばれた理由を知るのだった。

「ではテオ、例の件の調査報告を。レイスリーネ、君も使用人たちから聞き出したことを報告してくれ。二十三年前の証言と食い違いや矛盾があるか知りたい」

「は、はい」

レイスリーネは姿勢を正し、自分が調べたレスリー殺害当日の使用人たちの証言を事細かに報告した。話し終えると、イライアスが小さく息を吐きながら言った。

「二十三年前にオードソン将軍が調べたこととほぼ同じで、大きな矛盾はなさそうだな」

「やっぱりそうですか……」

何か得るものがあればと思ったが、そううまくはいかないようだ。

宰相が口を開く。

「では次は私の報告を。まずロウナー准将から報告がありまして、ブランジェット子爵家に恨みを持つ者は浮かび上がってこないそうです。現ブランジェット子爵も先代も人から恨みを買うような性格ではないようですし」

これも予想していたのだろう。イライアスは頷く。

「だろうな。ではやはり、レスリーが側室になったことが原因か」

「おそらくは。それとグローマン准将からも報告があがってきています。死んだ者の紹介状を使って城に潜り込み、レスリー妃の事件のあと、城勤めを辞めた例の者ですが、きれいさっぱり足取りが消されているそうです。私が調査している例の者もそうですが、素人ではないと思われます」

レイスリーネはそれを聞いてハッとなる。おそらくバードが言っていた、二十三年前別人に成りすましてレスリーに仕えていた者のことだろう。

レイスリーネは思わず身を乗り出した。

「それは一体誰なのです？」

バードは名を言わなかった。まだ確定していないからと。でも今の話だと成りすましていた者がいたのはほぼ間違いないようだ。レイスリーネは知りたかった。もしその者が犯人でなくても、その人物に焦点を当てることで、レスリーを殺した人間にたどり着けるかもしれないのだ。

宰相はイライアスを見る。告げていいかどうか暗に尋ねているようだ。イライアスが頷くと、宰相は口を開いた。

「小間使いとして雇われていたアウラという少女だ」

「アウラ、ですって？」

その名前をレイスリーネは聞いたことがあった。確かレスリーが殺された晩、ティーゼと一緒にいたという小間使いだ。

「そうです。あの夜、控え室でティーゼ・バウマンとずっと一緒にいたと証言した小間使いです。つまり、レスリー妃のきわめて近くにいたわけです」

ティーゼはずっと一緒にいたと言っていたけれど、一晩中目を離さなかったわけではないだろう。厠に行くと言って席を外したかもしれない。

レイスリーネがそう言うと、イライアスが頷いた。

「フェリクスの部下がそれとなくティーゼ・バウマンに探りを入れたところ、一度だけ彼女は厠に行っているそうだ」

「やっぱり！」

繋がった――レイスリーネはそう思った。けれど、イライアスは首を振る。

「断定するのはまだ早い。それにたとえ、小間使いのアウラが犯人だとしても、動機の問題がある。動機というか、その背後にいる者が誰かという問題がね」

「あ……」

素人ではない。そう宰相は言ったではないか。死んだ人間に成りすますのはともかく、死の偽装を単独で行うのは難しいだろう。

レイスリーネは少し考えたあと、イライアスに向かっておずおずと言った。

「やっぱりフリーデ皇太后の一派ということは考えられないでしょうか？　その……叔母上を邪魔だと思っていたのも、殺して得をするのも、フリーデ皇太后たちしかいないと思うのです」

イライアスにフリーデ皇太后の名前を出すには勇気がいったが、彼は気にする様子もなく頷く。

「確かに、動機もそれを行うだけの権力もあったのは、あの女とそれに与《くみ》する者たちだろう。しかし、私たちは連中の下っ端に至るまで調査を……」

そこまで言って、イライアスは何かに気づいたようにふと言葉を切った。

「陛下？」

「……いや、レスリーを消す必要があったのはあの女やオークリー前宰相たちだけじゃない。あの女の背後にいた前ガードナ国王にとっても、父上の子を宿したレスリーは邪魔だったはずだ」

宰相は大きく目を見開いた。

「そういえばそうですね。すっかり失念していましたが、フリーデ皇太后の背後にはガードナ前国王がいた。ガードナ国の密偵が内部に入りこんで、レスリー妃を暗殺した可能性は充分にあります」

「そしてそのことをあの女たちも知らなかったとしたら――」

イライアスと宰相は顔を見合わせて頷き合う。それを見守りながらレイスリーネは何となくホッとしていた。

今の話が真実だとしたら、レイスリーネに仕えている者たちの中に犯人はいないということになる。この一か月半ですっかり情が移っていたレイスリーネにとっては朗報だった。

安堵するレイスリーネの前でイライアスと宰相の会話は続いていた。

「現ガードナ国王に調べてもらいますか？」

「いや、彼は知らないだろうし、そう簡単に前国王が口を割るとは思えない。ここはあの男に聞くとしよう」

イライアスは意味ありげに笑って立ち上がった。思い当たる人物がいるのか、宰相が顔を顰める。

「……あの男にですか？」

「ああ。彼ならばもしかしてガードナ国の密偵から何か聞いているかもしれない。もしくはあの男の情報網で調べ上げている可能性もある。聞きに行く価値はあると思うよ」

艶やかに笑うイライアスの顔を見つめたあと、宰相は諦めたように立ち上がりながらため息交じりに言った。

「仕方ありませんね。気は進みませんがご一緒させていただきます。どうせ近衛兵を連れずに一人で会いに行くつもりでしょう？　でも陛下とあの男を二人きりにするわけにはいきませんから」

「あの、一体……？」

二人の会話についていけず困惑するレイスリーネに、イライアスが手を差し出す。

「レイスリーネ。ついてきてくれ。君の顔を見ればあの男も案外すんなり話をしてくれるかもしれないからね」

「は、はい」

戸惑いながらもレイスリーネはイライアスの手を取った。

イライアスと宰相がレイスリーネを連れて向かったのは、今まで足を踏み入れたことがない主居館の一角だった。廊下にひと気はなく、しんと静まり返っている。

――こんな場所が主居館にあるなんて。

一階に下りた三人は奥まった小さな部屋に入る。そこはギャラリーとなっていて、四方の壁には大きな肖像画がかかっていた。こんなところに入ってどうするのかと思って見ていると、イライアスは迷うそぶりもなく初代国王の肖像画の前に立ち、突然壁の一角を押した。するとカタンと小さな音を立てて壁が開いていく。隠し扉になっているのだ。

「あっ……」

唖然とするレイスリーネを導きながらイライアスと宰相はその扉をくぐり抜ける。そこから先は階段になっていてずっと下まで続いていた。

――地下？　地下室があるの？

階段を下りた先には扉があり、そこを二人の兵士が守っていた。

「へ、陛下、ここは……」

「特別牢だ。一般には知られていないが、王都の端にある牢獄とは別に、特別な囚人を収監するための場所が主居館にはある。我々の目的は、ここの住人だ」

扉の奥には廊下があり、左右に小さな部屋がいくつも並んでいた。牢屋ということもあって、部屋の扉には厳重に鍵がかけられ、鉄格子のついた窓がついていた。通るついでに覗いてみたが、そこは真っ暗で誰もいないようだ。

「ここの住人は今は一人しかいない。そのたった一人の男を閉じ込めるための場所だ」

イライアスは言いながら廊下の一番先にある扉を指し示す。なるほど、他の部屋は真っ暗だったが、その扉の内側からは鉄格子を通して光が漏れていて、確かに住人がいることが分かる。

——特別牢に入れられている人物だなんて。一体誰なの？

興味津々のレイスリーネの前で、看守を務めている兵士が鍵を開ける。ギィと軋む音とともに扉が開かれていく。まずは宰相が、続いてイライアスが、そして最後にレイスリーネが部屋に足を踏み入れた。

そこは、牢屋と聞いてレイスリーネが思い描いていたより明るくて、広い部屋だった。もっとも、一人用のベッド、小さな机、小さな戸棚のほかにレイスリーネたち三人がいるだけでいっぱいになる程度の広さであったが。

地下のためか、部屋に窓はない。けれど、ランプに照らされた室内は意外なほど明るかった。

「久しいな。……と言ってもあれから半年も経っていないが」

イライアスが部屋の住人ににこやかに声をかけた。部屋の主は本を読んでいたのだろう。ベッドに腰を下ろし、本を手にしたまま顔を上げる。イライアスと宰相の顔を見て誰か分かったはずなのに、彼は驚くそぶりを一切見せずにただ片眉を上げるだけだった。

「これはこれは。あなた方のような人たちがこのような場所にいらっしゃるとは。囚人にすぎない私に何か御用ですかな？」

にこりともせず、慇懃無礼な様子でイライアスに応じたその男の顔を見た瞬間、レイスリーネの口から驚きの声が上がった。

そこにいたのはまだ若い男だった。ランプの光に照らされているため、男の本当の髪の色は判別がつかない。けれどレイスリーネはその男の髪の色が濃い灰色をしていることを知っていた。

「ディレード・アルスター！」

思わずレイスリーネは剣を抜こうと反射的に腰に手をやる。もっとも帯剣をしていないため、手だけがむなしくさまよう。でもそれすら今のレイスリーネにはどうでもよいことだった。

「なんで……」

――なんで、この男が、生きているの……!?

男の顔を凝視する。間違いない。ディレード・アルスターだ。レイスリーネと彼は面識もなく、所属していた軍も違っていたが、顔と名前だけは知っていた。

ディレード・アルスターは右翼軍の情報機関に所属する青年将校だった……かつては。

ところがイライアスの在位十周年の式典を前にクーデターを計画して実行しようとしたばかりか、ガードナ国の密偵とも通じていたという国賊だ。ただ、フェリクスたちの活躍で結局クーデターは失敗し、ディレードはその時に負った傷が癒えないまま処刑されたと聞き及んでいる。それなのに……。

「なぜ、こんなところに!?」

「落ち着け、レイスリーネ。幽霊でもなんでもない、死んだことにして生かしておいただけだ」

イライアスが振り返って宥めるように言った。

「な、なぜ?」

「この男は役に立つし、生かされていることが断罪されているのと同じだから」

「生かされていることが断罪に……?」

訳が分からなくてレイスリーネは眉を顰める。そんな彼女に黒い目を向けて、ディレードが口を開いた。

「側室を迎えられたそうで。相手は彼女――前国王陛下の第二側室であるレスリー妃の姪のレイスリーネ・ブランジェット子爵令嬢ですか。ああ、それとも左翼軍第一師団第十一中隊、通称紅蓮隊のレイス・コゼット少尉とお呼びした方がいいですか?」

「なっ……」

レイスリーネは仰天してディレードを見返す。今、彼は何と言ったのか?

「ほう。ずっとここに収監されていたくせにそこまで知っているとは」

イライアスが感心したような声を出す。けれどディレードは面白くなさそうに肩をすくめた。

「側室を迎えたというのは看守が噂話をしていましたからね。彼女のことは――」

ディレードの目が再びレイスリーネに注がれる。

「とうに調べてありましたから。第二王子が見つからなければラシュター公爵を動かすための駒になるかと思いまして、ブランジェット子爵家を徹底的に調べたのですよ」

レイスリーネの口から呻き声が上がる。宰相も顔を顰めていたが、ただ一人、イライアスだけは面白がっていた。

「ハハ、相変わらず抜かりがない奴だな」

「それはどうも。それで？　私に何の用事があってこのような場所まで来たのです？」

さっさと用件を言って出て行ってもらいたい――そんなニュアンスのこもった言葉だった。イライアスは笑いをスッと消すと、ディレードをじっと見ながら尋ねる。

「お前のことだ。二十三年前に起こったレスリーの事件についても調べ上げているだろう。何か知っているなら教えてもらいたい。特に、ガードナ国の関わりについて」

「……」

ディレードはしばらく考えるそぶりをしたあと、レイスリーネの顔にもう一度だけ目をやると本をベッドに丁寧に置きながら言った。

「密偵に聞いた話なので確かではありませんが」

「構わない」

「フリーデ皇太后の父である前ガードナ国王は、かねてからレスリー妃の存在を危惧していて、暗殺者を雇って送り込んでいたようです」

「暗殺者……」

レイスリーネの脳裏にアウラの名前が浮かぶ。おそらくその雇われた暗殺者というのがアウラに成りすまして潜り込んでいたのだろう。

「前ガードナ国王は大金を払ってそれをカルデアに依頼したようです」

「カルデア、だと」

「なるほど、カルデアが関わっているのか」

カルデアという言葉を聞いたとたん、宰相は苦虫を嚙み潰したような顔になり、イライアスは感心したように笑った。一人だけ理解できないレイスリーネは首をかしげる。

「カルデアとは何ですか？」

その質問に答えたのはイライアスだった。

「裏の世界では名の知れた組織で、金を出せば警護や内偵、それに暗殺や殺人でも何でも請け負う連中だよ。手練れを多く抱えているので成功率も高いそうだ。だから、依頼料や報酬金は高くとも後ろ暗い連中がこぞって彼らを雇うらしい」

「ではそのカルデアの者が叔母上を？」

「いいえ」

ディレードは首を振り、意外なことを言った。

「レスリー妃を殺害したのはカルデアの者ではありません。そもそもガードナ国王はカルデアにレスリー妃が妊娠し、その子が男児なら母子ともども、もし女児なら母親のみ殺すように依頼していたそうです。男児は邪魔でも女児ならガードナ国王の血の混じった子どもを産ませ、その子を通じてグランディア国の王位に手を伸ばすことも可能ですから。王の血を尊ぶこの国相手には実に有効な手だ。だからこそ、レスリー妃を妊娠中に殺すことは契約違反になります。カルデアがそんなヘマをするわけがない。刺したのは別の人間ですよ。雇った暗殺者《カルデア》がガードナ前国王に『手を下したのは自分ではない。止めようとしたが間に合わなかった』と報告してきたのだそうですから」

レイスリーネは目を見開いた。

――一体、どういうこと？

「『止めようとしたが間に合わなかった』？　つまり、そのカルデアの者はレスリーを殺した犯人を知っているということか。それが誰だか言っていたか？」

イライアスが尋ねたが、この質問にもディレードは首を横に振った。

「いいえ。名前までは。レスリー妃に仕えている者だとしか言わなかったそうです」

「つまり、振り出しに戻ったわけか」

苦々しい口調で呟いたのは宰相だった。

レスリーを殺した犯人はカルデアの者ではない。カルデアがアデラ宮の中に潜り込んでいたのは確かなようだが、手を下したのはレスリーに仕えている者――つまり、もともと疑っていたように内部の者の犯行という。

「ありがとう、ディレード。参考になった」

　その言葉にレイスリーネは驚いてイライアスを見つめる。一国の王で、しかも相手は自分を廃そうとクーデターを起こした相手だというのに、あっさり感謝の言葉を口にする彼が信じられなかった。

　同じように虚をつかれたのかディレードは一瞬だけ鼻白んだが、次の瞬間口元を引き上げてイライアスに蛇のような笑みを向けた。

「もう一つお教えしましょうか。戦争後、ガードナ国王は再びそのカルデアを雇ってあなたのもとへと差し向けたそうですよ。あなたのお子――つまりガードナ国王の血を引いた次期王位継承者が誕生した際にはあなたを始末して、その子を傀儡の王に仕立て上げるために。可能だとは思わないが、あの御仁はよっぽどこの国を手に入れたいらしい」

「なんですって？」

　カルデアの者が今度はイライアスを狙っている？

「そんな大事なことを知っていながらなぜもっと前に言わなかった！」

　珍しく宰相が声を荒らげる。けれどディレードは肩をすくめると悪びれもせずに言った。

「聞かれませんでしたので」

「貴様……！」

「テオ、よせ」

　イライアスは宰相を諌めたあと、苦笑を浮かべた。

「親愛なる祖父殿の考えそうなことだ。まぁ、おとなしく蟄居しているとは思わなかったが」

前ガードナ国王は、戦争後、戦争に反対だった息子である現ガードナ国王に王位を奪われ、どこかの離宮に軟禁状態に置かれているらしい。

「せいぜい用心することですね」

「そうしよう。話してくれて感謝する」

鼻を鳴らすディレードにくすっと笑うと、イライアスは踵を返した。牢を出ようというのだろう。先に出るように促され、レイスリーネが牢から通路に出ようとしたその時だった。イライアスがふと振り返ってディレードに言った。

「ディレード、私に仕える気はないか？」

「陛下!?」

ぎょっとして振り返ると、言われたディレードも驚きを隠せない様子だった。

「正気ですか？　私はあなたを廃そうとした人間ですよ」

「だが、その理由はもうないはずだ。違うか？　まぁ、個人的に気に入らないというなら仕方ないが、私としてはあのフェリクスをも出し抜けるお前の頭脳は惜しいと思っている。さすがに表立って使うことはできないが、私に仕えるならここから出そう」

「陛下、こいつは危険です」

宰相の言葉にイライアスは微笑む。

「知っている通り、私は敵だろうが何だろうが使えるものは使う主義だ。でなければこの国を立て直せなかった。ディレード、お前も私の寝首を掻きたいなら、こんなところに幽閉されているより自由に動ける方が得策だろう？　違うか？」

「…………」

ディレードは答えない。ただ唇を引き結び眉を寄せているだけだった。そんなディレードにイライアスは笑いかける。

「考えておいてくれ」

特別牢から出て、ギャラリーに戻ると宰相が思いっきり顔を顰めてイライアスを睨む。

「まったくあなたは……！」

「そう怒るな、テオ。あれは有能だ。牢屋でくすぶらせているのはもったいない」

睨まれても怒られてもイライアスはどこ吹く風だ。愉快そうに笑っている。

「もし本当に寝首を掻かれたらどうするつもりです？」

「それならばそれまでだ。私の見通しが甘かったということになるな」

「まったく。あなたはすぐそれだ。私たちの寿命を縮めるおつもりか」

「君たちには長生きしてこの国を支えてもらいたいと思っているよ」

「だったら、もっとおとなしくしていてください！」

レイスリーネは二人のやり取りを見守りながら不思議な思いにとらわれていた。

──この方は……。

冷酷な人だと思っていた。レイスリーネを駒として扱い、レスリーの代わりにして、夜ごと欲望を吐き出す。ひどい言葉をかけてくる。人を人とも思わない王。……そんなふうに考えていた。

けれど、決してそれだけではない。大胆である一方で、とても細やかな気遣いができる人でもある。レイスリーネは側室として生活していく中で、そんな彼のさりげない気遣いに気づかざるを得なかった。

贈り物だけではない。ブランジェット家に護衛を派遣して、守ってくれていることも。閨の中だって、口ではレイスリーネをひどい言葉で責めたてながら、決して彼女の身体が傷つくようなことはしない。

──イライアス、あなたは一体どういう人なの？

イライアスの新たな一面に、レイスリーネはなぜか心の奥からじわじわと不可解な思いが湧き上がってくるのを感じていた。

「レイスリーネ？」

黙ったままのレイスリーネにイライアスが声をかける。レイスリーネは慌てて視線を外しながら返した。

「は、はい？」

「付き合わせてすまなかったな。アデラ宮まで送ろう」

ギャラリーを出ながらイライアスが手を差し伸べてくる。ここから先は再び「仲睦まじい国王と側室」を演じる必要があるということだろう。つい最近まではその芝居が嫌でたまらなかったのに、今では……認めたくないが少し楽しんでさえいた。

「はい。……ありがとうございます」

レイスリーネは頷きながらイライアスの手のひらに手を重ねる。その手を取ることに躊躇がなくなったのは一体いつからだっただろう？

気づいたのは今だが、変化はとっくに始まっていたのだ。

――私はもう、陛下を憎んではいない。もともと憎んでいたのかも、もう定かじゃない……。

一体自分はどうしてしまったのか。バードに惹かれていたはずなのに。どうしてこうもイライアスのことが気になるのだろう？

イライアスに寄り添いながらそんなことを考えているうちに、あっという間にアデラ宮に到着した。

――もう着いてしまったのね。もう少し長くても構わなかったのに。

そんなことを考える自分はやっぱりおかしいのかもしれない。

「おかえりなさいませ、レイスリーネ様、陛下」

イライアスと一緒にレイスリーネの私室へ戻ると、そこには侍女のセラがお茶の用意をして待っていた。

「そろそろお戻りになるかと思いまして」

「あら？　ティーゼはどうしたの？」

　いつも午後のお茶を用意するのはティーゼの仕事だった。

「女官長に呼ばれて主居館に行きましたので、私が準備させていただきました。今日のお茶は料理長のローレルが厳選したお茶だそうですよ」

「そうなの。楽しみだわ」

　レイスリーネはセラに向かって微笑んだあと、イライアスにおずおずと言った。

「……あの、陛下。せっかくですから、お時間があるのなら、ご一緒にお茶をいかがですか？」

　今までレイスリーネがイライアスをお茶に誘ったことはなかった。いつも彼からの誘いを受ける一方だったのだ。けれど、なぜか今は妙に別れがたい気がして、つい引き止めてしまった。

　イライアスは一瞬だけ目を見張ったがすぐに笑みを浮かべて応じた。

「ではせっかくなので、いただこうか」

　セラはティーゼ同様長く城の中で侍女として勤めてきたこともあって、セラは慌てることもなくテキパキと準備をすると、二人分のお茶を入れて差し出す。

「それではごゆっくりと。何かご用がありましたら鈴を鳴らしてください」

　そう言ってセラは部屋を出て行った。イライアスを引き止めたはいいものの、今さら何の話をしていいのか困っていたレイスリーネはさっそくカップを手に取った。香ばしいお茶の香りが鼻腔をくすぐる。

「おいしそう」

「そうだな」

熱いお茶を少し口にすると、鼻からすぅっとベルガモットの香りが広がる。ただ、味はレイスリーネの好みより少し苦みが強い気がした。テーブルを挟んで向かいの席では、レイスリーネと同じようにカップを手に取ったイライアスがお茶を口に運んでいる。

「どうですか?」

「おいしいよ」

「そうですか。蒸らしすぎたのか、少し苦いような……」

そこまで言った時、レイスリーネは自分の身体に異変を覚えて言葉を切る。カップを持つ手が理由もなくぶるぶると震え、急に力が入らなくなった。

「レイスリーネ?　どうした?」

イライアスがレイスリーネの異変に気づいて手を止める。

「何か……」

おかしいと続けるつもりが、声がまるで出ない。舌までもが痺れ出して動かなくなっていた。

——毒か……!

この一か月半の間何もなかったから油断していた。きっと今飲んだばかりのお茶に毒が仕込まれていたのだ。

瞬く間に手足の感覚がなくなって、力を失ったレイスリーネの手からカップが滑り落ちていく。膝の上に落ちたせいで割れることこそなかったが、飛び散った熱いお茶がレイスリーネのスカートに降り注いだ。けれど熱さを感じることはなかった。すでに毒はレイスリーネの全身に回っていたのだ。

「レイスリーネ!?」

イライアスの声が聞こえたが、その声はどんどん遠くなっていった。意識の混濁が始まっていた。

制御を失った身体が傾いでいく。椅子から転がり落ちて、あわや床に激突するところだったレイスリーネの身体を受け止めたのはイライアスだった。

「くそっ、毒か……!」

すでにかすんでいる目をレイスリーネはイライアスに向けた。間近に見える、青と緑を混ぜたような色合いの瞳を確認し、朦朧とする意識の片隅でホッと安堵する。イライアスは無事だ。毒はレイスリーネだけに盛られていたらしい。

――よかった。

そう思った直後、意識が途切れ、すうっと闇に沈んでいく。

「しっかりしろ、レイスリーネ！」

揺さぶられ、その衝撃で再び意識が浮上した時、切羽詰まったような声が耳を打った。それはとても馴染みのある声に聞こえた。

——バード……？

すでに懐かしく思える声に、レイスリーネの胸は切なく疼いた。身体の感覚などとうになくなっているのに、その時確かにレイスリーネは胸が締めつけられるような痛みを感じたのだ。

けれど、次の瞬間闇のベールがレイスリーネの意識を覆い尽くし、何も分からなくなった。

くたっと力を失う身体を支えながらイライアスは扉に向かって叫ぶ。

「ジェリド！　来てくれ！」

腹心の名を呼ぶと、外で待機していた近衛団の団長ジェリドが数人の兵とともにすぐさまノックもせずに部屋に飛び込んでくる。

「陛下、いかがなされ……」

ジェリドは倒れて意識のないレイスリーネと彼女を抱きかかえているイライアスの姿に息を呑んだ。

「毒だ！　すぐに医者を呼べ！　茶を入れたセラ・カービンの身柄を拘束しろ」

驚く近衛団の兵たちにイライアスは次々と指示を出す。けれど、その声はいつも冷静沈着なイライアスとは思えないほど切羽詰まったものだった。

「それから、この館の出入り口を封鎖して、誰一人として外に出すな！」

「は、はい！」

指示に従って近衛団の兵士が慌ただしく駆けていく。イライアスは片手を伸ばし、テーブルに散ったレイスリーネの飲み残したお茶を指で掬い、躊躇することなく口に含む。ただ一人その場に残った近衛団の団長ジェリドはギョッとした。

「陛下！」

「大丈夫だ。毒に身体を慣らしてあるのを知っているだろう？　少量じゃ効かない」

舌に残ったお茶の苦みと、きついベルガモットの香りにイライアスは顔を顰める。明らかにイライアスが飲んだお茶とは味が異なっていた。

「神経性の毒だな。あの女が用いていた毒薬じゃない。ジェリド、携帯している解毒薬が効くかもしれない、出してくれ」

「はい」

命を狙われることの多かったイライアスの護衛として、ジェリドはいくつかの解毒薬を携帯している。指示に従ってその一つを差し出すと、イライアスは薬を自らの口に入れて噛み砕き、そのままレイスリーネの口を覆った。

唾液と共にレイスリーネの口の中に薬を流し込む。レイスリーネは完全に意識を失っているわけではなく、浮上したり遠のいたりを繰り返している状態だった。幸いなことにこの時は朦朧としていても意識があったようで、レイスリーネは流し込まれた薬と唾液をこくりと飲み込んだ。

「レイスリーネ様は大丈夫でしょうか？」

「飲んだ量は多くないし、レイスリーネには体力もある。解毒剤も飲ませることができたから、大丈夫だとは思うが……」

けれどイライアスは医者ではない。経験から大丈夫だろうと当たりをつけているだけだ。医者に診てもらい、処置をしてもらわなければ安心はできなかった。

「……んっ……」

腕の中のレイスリーネが身じろぎをしてうっすらと目を開けた。けれどその特徴的な琥珀色の目の焦点は合っておらず、ぼんやりとしていた。

「レイスリーネ」

呼びかけると、レイスリーネの目がイライアスを捉えた。唇が動き、吐息と共に声が漏れる。その声はとても小さくてかすれていたが、イライアスの耳にははっきり届いた。

「バード……」

甘えるような響きさえある声に、イライアスは感情を抑えるようにぎゅっと目を瞑る。

数瞬の後、再び目を開けると、イライアスはレイスリーネを見下ろしながら口を開いた。

けれど、その口から飛び出した「声」はイライアスの普段のものとは明らかに異なる声音だった。

「大丈夫だ、レイスリーネ。俺がいる」

低い、低い声だった。その低音に安心したように、レイスリーネが目を閉じる。安堵したからなのか、それとも解毒薬が効いたからか、さっきまでの血の気を失った顔色にはほんのり赤みがさしていた。

眠りに落ちていくレイスリーネを見つめ、イライアスは自嘲の笑みを漏らしながら呟く。

「……私はバードにお前を委ねるべきなのかもな」

黙ってやり取りを見ていたジェリドが遠慮がちに口を挟む。

「お言葉ですが、陛下。彼女はバードの妃ではなく、陛下の妃なんですよ。それをお忘れなく」

イライアスの口元に苦笑が浮かぶ。

「そうだな。……私の妃だったな」

けれどその言葉はとても苦々しい響きを帯びていた。

＊＊＊

「お目覚めですかな、レイスリーネ様」

目を覚ますと、レイスリーネはアデラ宮の自室のベッドに横たわっていた。寝室には見知らぬ老女がいて、レイスリーネを穏やかな表情で見下ろしている。レイスリーネの祖母と同じくらいか、もしくはそれ以上の年齢だろうか。

侍女とも思えず、レイスリーネは目を瞬かせながら尋ねた。

「あの、あなたは……?」

「私は以前この城で王族付きの医師をしていたイリスと申します。隠居していたんですが、毒に詳しいということで陛下に急きょ呼び出され、妃殿下を診るようにと言われたのですわ。……本当にあの小童《こわっぱ》、老人をこき使うわな」

老イリス師はいきなり丁寧だった口調を切り替えて、悪態をつく。どうやらこちらが素顔らしい。

「毒……」

その単語でレイスリーネは自分が毒を飲まされて倒れたことを思い出す。思わず手を握ったり開いたりして身体の調子を確かめる。あの時の痺れや震えは今ではすっかり消えていた。上半身を起こしながらレイスリーネは老イリス師に尋ねる。

「先生、あの、私が毒に倒れてから、どのくらい経っています?」

「丸一日経ってますよ、妃殿下。でも幸い、毒としてはごくごく一般的な神経性のもので、陛下の処置が早かったこともあって大事には至りませんでした。後遺症もなさそうです」

「そうですか……。ありがとうございます」

もしイライアスをお茶に誘わず、一人で飲んでいたら……。レイスリーネはぶるっと身体を震わせた。

「ただし、後遺症がないとはいえ、安静にしていないとダメですよ。あなたは大事な身体なのですからね」

老イリス師はにやりと意味ありげに笑う。

「何しろ、陛下のお子を身ごもっているのですから」

「――――は？」

たっぷり五秒は経ってから、レイスリーネはポカンと口を開けて老イリス師を見つめる。

老イリス師は悪戯が成功したように愉快そうに笑いながら言った。

「もちろん嘘ですけどね。残念なことにお子はまだ宿ってはおりませぬ。ただ、妃殿下が倒れたことと、私が大急ぎで呼ばれたことに対してそういう憶測が流れているという訳です。妃殿下に毒を盛られたことを表沙汰にしないために陛下はやむなしとして放置していますが、まぁ、その噂の出どころも言わずと知れておりますなぁ」

その口調でレイスリーネは噂や憶測をイライアス自身が流したのだと悟る。

「どうして……」

「この状況を利用して敵をおびき寄せようとしているのでしょうな。本当に、小童は悪知恵だけは働くと見える」

小童と言いながら親しみを感じさせる口調だった。老イリス師はこの状況を楽しんでいるのだ。

「敵……妊娠……」

レイスリーネはディレード・アルスターが言っていたことを思い出していた。

ディレードによれば、前ガードナ国王はカルデアに、国王の血を引く子どもが生まれ次第イライアスを殺すように依頼したのだという。おそらく側室《レイスリーネ》の妊娠の噂が広がったら、潜り込んでいるだろうカルデアの者が動きを見せるかもしれないと考えたに違いない。

――あの人は自分を囮にするつもりなの……？

唇を噛んで、沸々と湧き上がる苛立ちと不安を抑える。

「まぁ、その噂の文句は本人に言ってくだされ。ちょうどここに来ていることだしの」

「え？　陛下がですか？」

「ええ」

老イリス師は頷いてから、よっこらせと椅子から立ち上がった。

「また明日診察に参ります。しばらく妃殿下専属の医師として城にごやっかいになる予定ですので。何しろあの小童が、妃殿下を男の医師に見せるのは嫌だと言うのでね」

悪戯っぽく笑いながら、老イリス師はイライアスと入れ違いで寝室から出て行った。その際、彼女はイライアスに釘を刺すことも忘れなかった。

「しばらくは安静ですよ、陛下」

「とっとと行くがいい」

ぞんざいな口調で老イリス師を追い払うと、イライアスはレイスリーネのいるベッドにやってきて言った。

「気分はどうだ？」

「大丈夫です。あの、陛下。陛下が私を助けてくださったのですね。ありがとうございました」

レイスリーネは頭を深々と下げる。その生真面目な様子に、イライアスは老イリス師がついさっきまで座っていた木の椅子に腰を掛けながら、首を横に振った。

「当たり前のことをしただけだ。せっかく配置した『駒』に何かあっては困るからな」

──「駒」。陛下にとって私は「駒」にすぎない。それを忘れてはだめだ。

ちくりと痛む胸をレイスリーネは押しやって微笑む。

「それでもありがとうございます。おかげで助かりました」

それからレイスリーネは言いにくそうに尋ねた。目が覚めて以来、気になっていたことだった。

「……陛下。私に毒を盛ったのは……セラ、でしょうか？」

イライアスに毒は盛られていなかった。茶葉に毒が含まれていたのなら、彼も毒に倒れていたはずだ。毒が盛られていたのはレイスリーネただ一人。あの場でそれが可能だったのはお茶を入れたセラだけだ。

「彼女の身柄は拘束してある。……が、犯人と断定されたわけではない。状況的に一番怪しいのは確かだが。調べさせて分かったことだが、毒は茶に入れられたんじゃない。カップに塗られていたようだ」

「カップに？」

レイスリーネは目を見開く。レイスリーネの私室の戸棚にはいくつかカップのセットが置かれているが、彼女が普段使うのはいつも同じものだ。レイスリーネが持ち込んだ数少ない私物の一つで、父母から贈られたカップと皿のセットだった。

「お前が普段使っているものがあのカップだとみんな知っていたそうだな。そして誰でもあの茶器に触る機会があった」

カップはいつもレイスリーネの私室のガラス戸棚にしまわれている。普段レイスリーネにお茶を入れる役目のティーゼはもとより、使用したカップを洗うために下げられ持ち込まれた調理室でも誰でも目にすることができた。

「彼らはよく調理室のローレルのもとを訪れてあそこで休憩を取っていたらしい。全員が集まっている時は難しいだろうが、小人数だったらローレルの目を盗んでカップに触れることも可能だっただろう。もちろん、ローレル自身にも」

「……つまり、誰だか限定はできないのですね」

また振り出しに戻ったという訳だ。レイスリーネは上掛けの上でぎゅっと手を握り締める。

レイスリーネは毒を盛られて死にかけて、ようやく本当に命を狙われていることを実感していた。もちろんそのつもりで側室を引き受けたのだが、今まで心の奥底では本当にそんなことは起こるまいと高をくくっていたのだ。叔母のレスリーへの恨みが本当に自分に向くとは思わなかったし、今いる使用人の中に犯人がいるとは限らなかったからだ。だからこそ警戒心も薄れて、使用人がいれたお茶を無防備に口にしてしまうという油断に繋がった。

「今以上に警戒し、気をつけます。このような失態は二度と演じません」

イライアスを見上げながらレイスリーネは宣言するように告げた。

高をくくっていたこと、油断していたこと。それが今回のことに繋がった。紅蓮隊の名にかけて、二度とこのような失敗はしない。そう決意を新たにする。

ところがイライアスは妙にこわばった顔になり、硬い声で言った。

「レイスリーネ。側室を辞めていい」

「え？」

「ブランジェット子爵家のことも気にせず、レイスとして紅蓮隊に戻って構わない。内部に犯人がいることはこれではっきりした。誰だか絞り込みはできていないが、いずれは判明するだろう。その前にカルデアの暗殺者を捕らえることができればはっきりするしな」

「でも、それは……！」

それはイライアスの命が狙われることを意味する。そんなことはさせられない。それくらいなら今まで通りレイスリーネ自身が囮になる方がマシだ。

レイスリーネは首を横に振った。

「いいえ、陛下。私は今さら下りるつもりはありません」

今ここで側室を辞めて、レスリーの犯人捜しを諦めて、イライアスにすべてを押しつけて去れば、レイスリーネは絶対に後悔するだろう。

「今度は助からないかもしれない。命を失うかもしれないのだぞ」

イライアスの碧色の目がレイスリーネを射貫く。口調は淡々としていたが、レイスリーネはそこに彼女に対する気遣いを見出し、心の中が温かくなるのを感じた。

「お忘れですか、陛下。私は軍人ですよ。陛下とこの国を守る左翼軍の一員で、もともと陛下を守るために命を捧げているのです。今さらです」

微笑みながら言うと、イライアスは「そうか……」と呟き、口元に苦笑を浮かべた。

「……仕方のない奴だな」

そう呟くイライアスの口調と、レイスリーネを見つめる碧色の目が、なぜかレイスリーネの中でバードと重なった。そういえば、二人はともに青と緑が混じったような色合いの瞳をしている。

改めてそのことに気づき、レイスリーネはハッとなる。思えば、背格好もよく似ている。……顔立ちも。

――まさか、ね。だって、声が違うもの。

レイスリーネはふと浮かんだその可能性を頭から追い払った。

「失礼します。陛下、お持ちしました」

寝室の扉が叩かれ、入ってきたのは近衛団の団長であるジェリドだった。その手にはお

盆があり、皿に入った白いスープのようなものが載せられていた。

「イリスが作った滋養たっぷりのスープだそうだ。飲めるか？」

お盆をジェリドの手から受け取りながらイライアスが尋ねる。レイスリーネは鼻腔をくすぐるミルクの匂いに胃がきゅっと鳴り、自分が空腹であることに気づいた。

言われてみれば、最後に食事をとったのは地下牢にいるディレードに会いに行く直前だ。毒のせいで意識を失っている間、丸一日何もお腹の中に入れていなかったということになる。

「では、お言葉に甘えていただきます」

ところがお盆を膝の上に載せ、スプーンを取ったところでレイスリーネは怖気づいた。お茶を口にして危うく死にかけたのだ。老イリス師が作ったものなら毒は入っていないだろうと分かっているのに、飲み込むのが怖かった。

するとイライアスがレイスリーネの手からさっとスプーンを取り上げる。彼はスープを掬い上げると躊躇することなく自分の口に含んだ。

「へ、陛下!?」

「大丈夫だ。毒など入っていない。安心して飲むがいい」

イライアスはレイスリーネの目の前でスープを飲み込むと、スプーンを彼女に返した。

レイスリーネの目にじわりと涙が浮かぶ。

きっとイライアスは、レイスリーネが毒を飲んだ時のことを思い出して口に食べ物を入れるのを怖がっていたことに気づいたのだろう。だから目の前で飲んでみせたのだ。大丈夫だと知らせるために。

一国の王に毒見をさせてしまうなんて。

恐縮すると同時に、レイスリーネは嬉しいような切ないような気持ちになって目を潤ませる。そんな彼女にイライアスは命じた。

「早く飲め」

「はい」

レイスリーネはこくんと頷き、スープを飲み始めた。

しばらくして皿が空になると、イライアスはレイスリーネの膝からお盆を取り上げてジェリドに渡す。ジェリドは受け取ると、微笑みながら頭を下げた。

「それでは陛下、レイスリーネ様、お休みなさい」

ジェリドが扉の向こうに消えると、レイスリーネは彼の発言に首をかしげる。

「お休みなさい？」

「もう夜だからな。ここには窓がないから気づかないだろうが、お前が倒れてから丸一日半経っているんだ」

「夜ですって？　嘘！」

驚きのあまりレイスリーネは目を見開く。老イリス師が丸一日と言ったので、てっきり次の日のお昼か夕方だと思い込んでいたのだ。ところが本当は丸一日以上寝ていたらしい。

そんな彼女の様子にイライアスは口端を緩めた。

「嘘を言ってどうする。いいから、さっさと横になれ。寝るぞ」

「え？　寝る？　へ、陛下もですか？」

「当たり前だ」

事も無げに言うと、イライアスは身につけていたマントを脱ぎ始める。それで初めてレイスリーネはイライアスが礼服ではなく、毎夜ここに通ってきている時のようにマントを羽織った姿だったとようやく気づくのだった。イライアスがおかしそうに笑う。

「今さら狼狽えるとは。昨夜はともかく、その前まで毎夜私はここに通っていたはずだが？」

「で、ですが、その、私……」

毎夜来てはこのベッドの上で行われていた淫らな行為のことを思い出してレイスリーネの頬に朱がさした。まさか今夜も？　起きたばかりのレイスリーネを抱こうというのだろうか？

狼狽えながらも応えるようにレイスリーネの身体の奥がじわりと熱くなっていった。ところが、イライアスは苦笑を浮かべて首を横に振った。

「さすがの私も病み上がりのお前に夜伽を命じるほど鬼畜ではないぞ。イリスからも安静にさせろと言われたしな」

言いながらイライアスはレイスリーネの隣で横になった。

「本当は一人でゆっくり寝かせるのがいいんだろうが、お前を狙う者がいるなら私がいた方がいいだろう。私がここに泊まっている間は近衛団がここを警護する。お前の命を狙うためには近衛団と私を倒す必要があるから、よほどの手練れでない限り、そこまで無謀はするまい」

「もしかして……」

レイスリーネは思わず呟く。

「もしかして、陛下が毎夜ここに来ていたのは、私を守るため……でもあったのですか？」

レスリーは前国王が来なかった夜、一人で寝室《ここ》にいて襲われた。イライアスは同じことが起こるのを防ごうと思っていたのでは？

ふとそんな気がしたのだ。

どんなに忙しくても毎夜レイスリーネのもとを訪れるイライアス。てっきりレイスリーネの身体で欲望を解消するためなのかと思っていたが、もしかして夜に襲われることがないように守る意味もあった……？

イライアスはしばらく答えずに黙って天井を見上げていたが、やがてポツポツとひとり言のように呟いた。

「……いくら腕に覚えがあろうが、眠っている間に不意を突かれることもあるだろう。それに、私が休むからこの部屋を厳重に警護する――この理由が一番自然で周囲に疑惑をもたれずに済む」

疑問に明解に答えたわけではないが、その言葉はレイスリーネのために毎晩ここに来ていたことを暗に語っていた。

「陛下……」

もし最初にあんな形で無理やり身体を奪われなければ、レイスリーネはとっくにイライアスの意図に気づいていただろう。そして深く感謝していたことだろう。

思い返してみれば、レイスリーネはレスリーが死んだこの場所で、一度も命を狙われる恐怖を感じたことはない。毎晩イライアスと彼が与える快楽に翻弄されて、腕の中で気を失うように眠る日々。レイスリーネのすべてはイライアスに支配され、そこに恐怖の入る隙間はなかった。言い方を変えれば、レイスリーネが怯えずに安心して夜を過ごせたのはイライアスがいたからだ。

それもすべてわざとだったのだろうか？

「……陛下は……どうして私を抱くのです？」

レイスリーネは思わず尋ねていた。答えなど分かっているのに。

「私の安全を確保するためだったら、何も夜伽を命じなくてもよかったはずです。なのに、どうして……」

——それは、やっぱり私がレスリー叔母上に似ているから？

そう考えると胸がツキンと痛んだ。

「理由などない」

天井を見上げたままイライアスは答える。

「私がお前を抱くのは……ただ、そうしたかったからだ」

それからイライアスは急にレイスリーネの方に寝返りを打ち、質問を封じるように彼女を胸に引き込んだ。

「もう寝ろ。身体が本調子でないのだろう？　それとも欲求不満か？　焦らずともお前の体力が回復すれば、気を失うまで抱いてやるから」

「なっ……」

まるでレイスリーネが抱かれたがっているかのような言い様だ。恥ずかしさと腹立たしさにレイスリーネの顔が赤く染まる。

「早く寝てさっさと回復するんだ。何かあった時に対処できないからな。健康であることと体力づくりは軍人の基本だ。そうだろう？」

「……はい」

悔しいがその通りだ。レイスリーネは不承不承に頷くと、イライアスの腕の中でそっと目を閉じた。

思った以上に毒からの回復に体力を奪われているようで、すぐに眠気が襲ってくる。身体の力を抜き、温もりに身を預けながらレイスリーネは深い眠りに落ちていった。

――その夜からイライアスはレイスリーネと同じベッドで眠るためだけに訪れるように

なった。ただ、あんなことを言っておきながら、老イリス師が全快を宣言しても、イライアスがレイスリーネに手を伸ばすことはなかった。

＊＊＊

レイスリーネが毒殺されそうになった事実は箝口令がしかれ、イライアスの周辺の者とアデラ宮に勤める使用人しか知らない事件となった。城に勤める大多数の人間はレイスリーネの懐妊の噂を信じ、正式に発表されるのを心待ちにしている。

妊娠については、レイスリーネに仕える者も信じているようだ。イライアスもレイスリーネも否定しなかったからだ。たびたび診察に訪れる老イリス師も使用人たちに聞かれるたびに「まだはっきりせん時期じゃ。確定するには早い」と上手にけむにまいているようだった。

「レイスリーネ様が陛下の御子を……。なんと喜ばしいことでしょう！」

ティーゼがレイスリーネの部屋を整えながら嬉しそうに笑った。彼女はレイスリーネの懐妊の話を聞いた直後から毎日毎日同じことを呟いては喜びを表している。それは他の使用人たちも同じようで、誰もがアデラ宮に再び訪れた懐妊の喜びに浮かれているようだった。

けれど喜ぶ一方で、使用人たちの間には奇妙な緊張が走り、誰もがピリピリしていた。

「レイスリーネ様のご懐妊は嬉しいのですが、まさか、レイスリーネ様に毒が盛られて、この中に犯人がいるかもしれないなんて……。皆言っております。もしかしたらレスリー様も私たちの中の誰かが殺したのではないかと」

不安そうにティーゼが呟く。レスリーの死はフリーデ皇太后のせいだと信じていながらも、状況から内部の者が手を下したのではないか――皆、心の奥底では不安に思っていたようで、それが今一気に噴き出していた。

セラは嫌疑《けんぎ》不十分で釈放されているが、誰がレイスリーネに毒を盛ったか分からない状況で皆が疑心暗鬼になっている。イライアスが派遣してきた近衛団の兵が常にレイスリーネの部屋の入口を守っていることも、緊張に拍車にかけているようで、アデラ宮全体が落ち着かない状況だった。

レイスリーネは使用人に当時の夜のことをもう一度別の観点から聞きたいと思っていたのだが、今この雰囲気の中ではとても言い出せるものではなくて、じっとイライアスたちの調べが進むのを待っているしかなかった。

――待つのは苦手だわ。本当なら自分が率先して動きたいのに。

レスリーを殺した犯人。レイスリーネに毒を盛った人物。イライアスを狙い国内に入り込んでいると思われるカルデアの暗殺者。

探らなければならないことは山積みで、フェリクスやグレイシスたちは休む間もなく調査に追われていることだろう。

「……私は皆を信じているわ」

ティーゼに慰めの言葉をかけながら、レイスリーネは内心苦笑いを零していた。

――なんて嘘くさい言葉かしら。

でもレイスリーネ自身がそう思っていないのだから当然だろう。信じたいけれど信じられないのだ。身近にいる誰かから命を狙われたのは事実なのだから。

レイスリーネはため息を吐きながら椅子から立ち上がった。部屋の中でじっとしていると気分が重くなって滅入ってしまう。振り払うためには身体を動かすしかないと思った。

「ティーゼ、気分転換に庭の散歩に行ってくるわ。お供は不要よ。近衛団の兵が守っているのですもの。庭で何かあるわけないわ」

レイスリーネはティーゼにそう言って、兵士を連れて庭に向かった。

おそらく一人になりたいというレイスリーネの気持ちを察してくれたのだろう。庭に出ると近衛団の兵たちはレイスリーネから距離を取り、何かあればすぐに動けるように見守ってはいたが、決して傍に寄ってこなかった。

「……はぁ、息が詰まるわ」

ゆっくり庭を歩きながらレイスリーネは深いため息を吐く。けれど明るい日差しの中を、花と土の匂いに包まれながら散策するうちに少しずつ気が晴れていった。

レイスリーネがアデラ宮に入ったばかりの頃は手入れが間に合わずに寂しかった庭も、二か月経った今では色とりどりの花が咲き、本来の美しさを取り戻していた。レスリーがいた頃のように、庭師が丹精込めて世話をしてくれたおかげだ。

聞けばレスリーはこの庭で親しい人だけ招いてよく茶会を開いていたという。

「今度ライザ様とエルティシア様がいらしたら、またここでテーブルを広げてお茶会をするのもいいわね」

独りごちた言葉に、応じる声があった。

「では、そのように伝えておこう」

——この声は……！

パッと振り返ると、いつの間に来ていたのだろうか、バードの姿があった。

「バード！」

長い前髪越しに、バードは目を細めて笑う。

「久しぶりだな、レイス」

「そうね。一か月ぶり……かしら」

会わなくなってもうそんなに経つのか、とレイスリーネは内心少し驚きながら答えた。

イライアスが昼間からレイスリーネを連れ出すようになって、バードが訪れる機会がなくなってしまった。最初はそれを腹立たしく思っていたレイスリーネだったが、気がつけばイライアスと共に過ごし、彼のことをよく知るにつれ、バードのことを思う回数も時間も減ってしまった。その分イライアスのことを考えるようになっている。

自分でも驚くような変化だった。最初はバードをこの役目に据えたことに、あれだけ憎しみと怒りを覚えていたのに。

「聞いたよ。毒を盛られたそうだな。大丈夫だったか？」

「ええ。陛下がすぐ処置してくださったから。後遺症もなく、今ではすっかり治っているわ」

「そうか。最初に毒のことを聞いた時は心配した。何事もなくてよかったな」

優しい響きを帯びた低音に、レイスリーネの胸が温かくなる。

「ありがとう、バード」

バードは優しい。最初会った時は無愛想でどうかと思ったけれど、打ち解けるにつれてどんどん親しみを覚えていった。

その親しさや優しさ、そして決して踏み込んでこない距離感が、イライアスとの情事に傷つくレイスリーネの慰めになった。心を寄せるようになるのも当然だっただろう。でもイライアスという要素がなければはたしてこんなに惹かれただろうか？

孤独と緊張の中で、レイスリーネは命綱のようにバードに縋った。そうすることで、ようやく自分を保っていたのだ。

あの頃の思慕は嘘ではない。今だってバードと話をしていると、心が温かくなる。でもこの一か月で、レイスリーネの状況は大きく変わってしまった。たった一つの要素――イライアスという存在のせいで。

イライアスとの関わりが変わったことで、レイスリーネの心もまた変化していたのだ。

かつてバードに感じていた切なさや胸の疼きが、穏やかな慕わしさに変わっている。それが表にも出ているのだろう。バードがレイスリーネを見て眩しそうに目を細めている。

「なんだか変わったな、レイス」

「変わった？」

「ああ。なんと言うか……すっかり側室らしくなっている。今の君は軍人には見えない」

「そ、そうかな？　このドレス姿のせいかしら」

ドキリとしてレイスリーネは自分の姿を見下ろす。最高級のシフォンで作られたアイボリーのドレスはレイスリーネのすらりとした肢体を上品に、また清楚《せいそ》に見せている。

「いや、ドレスのせいではなくて、なんと言うか雰囲気が前とは違ってきている」

「自分では分からないけれど……」

イライアスへの気持ちの変化はそこまでレイスリーネを変えてしまっているのだろうか。

「……きっとようやく側室という仕事に慣れてきたんだと思うわ」

レイスリーネが言うと、なぜかバードは微苦笑を浮かべた。

「仕事、か」

「そうよ。これは任務にすぎないの。この仕事が終われば……レイスリーネ妃は退場し、私はレイス・コゼットに戻るだけよ」

側室でなくなれば、もうイライアスと顔を合わせることはない。一介の軍人にとっては雲の上の人だ。遠目で見ることはあっても近づいて言葉を交わすことも、あの碧い目で見つめられることもない。名前を呼ばれることも。

それがもともとレイスリーネとイライアスとの距離なのだ。

傍によることすら恐れ多い、手の届かない人。今こうして近くにいることができるのは、仕事だからだ。

――そうよ。最初から分かっていたことよ。なのに……。

イライアスと接点がなくなることを考えて、レイスリーネは胸をぎゅっと摑まれたような苦しさを覚えた。

バードとは同じ軍人なのでいつかまた任務で会えるかもしれない。けれど、側室でなくなればイライアスとは二度と会えないのだ。あの温もりに包まれることも、もうない。

――イライアス。

レイスリーネはぎゅっと目を瞑った。

いつの間にこんなに彼に惹かれていたのだろう？

「レイス」

呼びかけられて、レイスリーネは目を開けた。いつの間に距離を縮められたのだろう。長い前髪から覗くバードの碧い目に至近距離から見つめられて、レイスリーネの心臓が跳ねた。

「バ、バード？」

「それがお前の本当に望むことか、レイス？」

「ど、どうしたの、突然？」

レイスリーネを見下ろす声も表情も、真剣そのものだった。いつもと違う様子に、レイスリーネは戸惑いを覚える。そしてその距離の近さも。

吐息が触れ合うほどの距離にバードの顔があった。実際には触れられていないものの、寄り添う体温になぜか身体がざわついた。

側室であるレイスリーネにこれほど近づくことが許されるのは、夫である国王だけだ。けれど不思議なことに、レイスリーネを守るはずの近衛団の兵は遠ざかったまま動こうとしなかった。

「レイス。望みを言え。俺は持てる力すべてを以ってお前の望みに沿うようにしよう」

バードはレイスリーネを射貫くように見つめながら問う。

「お前は脅迫同然で側室に据えられ、あげくに、命を脅かされた。お前にはそれに報いるものを望む権利がある。言ってくれ。お前の本当に望むものを」

「私の、望むもの……」

脳裏にイライアスの面影がよぎる。咄嗟に浮かんだ望みを、レイスリーネは心から締め出した。

――だめよ、レイスリーネ。それを望んでは。手に届く人ではないのだから。

あくまで自分は期間限定の側室にすぎないのだから。

レイスリーネはバードを見上げて笑顔を作った。

「私の望みは……紅蓮隊に戻ってレイス・コゼットとして生きていくことよ。あそこが私の帰る場所なの」

「そう、か」

バードはレイスリーネの返答を聞いて、目を閉じた。けれどすぐに目を開けて、仄かに笑む。

「それがお前の望みか。側室のまま留まるつもりはないのか？」

「……私は、軍人だから」

「そうか」

了承したとばかりにバードは頷くと、レイスリーネから一歩下がる。レイスリーネは急になぜか、自分が間違った答えを言ってしまったような気がして、追うように一歩前に出た。

「あの、バード……」

バードを見上げて言葉をかけようとしたレイスリーネはハッとなった。

イライアスの使者として現れる彼は、慎重に距離を置いていたこともあり、ここまで互いに近づいたのは、あの仮面舞踏会で踊った時以来だ。

間近に見つめるバードの顔も、体つきも、とても馴染みがあるものだった。レイスリーネは毎夜この腕に抱かれ、この顔に頬を寄せながら寝ているのだから。

「――え？」

一瞬混乱した。どういうわけか、目の前のバードがイライアスと重なって見えたのだ。

——まさか。

以前にも感じた疑惑が胸をよぎり、そして今回もレイスリーネはそれをすぐに否定した。認めたくなかった。認めてはならなかった。

——そうよ、偶然よ。背格好や顔や瞳の色が似ていても、声が違うもの。同じであるはずがない。

それに、レイスリーネはバードと一緒にいる時、イライアスの姿を見ている。もし同じ人物であったら、ありえないことだ。

——だから、違う。違うのに……なのに、どうして？

傍に感じるその温もりに全身がざわめく。頭では否定しているのに、身体は目の前の男が自分を屈服させた相手だと告げている。

「レイス？」

見上げたまま固まったレイスリーネを、バードが怪訝そうに見つめる。レイスリーネが誰よりもよく知っている碧色の目が、前髪から覗いていた。

——違う、違うったら！

頑なに否定したその時だった。急にバードの全身に緊張が走ったのをレイスリーネは感じた。

「誰だ」

バードが視線を巡らせ鋭い声をかける。レイスリーネはその視線の先を振り向いて目を瞠《みは》った。

庭の一角に左翼軍の軍服を身に纏った若い女性がいて、レイスリーネたちの方に歩いてくる。その人物を、レイスリーネはよく知っていた。

一瞬にして庭に緊張が走る。

「な……んで……」

レイスリーネは自分が見ているものが信じられなかった。そんなレイスリーネの驚愕をよそに、その人物は近くまで来ると笑いながら声をかけてくる。

「はーい、レイス。二か月ぶりね」

「ア、アンジェ、ラ……？」

そこにいたのは、友人でもある、同じ左翼軍の紅蓮隊に所属するアンジェラ・バウマンだった。

「ど、どうして。なぜ、ここに……」

緩やかに流れる金髪を呆然と見つめながらレイスリーネは呟く。

「レイスこそ、なんでその男にしなだれかかってるの？」

思わぬことを言われ、レイスリーネは虚をつかれた。けれど、自分がバードに親兄弟でもありえないほど接近していることを思い出して、慌てて下がる。その際に、近衛兵が怪しい人物を捕まえようと近づいてきていることに気づいて制した。

「待って、友人なの。……アンジェラ、どうしてここに？」

尋ねながらレイスリーネの背筋にヒヤリとするものが走る。

アンジェラはレイスがレイスリーネ・ブランジェットであることを知らない。ドレス姿も見たことがないはずだ。それなのになぜ、何もかも知っている様子なのだろう？

そしてどうやってここに入ってきたのだろう？

イライアスの唯一の妃としてレイスリーネの住むこのアデラ宮には厳重な警備がしかれている。ましてや毒殺未遂事件があったばかりだ。

「捜したわよ。レイス。まさか城にいるだなんて、思わなかったわ」

「真面目に答えて。アンジェラ、どうして私がここにいるって知っているの？」

警戒心も露に、レイスリーネは詰問する。ところがアンジェラはレイスリーネの険のある言葉も気にならないようで、腰に手を当てて驚くべきことを言った。

「ブレア隊長に聞いたに決まっているじゃない」

「ブレア隊長に……？」

「そうよ。レイスが任務で辺境に派遣されてからまったく帰ってこないし音沙汰もないのを不審に思ってブレア隊長を問い詰めたのよ。隊長からレイスの本当の素性と陛下の側室をやっていることを聞いて、様子を見に来たってわけ」

「そうだったの……」

レイスリーネはホッと身体の力を抜いた。

「ここへは叔母様に会いに来たってことで通してもらったのよ。レイスに会いたいと言ってもダメだと思って。叔母様は紅蓮隊に姪がいると周囲に言ってくれていたらしくて、この軍服のおかげですんなり通してくれたわ」

言いながらアンジェラはレイスリーネの頭の上から下まで見て、にやりと笑った。

「レイスがドレスを着ておしとやかにしている姿なんて想像できなかったけど、案外似合っているじゃない？」

「案外は余計よ。私だってやろうと思えばおしとやかにできるんだから」

紅蓮隊にいた頃とまったく変わらぬ軽快なやり取りに、レイスリーネの警戒心はつい緩んだ。心の中でいくつもの小さな疑惑と違和感が浮かんでいたにもかかわらず、アンジェラが更に近づくのを許してしまった。

その油断が、隙を生んだ。

「レイス、ごめんね？」

にっこりと笑ってそう言ったアンジェラは次の瞬間、レイスリーネをはがいじめにしていた。傍にいたバードも、近くまでやってきていた近衛兵も、そしてレイスリーネ自身も身構える暇がないほど素早い動きだった。

「妃殿下！」

「貴様……！」

「ア、アンジェラ……？」

庭が騒然となる中、ピタリと自分の喉元に突きつけられているナイフの剣先を見ても、レイスリーネは信じられない思いだった。

——一体、どういうことなの？　何が起こったの？

ただ一つ分かるのは自分が危機に陥っているということだった。

「ごめんね、レイス。これも仕事なの」

ペロリと唇を舐《な》めながら、悪びれもせずにアンジェラが笑う。それはいつものアンジェラのようで、どこか違っていた。拘束を外そうと思っても、訓練を受けているレイスリーネの力でもビクともしなかった。

「仕事……？」

「なるほど、やはりお前はカルデアの者か」

それまで一言も言葉を発しなかったバードがスッと目を細めてアンジェラを見据えながら口を開く。

「この館の警備は厳重だ。たとえ中に勤める者の身内だろうが、国王の許可がなければ通してはならないと厳命してある。そこを強引に突破できるとなれば並大抵の腕ではないからな」

その言葉にアンジェラは明るく笑った。

「殺《や》ってはいないわ。少々手荒く眠ってもらっただけよ。それより、やっぱりあたしの正体分かっていたのね。あたしを監視させていたでしょう？　残念ながら意味はなかったけど」

「……カルデア？　アンジェラが？」

レイスリーネは呆然と呟く。

相応の金を出して依頼すれば何でもするという組織《カルデア》。前ガードナ国王が過去にレスリーの監視と殺害の依頼を、そして今はイライアスの暗殺を依頼していることをレイスリーネはディレードから聞いて知っていた。その暗殺者が……アンジェラだというのだろうか。

バードがアンジェラというより、むしろレイスリーネに説明するように語る。

「レイスリーネの周辺を探ってみたら、一人だけ不審な者が出てきた。それがアンジェラ・バウマンだ。アンジェラ・バウマンは国境近くの村に両親と住んでいて、ガードナ国の侵攻を受けた時に一人生き残った。そこで王都に住む唯一の身内である叔母のティーゼ・バウマンを頼って出てきた——そういう話になっている。ところが、情報局の調査員が国境の村に赴いて調査したところ、アンジェラ・バウマンは三年前のガードナ国の侵攻の際に両親と共に亡くなっていることが判明した。だったらアンジェラ・バウマンを名乗っているその女は誰だ？」

「なっ……！」

レイスリーネはそれと似たような話を知っていた。レスリーに仕えていた小間使いのアウラだ。本物のアウラは亡くなっていて、彼女の紹介状を持った別人がずっとアウラに成りすましていた話だ。状況から言って、それはカルデアの者だったのは間違いない。だとすれば、アンジェラも……。

「アンジェラ、あなたは……」

アンジェラ――いや、アンジェラと名乗って一年間レイスリーネの傍にいた女はペロリと舌を出して笑った。

「ごめんね、レイス。そういうわけで人質になってもらうわね」

口調もレイスリーネに見せるその笑顔も、いつものアンジェラのものだった。けれどその手は依然としてレイスリーネをはがいじめに拘束し、ナイフを突きつけている。

「レイスリーネを人質にとって、何が目的だ？」

バードが問う。その周辺では剣を手にした近衛兵たちがアンジェラの隙を窺っている。けれど、カルデアを名乗るだけあって、アンジェラに隙はなかった。

にっとアンジェラが笑う。

「決まっているじゃない。国王を呼んで」

レイスリーネは息を呑む。カルデアの暗殺者の最終的な目的はイライアスを殺すことだ。まさか、レイスリーネをたてにイライアスを……？

ぐっと歯を噛み締めながらレイスリーネは決意する。もしそうなるくらいなら、その前にレイスリーネは自らアンジェラのナイフに身を捧げよう。

――私は軍人だ。陛下の足を引っ張るくらいならこの場で死を選ぶ。

けれど、アンジェラの目的はレイスリーネが考えていたものとは少し違っていた。

「国王を呼んでどうする？　殺すのか？」

「まさか。あたしは彼と取引がしたいだけよ」

「取引？」

「そう。そっちも損はしないと思うわよ？　だからレスリーと瓜二つの大事な側室が傷つく前に国王を呼んでちょうだい」

レスリーの名前が出てきてレイスリーネの身体がピクッと震える。

「あの坊やがレイスに執着していることくらいちゃんと分かっているんだから。だってレスリーそっくりだもんね。ああ、震えないで、レイス。国王が来たら解放してあげるからね。……まぁ、それも国王次第だけど」

そう言いながらアンジェラはレイスリーネの耳に素早く口を近づけて小さな声で言った。

「レイス。――に気をつけなさい」

「――――え？」

レイスリーネは目を見開く。

――気をつけろ？

思わずアンジェラを振り返って聞き返そうとしたレイスリーネの目の端に、バードがおかしそうに笑う姿が映った。

「ハハハハ。そうか、姿かたちは違うがどこかで見たことがあると思ったら、お前はレスリーの傍をうろちょろしていたあの時の小間使いか。あれから二十三年経って、もういい年だろうに、ずいぶん若作りだな？」

「あんた……？」

アンジェラが驚いたようにバードを見つめる。その視線を受けてバードの口元が弧を描く。その嫣然とした笑みに、レイスリーネの肌が粟立つ。

誰もが一瞬見とれてしまうほど艶やかなその笑みを浮かべる人間を、レイスリーネは知っている。

それはバードではありえない笑顔だった。

「国王を呼ぶ必要はない。何しろ、最初からここにいるのだからな」

バードはそう言い放つと、がらりと声音を変えてアンジェラとレイスリーネに向けて――いや、その背後に向かって命令した。

「バ、バ、バード。捕らえろ」

その口から出たのはバードの声より少し高い、けれどまったく異なる声だった。聞き覚えのある声に、よく知っているその声に、レイスリーネは震える。

「はい」

バードの言葉に応えるように、声が上がった。それはレイスリーネたちのすぐ後ろから聞こえた。

「なっ……！」

アンジェラが驚いて振り返る。背後に黒髪の男が立っていた。

――いつの間に……!?

レイスリーネもアンジェラに劣らず男の出現に驚いていた。さっきまで自分たちの背後に誰もいなかったのは確かなのに、声が上がるまでこの男が近づいてきている気配にまったく気づかなかったのだ。レイスリーネはもとより、暗殺者のアンジェラさえも。

驚きのあまりレイスリーネの存在を忘れて防御の体勢を取ったことが、アンジェラの隙に繋がった。一瞬だけナイフの剣先がレイスリーネから離れたことを見逃さなかった男がアンジェラに飛びかかる。

手から離れたナイフが弧を描いて地面に落ちる。それと同時に勝負はついていた。アンジェラは現れた男に地面に引き倒され、後ろ手に拘束されていた。

それはあっという間の出来事だった。

地面に顔を押しつけられ、苦痛に顔を少し歪めながらアンジェラは笑う。

「あんたがあの『バード』ね。イライアス王の『影』。王を人知れず警護し、命令で密偵でも内偵でも行い、時には替え玉となり、手足のように動く男。王を暗殺しようとした者たちはことごとくあんたの手で葬られたと聞くわ。……このあたしに気配さえも感じさせないなんて、さすがだね」

その口調に悔しさはなく、まるで賞賛しているかのようだった。けれど、レイスリーネはアンジェラの言ったことが気になって、男を凝視する。

――王の「影」。

服装はどこにでもいる文官のものだ。顔立ちも平凡で特徴がない。すれ違ってもきっと誰も気にしないだろう。けれど、レイスリーネは男を見たことがあった。クレイル王子の替え玉を務めた男だ。あの時は金髪で、今回は黒髪だが、間違いない。

――この男が王の「影」である「バード」なら、私の知っているバードは一体……？

震えながらレイスリーネはバードを見つめる。

「あなたは……誰なの……？」

問いかけながらレイスリーネはその答えを知りたくないと思った。聞いてしまえば戻れなくなる。知ってしまえば傷ついてしまう。それが分かっていたから。

バードは――レイスリーネがバードだと思っていた男はレイスリーネを見つめ返したが、何も言わなかった。その綺麗な顔立ちも青と緑を混ぜたような色合いの瞳も、彼女が毎晩見ているもので、心の底から震えが走った。

何も答えないバードに代わって、拘束されているアンジェラが口を開く。

「『影』であるバードを命令一つで動かせるのはたった一人――国王だけよ。そうでしょう？　イライアス王」

「……そうだな、相違ない」

ため息を一つだけ吐くと、目の前の男が頭に手をやりながら呟く。頭を覆っていた黒髪の鬘《かつら》が外され、中から馴染みのある金色の髪が現れた。内側に押し込められていた赤みがかった金髪が肩先で揺れる。

そこにいたのは紛れもなくこの国の王、イライアスだった。

イライアスはレイスリーネから視線を外すと、アンジェラに近づき、彼女を見下ろしながら言った。

「取引とは対等の立場で行うものだ。人質を取って、取引しろだなどと片腹痛いが……まぁ、いい。お前が動くのを待っていたぞ。こちらの知りたいことを話すなら、取引に応じてもいい」

バードに地面から引き起こされながら、アンジェラは笑った。

「そうこなくちゃ」

「陛下……！」

聞き覚えのある声がして、目を向けると、近衛団の兵を引き連れたフェリクスとグレイシス、それに近衛団の団長のジェリドがこちらに向かって走ってくるのが見えた。

「よかった。ご無事で」

グレイシスがイライアスとレイスリーネの無事を目で確認して安堵の息を吐く。

「レイスリーネ嬢が人質になった時はどうしようかと思いましたよ。金輪際、単独で暗殺者と接触しようとするのはやめてもらいたいですね。まったく、バードがいなければどうなっていたか」

小言を言うフェリクスにイライアスは笑った。

「どうもしないさ。ジェリド、倒された警備兵はどうした？」

「幸い、命に別状はありません。ですが、しばらく復帰は無理でしょうね。一撃で訓練された兵を倒すとはさすがカルデアの者と言うべきか」

どこか感心するようにジェリドは言った。その視線の先にはバードと近衛兵に囲まれて拘束されたアンジェラの姿がある。アンジェラを一瞥したイライアスはフェリクスとグレイシスに向き直った。バードを装っていた時の地味な服装にもかかわらず、圧倒的な存在感を示すその姿はまさしく「王」だった。

「彼女の身柄は君たちに預ける。聞きたいことは山ほどあるから、後で私も話を聞きに行こう」

「はい」

フェリクスとグレイシスは頭を下げると近衛団の兵とアンジェラを連れて館の方に歩き出した。

次にイライアスはジェリドに向けて指示する。

「ジェリド。ティーゼ・バウマンを拘束しろ。姪のことを知っていたのか、それとも知らなかったのか定かではないが、重要参考人の一人だ」

「はい。承知しました」

ジェリドも近衛団の兵を連れて動き始める。その様子を呆然と立ちつくして見つめていたレイスリーネに、ようやくイライアスは目を向けた。

「レイスリーネ」

名前を呼ばれてビクンッとレイスリーネの身体が震える。そんな彼女にイライアスは淡々と命じた。まるで側室になったばかりの頃に戻ったかのように。その声にも表情にもさっきまでの親しさはなかった。

「しばらくアデラ宮は騒がしくなる。お前は部屋に戻っていろ」

「……はい」

レイスリーネはのろのろと返事をすると、イライアスに背を向けて建物に向かって歩き始める。

——もう二度と彼の姿を見たくない。そう思いながら。

＊＊＊

一方、拘束され、フェリクスたちに連行されたアンジェラは、廊下を歩きながらペロリと唇を舐め、明るく笑いながら交渉を再開させた。

「私と取引しない、英雄さんたち？　取引してくれるなら、まだこの城に残っているガードナ国の間者や情報を売っている奴を教えてあげるわ。もちろん、二十三年前、レスリー妃を殺したのが誰なのかもね」

そこまで言って、不意にアンジェラは真顔になった。

「あの女は危険よ。狂っているわ。レイスをレスリー妃のようにしたくないなら、一刻も早く国王に伝えて捕まえて」

フェリクスとグレイシスは思わず顔を見合わせる。その耳に、護衛兵か近衛団の兵と思われる者たちが、誰かを探して廊下を慌ただしく走り回る音が届き始めていた。

第六章　真相

レイスリーネは近衛団の兵士に付き添われて自室へ戻ってきていた。

「大丈夫ですか、妃殿下？」

ずっとぼんやりしているからだろうか、若い兵士が心配そうに尋ねる。これ以上心配をかけまいと、レイスリーネは何とか微笑んでみせた。

「大丈夫よ」

そう答えた時だった。廊下が妙に騒がしくなる。いや、正確に言うと、この階ではなく下の階の廊下を慌ただしく行きかう音が響き始めたのだ。

レイスリーネと兵士は顔を見合わせる。

「様子を見てまいります。妃殿下、危険があるやもしれませんので、決してこの部屋から出ないでください」

「分かったわ」

若い兵士は敬礼をすると扉の外に消えていった。

レイスリーネはしばらく扉を見つめていたが、窓から差し込む日の光が眩しく感じられて、避けるように寝室へ向かった。

考えなければいけないことは山ほどあった。レスリーを殺害した犯人のこと。アンジェラのこと。けれど、ベッドの縁に座り込み、思うのはたった一つのこと。

――バードがイライアス陛下だった。

別人だと思わせて、イライアスとの情事に傷つくレイスリーネに会いにきていた。レイスリーネが何に悩んでいるのか百も承知で。

ずっと騙されていたのだ。

何も知らず、バードとイライアスの二人に惹かれていたことを思うと、震えが止まらなかった。

どうしてバードに扮してレイスリーネの前に現れたのだろう？　どうしてそうする必要があったのか？　どうして？

「……どうして……!?」

わななく唇から、知らずに言葉が漏れる。

「どうして、どうして私に優しくしたの……！」

――でなければ私はこんなにもあの人に惹かれることはなかったのに……！

そのことがどうしようもなく辛く思えた。

イライアスによって傷つけられたレイスリーネの心は、労りや励ましの言葉をくれるバードに惹かれずにはいられなかった。……いや、今なら分かる。レイスリーネはバードに縋っていたのだ。

それも当然だろう。この館でレイスリーネが頼れるのはイライアスとバードしかいなかったのだから。そのイライアスに身体の関係を強要され、彼との情事に溺れていくことに怯えたレイスリーネが、心を寄せるのはバードしかいなかった。

もともと好ましく思っていた相手だ。心を傾けるのは容易かった。……その縋った相手こそが自分を苦しめていた張本人だったのに。

レイスリーネを一方の手で崖から突き落としておきながら、もう一方の手で彼女を引き上げていたようなものだ。そしてレイスリーネはその手が自分を突き落としたことを知らず、差し出された手に縋り、救い上げてくれた相手に思慕の念を抱いた。

一体どうしてイライアスはあんなことをしたのだろう？

――私を騙して翻弄して、それを見るのが楽しかったの？

もがき苦しむ自分をあの嫣然とした笑みが見つめている――そんな光景が浮かんで、レイスリーネはぎゅっと己を抱きしめ、喉の奥からせり上がってくる慟哭を、唇を噛み締めながら堪えた。

こんなことをしている場合ではないのに。アンジェラのことや、彼女が言ったことを考えなければならないのに。

脳裏に浮かんでくるのは、イライアスと、彼が扮したバードの面影だった。

――あんなにそっくりだったのに。気づかない私が愚かだったのだわ。

でも今なら分かる。レイスリーネはその可能性に目を瞑っていたのだ。背格好や顔立ちが似ていること、目の色がそっくりなことは分かっていたのに、あえて目を背けていた。声が違っていたこと、そしてバードといた時に、視察に出ていたイライアスと遭遇したことを理由にして、二人が同一人物であることを頑なに認めなかった。

おそらく、認めてしまえば自分が傷つくと本能的に分かっていたのだろう。現に今こうして、レイスリーネは深く傷ついている。

「……ひどい、人ね……」

でも、それでも憎めないのは、どうしてなのか。面影を追うだけで心が震えるのはなぜなのか。

「本当に、ひどい人……」

そう呟いた直後だった。

「レイスリーネ様、レイスリーネ様、いらっしゃいますか？」

扉を挟んだレイスリーネの私室の方からノックの音とともに声がかかった。

レイスリーネはハッと顔を上げて扉に目を向ける。

「レイスリーネ様、ティーゼです。どうしてもお話したいことが。あの、姪のことで……！」

「……アンジェラの？」

　おそらくティーゼは本物の姪ではなくてカルデアの者が成りすましていたことを聞かされたのだろう。じっと扉に視線を当て、しばし思案したあと、レイスリーネは答えた。

「分かったわ。話を聞くわ。入って」

「はい。ありがとうございます」

　ギィと軋んだ音を立てて、扉が開く。姿を現したティーゼは憔悴している様子だった。彼女はすぐさま、ベッドに腰掛けるレイスリーネの前で跪いた。

「申し訳ございません！　レイスリーネ様」

「ティーゼ？」

「私は知らなかったのです。アンジェラが、あの子が本当のアンジェラではなかったことを！　あの子と初めて顔を合わせたのは、二年前にあの子が王都に来た時だったのです」

　必死に言い募るティーゼを見下ろし、レイスリーネは静かな口調で促した。

「ティーゼ、最初から詳しく話して」

　ティーゼは国境近くに領地をもつ領主の娘として生まれた。けれど、彼女がまだ十代の半ばに、家は没落して土地も建物もほとんど失ってしまった。ティーゼの兄は父親と共にわずかに残った土地にそのまま留まったが、ティーゼは母親と共に母親の実家に引き取られ、別れて暮らすことになった。

「兄とはその時以来会っておりません。手紙のやり取りはしていたので、結婚したこと、姪のアンジェラが生まれたことは知っていましたが、面識はありませんでした」

そのため、ガードナ国の侵攻によって兄夫婦が殺され、唯一生き残った姪として現れたアンジェラを疑うことはなかった。

「まさか、本物のアンジェラがすでに亡くなっていて、現れたあの子が偽者だったなんて、夢にも思いませんでした。確かに兄に似てはいなかったのですが、私は会ったこともない義姉に似たのだろうと。あの子の話をすべて鵜呑みにしておりました」

唯一の身内として、ティーゼはアンジェラが生活できるように住まいを与え、仕事先を探す時も便宜を図った。

「それなのに、あの子がアンジェラではなかったなんて。私を利用していたなんて。アデラ宮に侵入してレイスリーネ様に剣を突きつけるなんて……！」

「ティーゼ。それはあなたのせいじゃないわ。あなたは騙されていただけですもの」

慰めの言葉を口にしながら、レイスリーネはそっと枕に手を伸ばし、その下に忍ばせておいた短剣《ダガー》を手繰り寄せて握り締める。

「ああ、レイスリーネ様。お優しいお言葉、ありがとうございます」

「いいのよ。幸い、お腹の子も無事ですもの」

レイスリーネは自分のお腹を見下ろし、もう片方の手で愛おしそうに下腹部を撫でた。

「子ども……」

ティーゼは跪いたまままぶるっと身体を震わせる。けれど、自分のお腹を見下ろすレイスリーネはそれに気づいていない。

「……国王陛下の御子様のことを私ったら、すっかり失念しておりました。何事もなくて、本当によかった。……本当に」

直後、顔を上げたティーゼの手にはいつの間にか短剣が握られていた。

「死ね！」

立ち上がりざま、ティーゼは剣を突き出す。レイスリーネのお腹に向けて。

――ガキィィィン
金属のぶつかる、鈍くて甲高い音が寝室に響き渡る。

ティーゼの突き出した短剣は、レイスリーネが手にした短剣によって寸前で受け止められていた。

レイスリーネが手にしていたのはイライアスから初夜に受け取った護身用の短剣だった。レイスリーネは侍女がベッドを整える時だけそれを鍵のついた引き出しにしまい、それ以外は用心のためにいつもここに忍ばせておいたのだ。

この寝室でレスリーが殺されたことを、レイスリーネは決して忘れなかった。

「やっぱり、あなただったのね」

腹部を狙う剣先を力を込めて押し戻しながら、レイスリーネはティーゼを見据える。

その凛とした表情はレスリーに似せたたおやかな側室のものではなく、軍人の、本来のレイスリーネのものだった。

「くっ……」

押し戻されたティーゼは悔しそうにレイスリーネを睨みつける。その顔には最初会った時の賢そうな女官長補佐の面影はなく、目に憎しみを宿した見知らぬ女のようだった。

「アンジェラが教えてくれたわ」

レイスリーネはベッドから立ち上がりながら言った。

「——あなたに気をつけろと」

あの時アンジェラがレイスリーネの耳にささやいた言葉。

——「レイス。ティーゼ・バウマンに気をつけなさい」

この一年間、アンジェラと共に訓練として剣を交えてきたレイスリーネには、アンジェラが本気で彼女を害そうと思っていないことがすぐに分かった。

確かにあの場に現れたのはイライアスと取引がしたかったからなのかもしれない。けれど、あんな形でレイスリーネを人質に取ったのは、警告をしたかったからなのだろう。

かつてアウラとしてアデラ宮に潜入していたアンジェラはレスリーを殺した犯人を目撃している。その彼女が気をつけろと名指しした相手こそ、レスリー殺害の犯人に違いない。

それにアウラを除けば、当時レスリーの近くにいて殺害の機会があったのはティーゼだけだ。

「あの女……！」

ティーゼがアンジェラの名前を聞いたとたん、激昂《げきこう》する。

「突然やってきて二十三年前のことをバラすって脅して！　揚げ句の果てに私の足を引っ張って……死ねばいいんだわ！」

そのまま再びレイスリーネに短剣を突き出す。それをかわしながらレイスリーネは内心呻いていた。

――脅すって……脅迫して成りすましに協力させたのね、アンジェラったら！

「あの女も、お前も、死ねばいい！　死ね！　死ね！」

叫びながらティーゼが短剣を手に突進してくる。訓練されたものではないが、思いのほか彼女の動きは速い。中年とは思えない動きだ。自分の防御を一切考えず、相手を傷つけるためだけに攻撃しているからだろう。素人だけに、思いもかけない動きをしてくる。

「お前さえいなければ、あの方は私だけを見てくれる！　レスリー、お前さえいなければ！」

「え？　レスリー？　あの方？」

胸を狙って振り回される剣を避けながら、レイスリーネは目を瞬かせる。

「あの方はいつだって私に優しく声をかけてくださっていた。気にかけてくださった。でもいつもいつもレスリー様、あなたが邪魔をする。あの方の関心を引き、私から奪ってしまう！」

「あなたの言う、あの方って……」

レイスリーネは唖然とした。間違いない、ティーゼが言っているのは国王――イライアスではなく、前国王アルフォンス・グランディアのことだろう。

——ああ、そうか。そうだったんだ。

ティーゼはレスリーのもとに通う前国王に懸想していたのだ。だから彼に深く愛されていたレスリーに嫉妬した。その嫉妬がやがて殺意に変わっていったのだろう。

身体は弱かったものの、前国王はイライアスとよく似た美しい容姿をした青年だった。性格も温厚で、親しみやすく、周囲の者にも分け隔てなく接していたという。多くの国民にとって前国王は、フリーデ皇太后や前宰相たちにいいようにされた病弱な愚王《ぐおう》という印象が強いが、彼をよく知る者たちからはいまだに慕われていた。イライアスと共に城内を散策すると、年かさの者の多くが前国王とレスリーを思い出してよく涙ぐんでいることからも、それは明らかだ。

実家から追い出されるようにして城勤めを始めた孤独な女性が、前国王に優しくされて恋をしてしまうのも無理はなかった。

「レスリー様に子どもができてしまえば、アルフォンス様はあなたと別れることができなくなる。だから殺したのに、また私の前に現れるなんて。いつだって邪魔するのですね、レスリー様は。いいえ、邪魔はさせない。今度もその子が生まれる前に私が消して差し上げますわ」

にぃっとティーゼが笑う。その目はギラつき、尋常ではない光を放っていた。

「あなたは……狂っているわ」

レイスリーネをレスリーと思い込んでいる。以前に殺したと認識していながら、それでいて、再びレスリーを殺そうとしている。とんでもない矛盾だ。けれどその矛盾をティーゼは何とも思っていないようだった。

ティーゼは微笑みながら首を横に振って穏やかに言う。

「いいえ。私は狂ってなどおりません。レスリー様」

声音だけ聞けば、たしかに普段のティーゼと違いはない。けれど、その目にレイスリーネは映っていない。映っているのはレスリーなのだ。

「私はレスリーじゃないわ。レイスリーネよ」

「あらやだ、レスリー様。私の邪魔をするために戻ってきたのでしょう？　私から陛下を奪うために」

そう言ったあと、急にティーゼの顔が険しくなる。

「いいえ、そんなことさせるもんですか！　アルフォンス様に愛されているのは私よ！」

ティーゼは目を吊り上げ、短剣を振りかざしながらレイスリーネに襲いかかる。

「あなたより先に私がアルフォンス様と出会えていれば、きっとあの方は私を側室にしてくださっていたわ！　悔しい、悔しい！　美しいだけが取り柄のあなたよりも、私の方があの方を支えられたのに！」

振り下ろされる短剣を避けながら、レイスリーネはムッと口を引き結ぶ。

レスリーにあるのは美しさだけだと、ティーゼにはそう見えていたのだろうか。だとしたら大きな間違いだ。側室として二か月過ごしてきたレイスリーネは誰よりもよく分かっている。

家族と別れ、フリーデ皇太后に命を狙われる危険もあると知りながら前国王の傍に居続けたレスリー。周囲は歓迎する者ばかりではない。身分違いのせいで、侮られることも多かっただろう。使用人に囲まれていても、頼る者が前国王だけだった彼女がどんなに孤独だったか。安全のためとはいえ、産んだ子どもを他人に委ねなくてはならなかった辛さはどれほどだったことか。

それでもレスリーは前国王の傍に居続けることを選んだのだ。決して美しいだけの人間ではない。レスリーは心の強い女性だった。そして前国王を深く愛して支え続けた。だからこそ前国王はレスリーが亡くなった後も彼女を死ぬまで愛し続けたし、イライアスも二十三年経った今もなおレスリーを忘れていない。

「あなたは何を見ていたの？　何も見えていない。そんなあなたが前国王に愛されるわけがないわ！」

言い放つと、レイスリーネは攻撃に転じた。素早く前に出て短剣を突き出す。訓練を受けたレイスリーネと素人のティーゼでは技量が違う。今までレイスリーネが防戦一方だったのは、話を聞き出すためだったのだ。

レイスリーネはティーゼの剣に剣先を引っかけて手を捻ると、いとも簡単に弾き飛ばした。勝敗はあっという間についた。

「あっ……」

ティーゼの手から離れていった短剣が床に落ちた時には、レイスリーネはその喉元に剣先を突きつけていた。

「私は淑女だった叔母上とは違うの。残念ね。私は軍人だからそう簡単には殺されないわ」

「……くっ……」

喉にピタッと突きつけられた鋭い刃先に、ティーゼは顔を引き攣らせ、観念したように床に座り込む。

床に落ちた短剣を蹴って遠ざけると、レイスリーネはホッと息をついて手を下ろした。もう抵抗することはないだろう。そう思ってしまったことが油断を生んだ。

人を呼ぼうとサイドテーブルの鈴に手を伸ばそうとした時、いきなりティーゼが立ち上がって突進してきたのだ。

「死ね、レスリー！」

いつの間にかティーゼの手には刃物が握られていた。おそらく身体のどこかにもう一本隠し持っていたのだろう。先ほどの短剣とはまた別のもっと小さいナイフだった。

――しまった、間に合わない……！

手を下ろしてしまったせいで、ほんの少しの差で防御が間に合わないことがレイスリーネには分かった。

＊＊＊

「だからぁ、あの女は前の国王に懸想していたのよ。馬鹿よね。レスリーが可愛がっていた侍女だから、気遣われていただけなのに、少しくらい優しい言葉をかけてもらったからってコロッとまいっちゃって。でもどういう訳か、自分は前の国王に愛されている、レスリーが邪魔しているから結ばれないんだって思い込んだのよ。危ないなと思って警戒していたら、案の定、あの夜、自分の主を夜中に襲って殺しちゃったわけ」

近衛団の駐在室を借りて、グレイシス立ち会いのもと、フェリクスによるアンジェラへの尋問が行われていた。

アンジェラに隠す気はまったくないらしく、質問には素直に――いや率先してしゃべっていた。フェリクスの眉間に皺が寄る。

「それで、君はティーゼを庇《かば》って証拠を隠匿したばかりか、アリバイ作りに協力したってわけか」

「そういうことね」

「どうしてその時に警備に突き出さなかった？　そうしてくれれば面倒はなかったのに！」

思わずフェリクスは声を荒らげる。ところがアンジェラはあっけらかんと答えた。

「だってそこまでする義理はないもの。当時のあたしの依頼主であるガードナ国王には義理はあったわ。でもグランディアにはない。そうでしょう？」

フェリクスはぐっと詰まる。カルデアの者は義理人情では動かない。彼らを動かすのは金だと知っているだけに、言っても無駄だと分かっていた。その意味ではわざわざアデラ宮に乗り込んでしゃべってくれたのは奇跡のようなものだ。

今まで黙って聞いていたグレイシスが口を挟む。

「だが、ティーゼ・バウマンにも義理はなかったはずだ。なのになぜ庇った？」

「庇ったわけじゃないわ。ターゲットは死んじゃったし、あたし自身のアリバイ作りもしなければならなかったからよ。あと、ここで恩を押し売りしておけば後々役に立つかもと思ったしね。その通りだったじゃない？」

楽しそうにアンジェラは笑って目を細めた。

アンジェラはティーゼのもとへ突然現れて、二十三年前のことで彼女を脅迫して無理やり協力させたのだ。

「それでティーゼの姪として紅蓮隊に潜り込んだわけか。……だが、なぜ左翼軍に？　陛下の動向を探るのならティーゼと同じく女官になった方がよかったのではないか？」

グレイシスの言葉にアンジェラは身を乗り出す。

「そこが取引と繋がるっていうわけよ。確かに女官の方がはるかに仕事がしやすかったわ。でもそうしなかったのは、紅蓮隊にレイスがいたから。あとは、そう、あのガードナ国の愚王の鼻を明かしてやるためよ。いい？　あの男はね、カルデアの面子《めんつ》を潰したの」

「ガードナ国王……ああ、元国王の方か」

「そう。二十三年前、あたしがレスリーの死を報告しに行ったら、あの男、信じられる？　依頼は失敗したと言い出して、約束した代金をまったく払わなかったのよ！　確かにあたしが殺す前にレスリーは殺されてしまったわ。でも依頼は失敗していない。依頼にはレスリーの暗殺だけじゃなくて、監視も含まれていて、そっちはちゃんとこなしていたんだから。でもあいつは抗議してもまったく取り合わなかった。あたしは任務を失敗したことになって、カルデアは面子を潰されたわ！」

アンジェラの青い瞳に怒りの炎が燃えていた。

「いっそ殺してやろうかと思ったわよ。でも依頼なしには動かないというのがカルデアの鉄の掟でね。私情で殺すことはできなかった。でもいつか機会があればと思っていたところに、厚顔無恥にもあの男はカルデアに再び依頼してきたのよ。王位を追われて払う金もないくせに。カルデアはその依頼を引き受けたということにして、あの男に一矢を報いることにしたの」

楽しそうに笑いながらアンジェラは続ける。

「わざとイライアス王の近くには行かず、のらりくらりとあちらの監視者をかわしながら、ガードナ国がこの国に放っている密偵や、情報を売っている連中を調べ上げる。それをこの国に売れば、あの男は大打撃じゃない？」

フェリクスは、ふぅとため息を吐きながら苦笑いを浮かべた。

「それで取引したいと言い出したわけか」

「そういうこと」

「ティーゼがレスリー妃を殺したという証拠を持っているというのは本当かい？」

「ええ。ナイフも血のついた服もあたしが持って隠していたわ。侍女の服は洗濯場に渡す時に持ち主が分かるように必ずイニシャルと番号が振られていた。だからあの服がティーゼのものだとすぐに証明できるはずよ」

「なるほど。それなら申し分ない」

満足そうにフェリクスは頷いたが、グレイシスはまだ険しい表情のままだった。

「待て。どうしてレイスレスリーネの近くにいた？　その理由をまだ聞いてない」

「簡単なことよ。レイスがレスリーの姪で瓜二つだったからよ。イライアス坊やなら絶対目をつけると思ったし、いつか必ずあの子の前に現れる。そう思ったから。実際そうだったでしょう？」

「坊や……」

イライアスを坊や呼ばわりされたことで、フェリクスとグレイシスは渋面をつくった。構わずアンジェラは続ける。

「レイスの傍にいれば直接国王に取引を持ちかけられる機会がくるかもしれない。そう思ったの。あとはまぁ、レイス本人のことも気に入っているからよ」

にっこり笑うアンジェラにグレイシスは片眉を上げる。

「だから、わざわざアデラ宮に乗り込んできたのか」

「そうよ。そろそろ潮時だし、いいかなって。それにいよいよあの女の頭がおかしくなってレスリーとあの子を同一視しだしたから、これはヤバいと思ってね」

「そうか。なんにせよ、教えてくれて感謝する。これで――」

フェリクスがそう言った時だった。部屋に顔なじみの近衛団の一人が飛び込んでくる。

「大変です！　ティーゼ・バウマンが見当たらないそうです！　どうやら庭の騒動を知って逃亡したようで、今ジェリド団長たちがアデラ宮を中心に捜索しております。陛下はそれを聞いてすぐに妃殿下のもとへ行かれました！」

「チッ、あの女、きっとレイスのところに行ったんだわ」

アンジェラが舌打ちする。それを聞いてグレイシスが部屋を飛び出していった。

＊＊＊

――間に合わない……！

防御の姿勢を取る間もなく、レイスリーネはただそのナイフを受けるしかなかった。

ところがナイフがレイスリーネを切り裂くその寸前、誰かが二人の間に割り込む。レイスリーネを抱き込むように庇ったその人物の肩にティーゼのナイフが埋まっていくのを見て、レイスリーネは息を呑んだ。

「ぐっ……」

レイスリーネに覆いかぶさった相手の口から呻き声が上がる。ティーゼは自分が誰を切り裂いたか気づいて顔面蒼白になった。

「あ……」

ナイフを握ったままよろよろと後ろに下がる。そのナイフには血がべったりとついていた。

「陛下……！」

レイスリーネの口から悲鳴のような声が上がった。

そう、ティーゼとレイスリーネの間に素早く割り込み、彼女を庇ったのはイライアスだったのだ。

「陛下、陛下！」

——そんな、私を庇うなんて！

「どうしてっ……！」

「傷は浅い。大丈夫だ。問題ない」

イライアスは肩を庇いながら身体を起こす。

「でも……！」

浅い傷だと言いながら、苦痛のためか、イライアスは顔を顰めている。何より肩を中心に上着がどんどん血に染まっていくではないか。深い傷を負っているのは明らかだった。

「すぐっ、手当てを……！」

「気にするな。それより遅くなってすまなかった。お前は無事か？」

「ぶ、無事です」

「そうか、よかった」

ふっと微笑むイライアスの表情には安堵感と、レイスリーネの見間違いでなければ、優しさや気遣いのようなものが見てとれた。

レイスリーネの目にじわりと涙が浮かんだ。何を考えてバードに扮してレイスリーネを謀ったのか分からない。許せるかどうかも分からない。けれど、レイスリーネに安否を尋ねるその声音は、確かに彼女に対する何かしらの思いに溢れていた。

――陛下……！

ガシャンという音に、レイスリーネもイライアスもハッとして振り返る。見ると、ナイフを床に落としてティーゼがガクガクと震えていた。

「へ、陛下……アルフォンス様……私……そんなつもりでは……」

ティーゼはイライアスを縋るように見つめる。

「陛下！　陛下は私を愛してくださっていますよね……？　その女じゃなくて、私を。だってあんなに優しく笑ってくださっていたもの」

震えながら顔だけはうっとりと微笑むティーゼに、レイスリーネはゾクッと背筋が寒く

なった。イライアスはそんなレイスリーネの背中に手を回して引き寄せると、ティーゼに向き直る。

　イライアスのティーゼに向ける碧色の目も表情も、ひどく冷たいものだった。愛している前国王そっくりのイライアスにそんな目で見つめられて、ティーゼは心底ショックを受けたようだった。

「……陛下？」

「父上が愛していたのはお前ではない。レスリーただ一人だ。お前など父上の心に一片たりとも居たことはない」

「そんな……ことは……」

「それに私は父上ではない。ここに居るのもレスリーではなくレイスリーネだ。レスリーはお前に殺され、父もすでに亡くなっている。お前のせいで幸せを奪われたまま」

　ティーゼはピタッと震えるのをやめて、イライアスを見つめる。その目が一瞬だけ正気に戻ったように澄んだものになった。不思議そうに首を傾げる。

「死んだ……？　アルフォンス陛下が……死んだ……陛下は陛下じゃ、ない……」

「違う」

「違う？　そう、陛下は……死んだ。死んで、レスリー様のもとへ……」

「ティーゼ？」

　おとなしくなったものの、様子のおかしいティーゼにレイスリーネは思わず呼びかける。

けれど、返事はなかった。

「私は……置いていかれた……」

ティーゼの中で何かがゴソッと落ちて消えたのがレイスリーネには分かった。もしかしたら、それは彼女の最後に残った正気の部分だったのかもしれない。急速に光を失った目を虚空に向けたまま、ティーゼはガクンとくずおれる。

それと同時に、レイスリーネの私室の扉が荒々しく開けられる音が聞こえ、数秒後、近衛団の兵と団長のジェリドが寝室になだれ込んできた。

「陛下！　お怪我を!?」

レイスリーネはその言葉で我に返った。

「医者を！　医者を、お願い……！　早く……！」


少し遅れてグレイシスが飛び込んできた時、部屋の中には慌ただしく出入りする近衛団の兵と、表情をなくしてぼんやりとしたティーゼが兵に拘束されていた。そしてベッド脇では、床に片ひざをついたイライアスと、跪いて心配そうに呼びかけるジェリド。そして彼の名前を呼びながら涙を流すレイスリーネがいた。

「陛下、陛下、しっかりしてください！」

「目を開けて、お願い……！」

グレイシスはイライアスがぐったりとして目を閉じていること、彼の上着が肩から背中にかけて血で濡れていること、そして袖口から血が垂れていることを見てとって目を見開いた。

「陛下……！」

慌ただしく老イリス師が呼ばれ、アデラ宮は喧騒に包まれた。

＊＊＊

それから一週間後、レイスリーネはアデラ宮の私室の窓からぼんやり外を見つめていた。

「レイスリーネ様、お茶でも飲みませんか？」

見かねた若い侍女が声をかける。けれどレイスリーネは首を横に振った。

「ありがとう。でも、いいわ」

「そうですか……」

侍女は何か言いたげな様子だったが、何も言わずそっと部屋を出て行った。それがレイスリーネにはありがたかった。

――陛下はご無事なの？　怪我は大丈夫なの？

念のためアデラ宮から出ないようにフェリクスに申し付けられているレイスリーネは、様子を見に行くこともできず、何も分からないままこの一週間を過ごしていた。

おそらくレイスリーネの人生でもっとも長い一週間だっただろう。

――一体、陛下は、ティーゼはどうなったの？　アンジェラは？

気もそぞろで何も手につかなかった。

もう一度窓の外を眺めて深い息を吐くと、レイスリーネはソファに腰を下ろしてぎゅっと膝の上で拳を握る。

ティーゼを拘束したあと、糸が切れたように気を失ったイライアス。重い身体を受け止めながらレイスリーネは恐怖におののいた。

血が恐ろしかったのではない。イライアスの命が失われることに心底怯えたのだ。

――死なないで、お願い！　叔母上！　彼を連れて行かないで……！

涙を流し、イライアスの名前を何度も呼びながらレイスリーネはようやく自分のこの思いがどこから来るのか自覚したのだった。

バードだと偽られてあんなに傷ついたのは、レイスリーネがイライアスを自国の王としてではなく、一人の男性として思っていたからなのだ。

いつからだったのかは分からない。無理やり処女を奪われて、バードを連絡係にした時、確かにレイスリーネはイライアスを恨んでいたと思う。バードに惹かれていただけに、イライアスが許せなかった。

でも一緒に出歩くようになって、彼を知るにつれその思いは少しずつ変わっていった。一度壊された信頼や尊敬の残骸から、少しずつ違う思いが芽吹いていき――いつしかバードに抱いていた思いをも凌駕するようになっていた。

一方で、バードとしての彼にも惹かれていた。彼はレイスリーネが軍人だと認める言葉をくれた人だったからだ。レイスリーネをからかい、気遣い、いつだって彼女の心の支えであったバード。

どちらが本当なのか、どちらが嘘だったのか。でもイライアスの命が失われそうになる事態に直面した今は、もうどちらでも構わないとさえ思う。

バードとしての彼も、国王としての彼も両方とも愛している。それでいいと思った。

――イライアス、あなたを愛しています。どうか無事でいて。

レイスリーネはぎゅっと祈るように手のひらを組んで、そこに額を押しつける。

あのあと、バード――本物のバードに連れられて急いでやってきた老イリス師の見立てでは、命に別状はないということだった。けれど、血が流れすぎているとも言っていた。

レイスリーネがそれを聞いて震え上がったのは言うまでもない。

やはり浅い傷なんかではなかったのだ。なのに彼はレイスリーネに心配をかけまいと、わざと軽く言ったのだろう。

本当に仕方のない人だ。でもそこも含めてイライアスなのだ。

「あの、レイスリーネ様」

さっきの侍女がおずおずと扉から顔を出す。彼女は大幅に減ってしまったアデラ宮の使用人としてフェリクスが派遣してくれた彼の屋敷の侍女だ。今このアデラ宮にいるのは、ほとんどが彼女のように別の場所から派遣されてきた者たちだった。

以前レスリーの使用人をしていた者たちは、一度アデラ宮の使用人を解任されることになり、今はいない。事件が明るみに出て、ティーゼがレスリーを殺した犯人だったことを知った彼らが大きなショックを受けていたからだ。

無理もない。二十年以上も彼らは辛い記憶を共有する特別な仲間だった。それなのに、レスリーを殺した者が何食わぬ顔で自分たちの近くに友人然としていたのだから、彼らが受けた衝撃はレイスリーネの比ではないだろう。特に罪を着せられそうになったセラは、ティーゼのことを聞いて寝込んでいるという。

見舞いに行きたかったが、レスリーと瓜二つのレイスリーネが顔を出すのはかえってよくないと言われて、彼らが自主的にここに戻ってくる気になるのを待つしかなかった。いなくなった使用人の代わりに別の者たちが働いてくれている。もうレスリーの真似事をしなくていいので気が楽だが、寂しさは拭えない。レイスリーネは、もとの人たちに戻ってきてほしいと願っていた。

——そうしたら、今度こそ本当の私として向き合うことができる。心から叔母上の死をいっしょに悼むことができる。

偽りの自分ではなく、本来の自分で彼らと話がしたかった。

「テオバルト様がいらっしゃっています。お通ししても構わないでしょうか？」

「宰相が？　もちろんよ」

レイスリーネは立ち上がった。詳しい事情を尋ねることができる相手がようやく現れたのだ。

「体調はいかがですか、レイスリーネ様」

しばらくしてレイスリーネの部屋に現れた宰相はいつもの淡々とした調子を崩さずに挨拶をした。

「毒のことか、ティーゼとの戦闘のことか、どちらのことを言っているのか分かりませんが、体調はすこぶるいいです。お気遣いありがとうございます」

レイスリーネは、彼が何か言う前にさっそく気になっていたことを尋ねる。

「あの、陛下のお身体は大丈夫なのでしょうか？　誰に聞いても『大丈夫です。心配いりません』と答えるだけで、詳細を教えてくれないのです」

宰相の顔に苦笑が浮かんだ。

「その者たちは本当にそれしか言うことがなかったのですよ。陛下なら、イリス師に傷を縫ってもらったあと、三日間しかおとなしくしていてはくれませんでした。今は公務に復帰されて働いておりますよ。つまり『大丈夫、心配いらない』は本当のことです」

それを聞いて、レイスリーネの顔にも苦笑いが浮かんだ。

「そうだったのですか。でも……よかったです」

ホッと安堵の息を吐く。公務に復帰できるほど元気ならなぜここに顔を見せに来てくれないのかと思わないでもないが、それでもレイスリーネはイライアスに問題がないと知って嬉しかった。

「教えてくださってありがとうございます。それで、あの、アンジェラのことなのですが……」

一番の心配事がなくなったので、次に気になっていたことを尋ねる。

「アンジェラは本気で私を人質にしようとしたのではありません。それに、彼女が警告してくれなかったら、私は油断してティーゼに殺されていたでしょう。こうして無事でいられるのも、アンジェラが警告してくれたおかげなのです。ですからどうか温情を……！」

頭を下げたレイスリーネに、宰相は珍しく微笑んだ。

「顔を上げてください、レイスリーネ様。陛下は分かっておられますよ。アンジェラ――本当の名前は不明なので、便宜上そう呼びますが、アンジェラとカルデアはどうやら本気で陛下の暗殺依頼を受けるつもりはなかったようです。まだこの国に残っているガードナ国の密偵と、機密を売っていた裏切り者の情報と引き替えに、身の安全の保証を求めています。陛下はそのことをとても面白がり、取引に応じるつもりのようです。それどころか破格の金額で雇うことにされたようだ」

「雇う？」

戸惑いながら尋ねると宰相は微苦笑を浮かべて頷いた。

「ええ。詳しくは言えませんが。まぁ、そういうわけで彼女のことなら心配はいりません」

「ありがとうございます」

確かにアンジェラはカルデアの者で、偽りの素性でレイスリーネたちを騙していたのだろう。けれど、どういうわけかレイスリーネは裏切られたとは思わなかった。それどころかまだ友人だと思っている。

——イライアスとバードの時はあんなに傷ついたのにね。

だがそれだけ、レイスリーネにとってイライアスとバードが特別だったということだろう。

「それでティーゼ・バウマンのことですが——」

アンジェラの話題の時は笑みすら浮かべていた宰相だったが、話がティーゼのことに移ったとたん、声に冷たさが加わった。

「今は完全におかしくなっています。もう詳しい話を聞ける状態ではありませんが、アンジェラの証言と提出した証拠でまず間違いはないでしょう。ティーゼは前国王陛下に懸想して、嫉妬した結果レスリー妃を刺殺した。ところが恋敵を殺したところで、前国王には近づけない。むしろ遠ざかっていく一方でした。それも当然です。前国王陛下がティーゼに声をかけていたのは、レスリー妃の侍女だったからです。レスリー妃亡きあとは、彼女の存在すら思い出さなかったでしょう。ところがティーゼは諦めなかった」

ティーゼは前国王にもっと近づくために女官になった。そしてようやく得たのが、料理人が作った国王の食事を毒見し、侍従のもとまで運ぶ役目だった。

「ところがそれが彼女の狂気に拍車をかけることになった。前国王陛下の食事に毒が混ぜられていたのです。フリーデ皇太后が用いていた例のものです」

フリーデ皇太后は料理人を買収してその薬を前国王に盛らせていた。薬はほんの少量だけであれば健康な体に影響はない。毒見役だったティーゼがそうだったように。けれど、前国王は病弱だ。たちまち薬は身体に影響を及ぼし、床に臥せることが多くなった。それまでは病弱とはいえ、曲がりなりにも政務を執ることができていた前国王が、フリーデを王妃に迎えて以降、肝心な時に床に臥すようになったのはこの薬のせいだったのだ。

やがて何年も後に薬のことが発覚し、ティーゼは一時期錯乱状態になったらしい。厳しい尋問を受けたせいもあるが、自分の運んでいた食べ物が前国王の寿命を縮め、やがて死に至らしめることになったのだから、前国王を熱愛していたティーゼには耐えがたいことだっただろう。

「そんな彼女が休養を経て復帰することができたのは、イライアス陛下の存在があったからのようです」

レイスリーネは驚いて宰相を見つめる。

「陛下は前国王とよく似ていますから。ティーゼはイライアス陛下を心の中で前国王と置き換えることで、何とか正気を保っていたのでしょう。要するにイライアス陛下を前国王の身代わりにしていたのです」

ティーゼがこんなに長く精神の均衡を崩さずにいられたのは、イライアスが女を近づけず、妻を娶らなかったことも大きかったようだ。でも、イライアスはレイスリーネを側室に迎えた。レスリーと瓜二つのレイスリーネを。

「あとは知っての通りです。陛下を前国王陛下と混同していた彼女はレイスリーネ様とレスリー妃を次第に同一視していった。イリス師の見立てだと最後の引き金となったのは、懐妊の話だろうということです。それが、レスリー妃の時もティーゼが凶行に及んだきっかけだったからです」

「……陛下の作戦は見事に当たったわけですね」

表面上は穏やかに微笑んでいたティーゼのことを思い出す。甲斐甲斐しくレイスリーネの世話をしてくれたティーゼ。あの全部が演技で、敵意と悪意が隠れていたとは思えなかった。

きっと彼女は、レイスリーネとレスリーが違う人間で、イライアスが前国王とは違うことも理解していたのだと……信じたい。

レイスリーネは向かいに座る宰相に頭を下げた。

「話をしてくださってありがとうございます。叔母上の仇を取れたと言えるか分かりませんが、犯人が分かってよかった。それだけでここに来た甲斐がありました」

「いえ。私たちも陛下もこれで一区切りつけることができます。レイスリーネ様にはご協力いただき、心から感謝いたします」

宰相は立ち上がり、深々と頭を下げる。けれど彼の話はこれで終わりではなかった。

「今日は報告と、もう一つお願いがあってまいりました。……でもその前にお聞きします。

陛下はレイスリーネ様に性的な関係を強要し、バードのことであなたを騙していました。それをレイスリーネ様は許せますか？　陛下を恨んでおられますか？」

いきなり直球で尋ねられ、レイスリーネはうろたえた。けれど宰相の真剣な眼差しに、自分の心に問いかけながら答える。

「う、恨んではおりません。でも……許せるかどうかは別の問題です」

イライアスを愛している。バードのことも。どちらの彼であっても構わない。けれど、騙されたことをすべて許せるかといえばレイスリーネはそれほど心が広くない。

──きっと叔母上ならそれでも許しているでしょうけど。

でもレイスリーネはレスリーではない。彼女のようにはどうしたってなれないのだ。

「それに、私はまだ、陛下がなぜあんなことをしたのか知りません。知らなければ許しようもないでしょう？」

微苦笑を浮かべながら尋ねると、宰相も同じような表情を浮かべて頷いた。

「それはそうですね。あなたはとても手ごわそうだ。でも私はあえてあなたにお願いしたい。どうかこのまま側室として留まり、あの方に愛を与えてほしいのです。いまだに自分を責めることをやめないあの方を救ってほしい」

「宰相？」

「事件が解決した今、陛下は当初の約束通り、あなたを自分から遠ざけようとするでしょう。どんなにあなたを欲していても、決して陛下が自分からそれを口にすることはない。

あの方は自分の望みを言えないのです。ご自分でご自分を呪縛しているから」

いつもは淡々としている宰相が辛そうに笑う。それは彼の力ではどうすることもできないやるせなさからだろうと感じた。

「あなたはかつて人形のようだった陛下の話を聞いたことがありますか？　自我が育たぬように育てられた陛下のことを」

その話には覚えがあった。ライザとエルティシアが語っていたイライアスの過去のことだ。

「はい。ライザ様とエルティシア様から聞いております」

思えばあれがイライアスを違う視点で見るきっかけとなったのだ。

「真実人形のようだった陛下に自我を与えるきっかけとなったのは、レスリー妃との出会いです。それまで空っぽだった陛下はレスリー妃に『母親としての愛情』と『優しさ』を与えられた。前国王陛下からは『王としての責任と自覚』と『罪悪感』を。そしてレスリー妃のことがきっかけで、実母からは『憎悪』を得ました。そうして作られたのが今の陛下だ。けれど、人形ではなくなったはずなのに、そのことが皮肉にも陛下を人形にしているのです。『国王』という名の人形に」

「国王という名の……人形？」

宰相は頷くと、そっと目を伏せた。

「陛下は今まで自分のために生きたことがありません。あの方のやること、考えることすべては国のため、国民のためだ。自分のために生きたことも、望んだことも一度もないのです。冷酷に振る舞うのもすべては前国王があの方に残した遺言――『この国と民と、そして弟たちをよろしく頼む』という言葉を遂行するためです。本当は、王でいることすら も、陛下自身の望みではないのですよ。与えられた果たすべき義務なのです。でも陛下はすべてを受け止め背負いました。フリーデ皇太后たちに対する人々の憎悪も、怒りも、全部です」

憎悪も、怒りも、すべて。その瞬間、どういうわけか、イライアスがレイスリーネを抱き潰したあと、毎晩のように言っていた言葉が脳裏に蘇る。

『私を憎め、レイスリーネ』

おそらくイライアスはレイスリーネに憎ませて、その憎しみさえも背負おうとしていたのだろう。

「なんで……そんな、ことを……？」

レイスリーネには分からなかった。どうしてイライアスがそんなことをする必要があるのか。

レイスリーネの疑問に、宰相が「憶測にすぎませんが」と前置きして答えた。

「陛下はあなたに愛を望むことができません。そんなあなたから唯一受け取れるのが、憎しみだけだからだと思います。愛と憎しみは表裏一体だ。愛が望めなければせめて同じくらい強い感情が欲しい。そう考えたのかもしれません。それに、憎悪が陛下の原動力となったように、あなたにとっても陛下に関わるすべてを振り切る理由になると思ったようです。現に陛下を憎んでいた時のあなたは、陛下とのことを忘れたい過去として葬り、レイス・コゼットとしてやり直したいと思っていたはず」

……確かにそうだ。イライアスに毎晩のように夜伽を命じられバードのことでひどい言葉で嬲られていたあの日々、レイスリーネが自分の道を選ぶことができたらそうしていただろう。

「どうしてなのですか？　どうして陛下は愛を望めないなどと……？」

憎しみは遠ざかり、今レイスリーネはイライアスを愛している。彼が望めばレイスリーネは彼の前にすべてを投げ出すだろう。それは憎しみと同じくらい強い気持ちのはずだ。

「簡単なことです。陛下は自分が愛を受け取る資格はないと思っておられるからですよ」

レイスリーネは目を瞬かせた。

——愛を受け取る資格がない？

「理由は陛下から直接お聞きになった方がいいでしょう。我々にはどうすることもできなかったことを、あなたならどうにかできるかもしれない。なぜなら、唯一陛下が自分のために望んだのがレイスリーネ様、あなただったからです」

「私、ですか？」

「ええ。この任務において陛下は別にあなたと深い関係になる必要はなかった。バードに扮してあなたに近づく必要も、ましてや自分が連絡係になる必要もありませんでした。それらの行動はすべて、陛下があなたの傍にいるために望んで行ったことなのです。私が知る限り、そんなことは初めてです。ですから我々はあなたに期待しているのですよ」

宰相はかすかな笑みを浮かべてレイスリーネを見る。

「どうか、陛下が心の奥底では望んでいるものを与えてください。陛下に『愛』を見せてあげてください。そして一人で茨の道を進むあの方に寄り添ってあげてほしい。そう願っております」

「宰相様……」

レイスリーネの脳裏に「バード」との会話や、イライアスとの間に起こったことが浮かんでは消える。

ひどい言葉でレイスリーネを奪いつくすイライアス。けれど決して彼はレイスリーネを傷つけたりしなかった。彼女に触れる手はいつだって優しかった。

レイスリーネが毒で倒れた時に見せた、いつになく感情的な姿。レイスリーネを庇ってティーゼに刺されたイライアス。

『お前は素晴らしい軍人だ』

レイスリーネの欲しかった言葉をくれたバード。

愛の言葉など一度ももらっていないし、複雑すぎて分かりづらい。正直まだ理解できていないことも多い。けれど、彼の態度や表情には確かにレイスリーネへの思いが溢れている。それがなぜか今は分かる。

「テオバルト宰相」

レイスリーネは決意にきらめく目を宰相に向けた。

「ありがとうございます。話をしてくださって。私、決めました。自分の行く道を」

＊＊＊

宰相と話をしたその夜、イライアスが前触れもなくレイスリーネのもとを訪れた。

レイスリーネはベッドに入る直前だったため、夜着姿だ。イライアスもいつものようにマントを羽織った姿だったが、どういうわけか初めての夜にここで顔を合わせた時のことを思い起こさせた。

おそらくそれは彼の雰囲気のせいだろう。この間までの気安さは、よそよそしさに取って代わられている。それは初夜の彼そのものだった。

イライアスは臣下に申し付けるような口調でレイスリーネに言った。

「役目ご苦労。レスリーを殺害した犯人は捕らえることができたし、カルデアの問題も解決した。当初の予定通り側室の任を解く。お前は紅蓮隊に戻るがいい」

もうお前は必要ないと言わんばかりの冷たいその態度は、宰相から話を聞いていなかったらレイスリーネを確実に傷つけていただろう。そして傷ついて彼の言う通りに紅蓮隊に戻っていただろう。涙に暮れながら。

だがレイスリーネはもう、彼の事務的な態度が見せかけなのを知っている。イライアスはわざと冷たく突き放しているのだ。

「そんなに簡単に側室を辞めることができるのですか？　式まで挙げたのに」

レイスリーネはイライアスの言葉に答えずに、わざと別のことを口にした。イライアスは眉をピクリとさせながらも、そっけない口調で答える。

「確かにすぐには無理だろう。だからしばらく、レイスリーネ・ブランジェットは側室のままになる。ただし名前だけの実体のないものだ。お前は望んでいたようにレイス・コゼットとして紅蓮隊に戻ればいい」

なるほどそういうつもりだったのか。レイスリーネは側室のまま。けれどレイス・コゼットは表向きレイスリーネとは別人だから、紅蓮隊での元の生活に戻れる。ここでのことはなかったことにして。

一か月前のレイスリーネだったら喜んで首を縦に振っただろう。でもレイスリーネはもうあの時の彼女とは違っている。

ゆっくりと首を横に振ると、イライアスを見据えながらレイスリーネは答えた。

「いいえ。戻りません。このまま陛下のお傍に居させてください」

イライアスは眉間に皺を寄せた。

「側室でいるのは任務だからであって、仕事を終えたら軍人に戻るのではなかったのか？　それがお前の望みだと、そう言っていただろう。その望みが叶うんだ。何も律儀に側室を続ける必要はない」

確かに言った。それも「バード」に。レイスリーネに望みを言えと促したバード。あの時レイスリーネは自分の気持ちを認めることができずに望みを告げ、彼はそれを鵜呑みにしてその通りにしようとしているのだ。

――ほら、やっぱり優しい。

「私は嘘を言いました。私の望みはもうレイス・コゼットとして紅蓮隊に戻ることではありません」

レイスリーネはそこまで言うと、わざと笑みを浮かべながら言葉遣いを変えた。

「私の望みを叶えてくれるのでしょう？　バード。そうしてちょうだい。私の望みは陛下の傍にいること。それを叶えて」

「……」

イライアスは答えずに口を引き結ぶ。でもレイスリーネは引くつもりはなかった。レイスリーネはイライアスの傍にいると決めたのだから。

「私が間違っておりました。私は側室であっても軍人です。戻る必要など最初からなかったのです。左翼軍は陛下とこの国を守るための翼――私は軍人として、そして側室として陛下をお傍でお守りするつもりです」

「……そのようなものは必要ない」

「必要はあります。それに陛下が必要ないと思われてもよいのです。私が勝手にやりますから」

　にっこりと笑いながらレイスリーネは宣言した。その琥珀色の目は決意に溢れ、きらきらと輝いている。

「レイスリーネ・ブランジェットは陛下の側室であり続けます。私はレイス・コゼットであると同時にレイスリーネなんですよ。陛下」

　てこでも動かないレイスリーネにイライアスはため息を吐いた。まるで根負けしたかのように。

「頑固だな」

「叔母上に似たのです」

「……そうかもな」

　ほんの一瞬だけ微苦笑を浮かべたイライアスだが、すぐにその笑みを消した。

「私と一緒にいてもお前は幸せにはなれない。私の行く先はこれからも血塗られている。お前を巻き込むつもりはない。……それに、私には誰かと手を取り合い、幸せな結婚をする資格などないのだよ。だから誰も傍に置くつもりはない。お前も。いや、お前だから尚更だ」

　ここが核心だ。レイスリーネはそう思った。イライアスがレイスリーネの愛を望まない理由はここにあるのだ。

　レイスリーネは静かな、しかし思いのこもった口調で尋ねた。

「陛下。それはなぜなのです？　どうして陛下は一人ですべて背負おうとするのですか？　一国の王とはいえ、陛下にだって幸せを求める権利があります。資格がないなどとどうして思うのです？」

イライアスはしばらくレイスリーネの顔を見て、やがてため息交じりに答える。

「あの女が来て以来、この国で起こったすべての悲劇は私が原因だからだ。お前が性別を偽らねばならなかったのも、もとをただせば私のせいだ」

「――え？」

「分からないか？　私が王太子だったからこそ、あの女と前宰相はその後見人として権力を持った。私さえ生まれなければ、あそこまでこの国を好き勝手にされることはなかったんだ」

「それは……」

否定の言葉が出てこなかった。確かにその通りだったからだ。イライアスが王太子で次期国王だったからこそ、その母親であるフリーデ皇太后は権力を握っていられたのだ。

「私が生まれたこと、それが不幸の始まりだ。私が生まれなければ、第一側室だったエリーズ妃の子どもが王太子だっただろう。王太子を産まなければあの女は王妃として留まることができず国許へ帰って行ったかもしれない。その後の悲劇の連鎖は起きなかった。私が生まれなければ。私さえいなければな」

たまらずレイスリーネは叫ぶ。

「陛下のせいじゃありません！」

──ああ、何と言うことなの！

ようやくレイスリーネは宰相が言っていたことを理解する。

イライアスは自分が生まれてきたことに罪悪感を抱いているのだ。すべての悲劇は自分から始まった。そう考え、だからこそ、そこから生まれた不幸や怨嗟をすべて背負うつもりなのだ。

そんなことできっこないのに。

でもそれこそイライアスが自分に課したことだったのだ。自分の幸福を捨てて、彼は国王であり続ける。国王という名の人形に。

「悲劇の始まりなんかではありません。陛下が背負う必要など何一つないのです」

手を伸ばし、レイスリーネはイライアスの背中に手を回すと、ぎゅっと抱きしめる。

「生まれたばかりの子どもだった陛下に何ができました？　フリーデ皇太后たちの暴走を止められなかったのは前の国王陛下とその側近たちです。陛下が罪だと言われるのならば、前国王と当時の臣下たちすべてが等しく背負うべきことです」

イライアスは面白くもなさそうに笑った。

「では、私が即位するまでは？　あの女たちを糾弾するための証拠を集めている間に起きた悲劇は？　私はただじっと不幸が起こるのを見ているしかなかった。彼らを見殺しにした。紛れもなくそれは私の罪だ」

「でもその後、陛下の御世で彼らの汚名をすすいだではないですか！　それに、もし下手にその時動いていたら、陛下たちは排除されて不幸は今も続いていたはずです。見殺しにしたのではありません。その先に待っていた更なる地獄を防いだのです。今こうして私たちが安心して暮らせるのは、その人たちと陛下のおかげです」

国民や彼を支持する者たちにはそれが分かっている。確かに王太子時代にフリーデ皇太后たちを止めなかったことで憎しみを抱いている者はいるだろう。だが、その者たちも分かっているはずだ。イライアスがいなければあの地獄を止めることができなかったと。

「私は陛下にご自分を否定してほしくありません。国や国民の幸せだけではなく、自分の幸せも望んでほしい。皆もきっと、そう思っています！」

ふっと苦笑を浮かべてイライアスは呟く。

「……そうだな。私の周りは皆私に優しすぎる。誰も私を憎もうとしない。憎んで当然の者さえも」

「陛下……」

ああ、やっぱり、とレイスリーネは思う。レイスリーネの言葉だけでは、二十年以上もの間イライアスを縛っていた呪縛を取り除くことはできないのだ。レイスリーネが先ほど言ったことなど宰相や周囲の者は何十回と言い続けてきただろう。それでも彼は自分を許すことができないのだ。優しいから。自分に厳しいから。

ならば、レイスリーネにできることはたった一つだけだった。

「陛下。陛下がご自分のために望めないのなら、私の望みを叶えていただけませんか？任務を達成できたのですから、ご褒美をください」

その言葉はイライアスには意外だったようで、わずかに目を見張った。

「褒美？」

「はい」

レイスリーネはイライアスを見上げてにっこり笑う。

「私に陛下をください。そして私の『愛』を受け取ってください。それが褒美です」

――陛下が私の「愛」を望めないというのなら、私がそれを差し出せばいい。

「私は陛下が欲しいのです」

抱擁を解くと、レイスリーネは一歩下がり、着ているものを脱いでいく。薄い夜着、シュミーズ、ドロワーズがそれに続いて、床に落とされていく。

すべてを脱ぎ捨て、全裸になったレイスリーネはイライアスの前に立つ。美しいラインを描く胸の真ん中で、ツンと上を向いた先端が、誇らしげに揺れている。

この二か月もの間、イライアスによって抱かれ続け淫らに拓かれたレイスリーネは、引き締まった肢体と艶めかしい曲線を持つ身体に変化していた。どこかが劇的に変わったわけではない。全体的な雰囲気が、纏うものが、匂い立つほどの淫靡さに溢れているのだ。

イライアスは何も言わないが、彼女を見る碧色の目に欲望の炎が宿ったのをレイスリーネは見てとった。

レイスリーネは嫣然と笑うと、イライアスに手を差し伸べる。誘うかのように、受け入れるかのように。

なおも動こうとしないイライアスにレイスリーネは悪戯っぽく笑った。

「陛下。陛下の行く道は血塗られているから、私を巻き込みたくないとおっしゃいましたけれど、お忘れですか？　私は軍人です。血など見慣れておりますし、返り血だって平気です。陛下の前に立ち、血まみれになろうとも必ず守ってみせます」

艶めかしい肢体を持つ美女が、勇ましい宣言をする。凛々しさと妖艶さが交じり合うその絶妙な姿に、イライアスはふっと笑み崩れた。

「陛下？」

「お前はやっぱり……面白いな」

イライアスはレイスリーネに手を伸ばす。差し出されたものを受け取るように、レイスリーネの手を引いてその身体を引き寄せながら、イライアスは悪戯っぽく笑った。

「私の前に行くのは感心しないな。お前は私の前ではなく、私の傍らに――隣にいればよい」

「あっ……！」

レイスリーネの視界がぐるりと回る。あっという間にベッドに押し倒されていた。背中に柔らかなシーツの感触が当たる。

「陛下……」

近づいてくる顔に、レイスリーネは目を閉じた。

唇が重なり、薄く開いた唇の隙間を割って、舌が入り込む。慣れないキスに思わず逃げてしまった舌に、イライアスの舌が絡みつき扱き上げる。

「んっ……ぅ、ふ」

ゾクゾクとしたものが背筋を駆け上がる。とろりと胎内から蜜が溢れてくるのが分かった。

我が物顔で咥内をまさぐる舌にレイスリーネは翻弄される。促されるように舌を絡ませ合い、ざらざらしたその感触にまた疼きが湧き上がる。溢れ出た唾液が合わさった唇の間から零れ落ちて行くのが分かった。

——気持ちいい。

うっとりと濃厚な口付けを交わしながらレイスリーネは幸福感に身を震わせた。

やがて顔を上げたイライアスは、頬を染め口付けの余韻に浸るレイスリーネにくすっと笑う。

「どうした？　まだまだ始まったばかりだぞ？」

「……キス、初めてで……」

そう、二か月もの間ベッドを共にし、何十回も身体を繋げ合ったのに、意外なことにキスはこれが初めてだったのだ。ところが、イライアスは首を横に振った。

「いや、初めてじゃない。医務局でもしたからね」

レイスリーネの脳裏に処女検査を受けた時のことが蘇る。あの時に見た「夢」。バードに脚の付け根を弄られ、指を入れられて、そして……。

「まさか、あの時に見たのは、夢なんかじゃなくて……！」

イライアスはニヤリと笑う。

「お前はあんな淫らな夢を見るのか？　夢を見ながら絶頂に達するのか？」

「そ、そんなことは……！　それよりっ、どうしてあんなことをしたのです！」

頬を真っ赤に染めてレイスリーネはイライアスに食ってかかる。

「薬で朦朧としている時にあのような悪戯をするなんて！」

「悪戯ではないよ。検査しただけだ。他の男にお前のこの身体を触れさせるのは我慢ならなかったから」

その言葉を心の中では嬉しく思いながらも、レイスリーネは自分に覆いかぶさるイライアスを睨みつけた。

「陛下が検査を受けろと言ったんですよ！」

「確かに。でもあの時はイリスが引退したことを忘れていたんだ。後任が若い男の医師になったことをフェリクスから聞かされて、視察の代役をバードに頼んで、医者に検査はせずに処女だったと診断書に書くように言いに行ったんだが……」

「医務局……？　まさか……」

急にイライアスは顔を顰める。

「その医者が融通の利かない男でね。検査をしないで診断書を書くことはできないと断られた。そこで、私が代わりに検査をすることにしたんだよ」

あの時、何か騒がしい声が聞こえたのはそれだったのかとレイスリーネは納得した。

「断られて当たり前です。そんな不正をするなんて」

「不正というのはお前が処女でなかった場合のことを言うんだ。検査してもしなくても内容に相違はなかったのだから問題はあるまい」

「そういう問題ではありません！　それに、そのお医者様が不正行為に加担しないような人物でよかったじゃないですか。信頼できるお方だと思います」

生真面目な口調でレイスリーネが言うと、イライアスは片眉を上げた。

「なんだ、そんなにあの男に触れられたかったのか？　お前の熱く濡れたあそこにあの男の指を入れてもらいたかったのか？」

「違います！　分かっているくせに！」

ムッとして見上げると、イライアスは楽しそうに笑っていた。本気で言っているわけではなくて、ただ単にレイスリーネをからかっているだけなのだ。

――もう。仕方のない方ね。

レイスリーネの口元に微苦笑が浮かぶ。思えば、イライアスが扮していたバードも、時々こんなふうにレイスリーネをからかっていたものだ。バードが来なくなってからはイライアスが同じようなことをしていた。

「そういえば、陛下」

ふと気になってレイスリーネは尋ねた。

「陛下はどうして『バード』になって――いえ、別人などに変装して私に会いにきたのですか？」

別人を演じてレイスリーネの前に現れる必要はどこにあったのだろう？

イライアスはその質問を予想していたのか、笑みを浮かべたまま答えた。

「国王相手では皆、取り繕うし、本音で語ろうとはしないからね。人となりを見定めるためには『バード』になって近づくのが一番だ」

なるほどと思う。仮面舞踏会の件で最初に会った時に「バード」だったのは、レイスリーネが側室に――レスリー殺害犯への囮としてふさわしいか、その目で確認するためだったのか。

「いつから『バード』に？」

声音まで作って別人に成りすましていたイライアス。あの慣れた様子では変装は昨日今日始めたことではないだろう。

「だいぶ昔、まだ王太子だった頃からだな。あの頃はまだ味方も少なくて、人手が足りなかったんだ」

そのため、イライアスはフリーデ皇太后とオークリー前宰相たちの犯罪の証拠を摑むために、変装をして自ら危険な調査や内偵を行っていたのだという。

「本物のバードのように完璧に別人に成りすます技術はないが、声くらいは変えられるからね」

少しぶっきらぼうで、でも親しみやすい「バード」の性格は、「フリーデ王妃のお人形」だった王太子とは正反対だった。そのため、髪型や色さえ変えてしまえば、顔の造形が似ていたとしても正体がバレることはなかったようだ。

「今も時々バードに変装してあちこち動き回っている。国王に媚びへつらう貴族が、身分の低い者にはひどい態度を取るとか、国王の立場では見えないことがバードだと色々分かるからね」

「確かに」

「バードでいる方が正直気が楽な時も多い。私の変装を知っている者は、イライアスだと分かっていながら『バード』として扱ってくれるから、いつもより気安い態度だしね。お前だってイライアスより『バード』に心を許していただろう？」

イライアスは手を伸ばし、レイスリーネの頬を撫でながら苦笑を浮かべる。

「私には決して向けない笑顔を『バード』には向ける。だから『バード』としてお前に会いに行かずにはいられなかった」

「陛下」

レイスリーネは自分の頬を撫でる大きな手に、自分の手を重ねた。

「確かにバードには惹かれていました。でも、私は国王としてのあなたにも同じように惹かれて、いつの間にかバードへの思いすら超えていた……。それに悩みましたけど、でも今はどちらもあなただと分かってほっとしました。愛しています。イライアス。どちらのあなたも」

「レイスリーネ……」

再びイライアスが頭を下げて覆いかぶさってくる。レイスリーネは喜んで唇を差し出した。

「……ぁ……んっ……へい、か……」

唾液と舌を絡ませ、互いに吸い合う。寝室には二人の奏でる水音が長い間響いていた。

しばらくして、息を乱し上気した顔を、イライアスのシャツの胸にこすりつけながら、レイスリーネはささやく。

「陛下。……たとえ陛下が私の中に叔母上の面影を見ていてもいいんです。ずっとお傍にいさせてください」

「レスリー？　なぜここにレスリーが出てくるんだ？」

不思議そうにイライアスが尋ねる。レイスリーネはレスリーの名前を出したことを後悔したが、一度出した言葉は消せなかった。

「その……叔母上が陛下の初恋の相手だということはエルティシア様とライザ様から聞きました。私は叔母上に瓜二つだから、だから……」

「だから、私がお前をレスリーの身代わりにしている、と？」

イライアスはレイスリーネの懸念を正確に言い当てると、小さく笑った。

「レスリーは確かに初恋の相手だが、あの人は『母』だ。私は母親にこんなことをするつもりはないな」

言いながら、イライアスは手を伸ばすと、レイスリーネの胸の膨らみの真ん中で張りつめている先端を、指でピンと弾く。

「んっぁ……」

下腹部に広がる甘い痺れに、レイスリーネは思わず声を漏らし、身体を震わせた。

「陛下！」

これ以上悪戯されないようにじんじんと疼く胸を押さえながら、レイスリーネはイライアスを睨みつける。

「話の途中なのに、もうっ」

「すまない。だが、私を誘惑するように尖らせているのが悪い」

イライアスは悪びれもせずに言ったが、それ以上意地悪をするつもりはないらしく、レイスリーネの胸から手を引いた。

「レスリーのことだが、あの人は私にとって今も昔も『母親』なのだよ。私だけではなくて、父上にとってもそうだった」

「前国王陛下？」

「ああ。父上にとっても。あの人は私、そして父上の『母親』だった。彼女の本当の子どもであるラシュター公爵の母親になることはできなかったのにね」

父親のことを思い出したのか、イライアスはふと遠い目になった。

「父上の人生は後悔と罪悪感に塗れていた。母親……私の祖母の命と引き換えに生まれたのに、病弱でままならない身体を抱えて育った。幼馴染みのエリーズ妃の恋を応援するつもりで、あの女との結婚を決めたのに、結局は彼女を巻き込んでしまったことも後悔していた」

「エリーズ妃？　エリーズ・ベレスフォード？」

思いがけない名前が出てきてレイスリーネは目を丸くする。

「そうだ。父上の王妃に内定していたエリーズ妃は、実は当時、他に好いた男がいたんだ。そのこともあって父上はガードナ国との政略結婚を承諾した。エリーズ妃を王妃候補から解放したかったんだ。けれど結局エリーズは周囲の圧力で父上の側室に据えられた。そして子どもを産んだばかりに命を奪われた。父上はそのことにも深い罪悪感を覚えていたよ。そんな父上をレスリーは優しく抱きしめ、慰めていた。その姿はまさに『母親』だった」

イライアスは深いため息を吐く。

「父上にとって国王としての立場は苦痛でしかなかった。ままならない身体のせいで、あの女とオークリー前宰相を止められず、目をかけていた重臣や貴族たちが次々と潰されていくのをただ見ていることしかできなかった。レスリーは父上を必死で看病し、罪悪感にさいなまれる父上を励まし続けたよ。父上にとってレスリーは恋人で深く愛していたけれど、同時に死んだ母親の代わりでもあったんだ。父上はレスリーに甘え、縋った。レスリーはそんな父上を見捨てられなかった」

そこまで言うと、イライアスはレイスリーネを見下ろして笑った。

「でも私は父上とは違う。外見は似ていてもな。ままならない状況は自分の力で変えるつもりだし、変えてみせる。私には『母親』は必要ないんだよ、レイスリーネ。そして、私が父上と違うようにお前もレスリーとは違う。レスリーは父上の後ろに寄り添い、縋ってくる父上に、まるで聖母のように手を差しのべて大事に囲ったが、お前なら手を差しのべる代わりに私の隣に立ち、共に敵に立ち向かおうとするだろう。私の前に出て敵と相対するのも厭わないだろう。私はそんなお前がいい。レスリーとは違うお前がいいんだ」

レイスリーネの目に涙がじわりと浮かんだ。

「陛下……！」

身代わりなどではなかった。イライアスはレイスリーネという人間を理解してくれている。歪な育ち方をしたレイスリーネを丸ごと必要としてくれているのだ。

手を伸ばしてイライアスの首にかじりつく。イライアスはそんなレイスリーネの唇に再び覆いかぶさった。

「んっ、ぁふ、ん……」

キスは何度も何度も繰り返された。レイスリーネが力を失い、完全に脱力するまで。

「キスが気に入ったみたいだな」

イライアスは笑いながら身を起こすと、身につけているものを脱いでいく。ベッドに横たわったまま期待を込めて見守っていたレイスリーネは、シャツを脱いだイライアスの肩に、包帯が巻かれているのを見てハッとなった。

「陛下、肩の傷が……」

失念していたが、つい一週間前、彼はティーゼに刺されて怪我をしたばかりなのだ。血は止まり、傷口は縫ったとはいえ、今もかなり痛むに違いない。

「何ともない。気にするな」

イライアスは構わずトラウザーズも脱ぎ捨てる。現れた怒張はすでに硬く張りつめている。その欲望に応えるように子宮がじわりと熱くなっていくのを感じながら、レイスリーネはおずおずと言った。

「でも、もし傷口が開いたら……」

愛し合いたいのはやまやまだが、もし彼の身体に障るのであれば……。

「それほどヤワじゃない。グリーンフィールド将軍にさんざん鍛えられたからね。弟たちが参加するというので、バードに扮して特別訓練に参加したことだってある」

「グリーンフィールド将軍の特別訓練に!?」

グリーンフィールド将軍の特別訓練といえば、別名「地獄の特訓」と言われるほど厳しいことで有名だ。音を上げる兵士が続出するという。その特別訓練を通過した者は左翼軍の精鋭としてあちこちで活躍している。フェリクスとグレイシスもそのうちの二人だ。

その特訓に国王であるイライアスも参加していたと知り、レイスリーネは驚きのあまり「弟たちが参加」という言葉の意味に気づかなかった。

「二度と参加しようとは思わないけれどね。あの男、私だと分かっているくせに、容赦ないのだからな。だから剣の傷の痛みなど慣れている。気にしなくていい。あの特訓で負ったさまざまな傷に比べればこんなものはかすり傷だ」

この怪我が「かすり傷」とは、一体どんな訓練だったのだろうかとゾッとしていると、一糸纏わぬ姿になったイライアスがベッドに戻りレイスリーネに覆いかぶさる。

「傷のことはもういい。今はお前を愛させろ」

「……はい」

レイスリーネは頬を染めながら頷いた。


まるで初夜の時のようだった。

シーツに縫いとめられ、官能を高めるようにイライアスの手がレイスリーネの肌を滑っていく。まるで壊れ物を扱うように、優しく。けれど、その手つきはひどく淫らで、知り尽くしたレイスリーネの弱いところを確実に攻めてくる。

蜜壷に深々と埋められた指に感じる場所を弄られて、レイスリーネの身体がシーツの上で波打った。

「陛下……ああ、陛下……！」

赤く染まった身体が、イライアスの一本の指の動きで白いシーツに乱れる様は艶めかしくも美しい。指を熱く締め付ける肉襞の動きよりも、イライアスの欲情を煽った。

じゅぷじゅぷと粘着質な水音を立てて、レイスリーネの中をかき混ぜながら、イライアスは妖しい笑みを浮かべる。

「イライアスだ。閨の中というのに、お前はいつまで夫のことを陛下呼ばわりするのだ？バードの名は出すくせに」

初夜で思わず「バード」と口に出てしまったことを思い出して、レイスリーネは慌てふためく。

「そ、それは、バードがあなただとは思わなく……ああんっ」

尖った胸の先をもう一方の手でキュッと摘まれて、レイスリーネは背中を反らしながら甘い悲鳴を放った。

「またお前は……。いいか、レイスリーネ。これ以降ベッドで私以外の名前を呼んでみろ、手加減しないで抱き潰すぞ？」

その言葉を聞いてレイスリーネはぶるっと震える。けれど、それは恐怖のためではなかった。

「手加減……しなくていいです。陛下……イライアスの思う通りにしてください。私は壊れませんから」

レイスリーネは手を伸ばし、イライアスの肩に抱きつく。その際、手に触れた包帯の感触に我に返る。

気にするなとイライアスは言うが、それは無理な話だ。

「あの、やっぱり今日は手加減を……。傷が……」

包帯からそっと手を放すと、イライアスが突然レイスリーネを抱いたまま仰向けになってにやりと笑った。

「そんなに肩の傷が気になるのなら、お前が上になればいい。そうすれば私が腕を動かさずに済むだろう？」

「わ、私が上、に？」

もちろんそういう愛し方があるのは知っていたが、当然、今までにしたことはないし、イライアスもさせようとはしなかった。

「嫌なら無理は言わない。私が……」

「や、やります。上になります！」

イライアスに肩を使わせるわけにはいかない。

レイスリーネは上半身を起こすと、寝そべるイライアスの身体をおずおずと跨ぐ。その際、まるで別の生き物のように屹立しているイライアスの怒張が目に入り、下腹部がきゅんと収縮した。蜜をたたえた秘裂がピクピクとひくつき、奥からじわりと愛液が染み出してくる。

あれが欲しいと身体が訴えていた。

毒を盛られて以降、イライアスはレイスリーネと同じベッドに入るものの、決して彼女を抱こうとしなかった。そのため、毎晩のように激しく交わっていたレイスリーネは、認めたくはないが、欲求不満に陥っていた。真夜中に身体が疼いて目を覚ますことも少なくない。イライアスの温かな身体が隣にあるから尚更だ。

今も、硬くて熱いものが隘路を埋め尽くしていく感触を思い出して、たまらなくなっていた。一刻も早く繋がりたくて、ぎこちない動きで位置を合わせ、イライアスの膨らんだ先端に濡れた蜜口を押し当てる。その感触にぶるっと背筋に痺れが走った。

レイスリーネは引き締まったイライアスの腹部に手を置いて、腰を落としてイライアスの剛直を受け入れていく。

「んんっ……」

隘路が押し広げられていく感覚に声が漏れる。唇をきゅっと引き結んで声を抑えようとしたが、イライアスが手を伸ばして胸の膨らみを弄り始めると、こらえ切れずに漏れてしまう。

「あ……ふぅ、んっ……」

自分の重みでじりじりと押し込まれていく感触と、戯れに胸に与えられる刺激に、両脚がぷるぷると震えた。

いつもイライアスはいとも簡単に、しかも一気に、レイスリーネの蜜壷に楔を打ち込むが、自分で入れるとなるとかなり難しい。

ようやく最後まで受け入れ、お尻がイライアスの腰にぴったりとつく頃には、レイスリーネは涙目で身体を震わせていた。

「……っ、深、い」

自分の重みがあるからか、イライアスの肉茎の太い先端がいつもより奥深くにめり込んでいるようだった。

背筋を這い上がっていく快感に媚肉が蠢き、イライアスを熱く締めつける。蜜口からじわじわと愛液が染み出し、繋がっている場所を濡らした。

「動いて」

イライアスはレイスリーネの細い腰に両手を置き、軽く突き上げながら動くように促す。

「あぁ、ぁ」

小刻みに奥を小突かれて、レイスリーネはたまらず腰を揺らした。突き上げられる動きに合わせて、レイスリーネの身体が踊る。けれどやがてリズムとコツを摑んだレイスリーネは自分から腰を動かし始めた。

「んんっ、ぁん、あ、んっ、お、奥が、ゴリゴリ、いって……」

深い場所にある自分の感じるところに、イライアスの太い部分をこすりつけるようにお尻を回しながら、レイスリーネは喘ぐ。イライアスは自分の上で淫らに腰を振るレイスリーネを愉悦の表情で見上げながら、煽っていく。胸の先端をきゅっと捻りながらレイスリーネの動きに合わせて腰を突き上げると、彼女の身体は大きく弾んだ。

「ああっ、ひゃぁ、あン、っぁああ！」

ずんっと奥深くに突き刺さった衝撃と、脳天を突き抜ける快感に、レイスリーネは声を上げる。けれど突き上げてくるイライアスの動きに無意識に身体が動き、自ら感じる場所へと導いていく。上下にお尻を擦りつけ、腰を揺らし、レイスリーネは貪欲に悦を貪る。

「すっかりイヤらしい身体になったな、お前は」

艶めかしく動くお尻を撫でながらイライアスが笑う。羞恥に顔を真っ赤に染めながらレイスリーネは抗議した。

「っん、あ、へ、陛下が、こんな身体に……んっ、したんじゃ、ないですかっ」

無垢だったレイスリーネの身体を拓き、欲を植えつけ、淫らに染め上げたのはイライアスだ。おかげでレイスリーネは彼なしでは生きていけなくなってしまった。

「そうだな。私がお前を淫乱にしたんだったな」

くすくす笑いながら、イライアスは手を伸ばして繋がり合った場所の、ほんの少し上にある肉芽に触れる。

「ひゃぁあん、そこはっ……ダメ、ですっ」

ビクンと身体を揺らしながら、レイスリーネは必死になって訴えた。けれど、イライアスは構わず、充血した花芯を指で弄る。

「ダメ？　突き上げられながらここを弄られるのが善いくせに」

「だから、ダメッ、だって……んあぁっ、やぁあ！」

敏感な芽を嬲られながら、奥をずんっと突き上げられて、レイスリーネの口から嬌声がほとばしる。大きく弾んだ身体が沈み込み、反動と自らの重みのせいで更にレイスリーネの奥が突かれた。

目の前がチカチカと瞬き、それはすぐに白い閃光となって弾け飛んだ。

「あっ、あ、ああ、ぁあああああ！」

レイスリーネはイライアスの上で背中を反らし、絶頂に達した。肉襞が蠢き、中で膨らんだままのイライアスを引き絞る。その感触と、絶頂に達する時のレイスリーネの表情をイライアスは楽しんだ。

やがて力を失い、倒れ込んできたレイスリーネの身体を受け止めると、びくんびくんと痙攣する背中を撫でる。レイスリーネの胎内から溢れた蜜が二人の下肢を汚す。

荒い息を吐き、目を閉じたまま絶頂の余韻に震えていたレイスリーネは、身体が回転するのを感じた。背中にあたるシーツの感触に顔を上げると、ベッドに横たわり、イライアスの身体の下にいる自分に気づく。

「あ……」

「まだ私は満足してないぞ？」

ずんっという衝撃と共に、レイスリーネの奥深くにイライアスが打ち込まれた。

「ああっ……！」

絶頂からまだ戻っていなかったレイスリーネは、脳天を駆け上がる淫悦に背中を大きく反らす。息もできないほどだった。

「あ、っああ、ぁあ！」

勢いよく奥を穿たれる。自分で動くのとはまるで違う、嵐のように襲いかかってくる強烈な快感に、レイスリーネは翻弄された。抉られ、身体を揺さぶられ、奥を暴かれ、何度も刷り込まれる肉悦に声を上げる。

「イライアス、イライアス……っ」

——だめ、おかしくなる。変になる……！

享受しきれないほど絶えず送り込まれてくる法悦に、レイスリーネは目の前の身体に縋った。イライアスの腰に足を絡ませ、背中に手を回して抱き寄せる。それでも無意識のうちにイライアスの怪我をした肩に触れることを避けたのは、本能だったのだろうか。

「……っ」

イライアスが歯を食いしばる。と同時に動きが更に速くなった。ずんずんと打ち込まれる衝撃に、レイスリーネは颪に揺れる木の葉のように揺さぶられた。

「ああっ、やぁ、また、私、ぁあ、ああっ！」

小さな絶頂が何度もレイスリーネに襲いかかり、頂点に押しとどめ続ける。肉襞が張りつめた楔に絡みつき、きゅうっと引き絞った。

「出すぞ……受け止めろ」

やがてイライアスはひときわ強く激しくレイスリーネの奥を穿つ。レイスリーネは、胎内を埋め尽くすイライアスの肉茎が膨れ上がったのを感じて、自分から強く腰を押しつけていった。

「くっ……」

イライアスが弾け、レイスリーネの胎内に熱い飛沫を放つ。

その瞬間、レイスリーネは再び天高く押し上げられ、白濁を受け止めながらイライアスの腕の中で絶頂に達した。頤を反らし、淫悦を享受しているレイスリーネの肩に顔を押しつけ、イライアスは欲望を一滴残らず彼女の中に注ぎ込んだ。

「んぁあああっ、あああああ！」

しばらくして顔を上げたイライアスは、荒い息を吐きながら焦点の合わない目を天井に向けているレイスリーネの顔にキスを落としながらささやいた。

「もう薬を飲む必要はないぞ、レイスリーネ」

「……それって……」

声の上げすぎで掠れてしまった声で恐る恐る尋ねるレイスリーネに、イライアスは微笑んだ。

「あの女の血を残したくなかったが、お前の子ならいい」

「陛下……！」

「愛している、レイスリーネ。一生言うまいと思ったけれど、お前が私を望んでくれるのなら……それに応えたい」

レイスリーネの目に涙が溢れ、眦を零れていった。

「陛下。私も愛しております。陛下の子どもを産ませてください。たくさんの子どもたちを。その子たちが陛下に、生まれてきてよかったときっと思わせてくれるでしょう」

「……お前は分かってないようだな。お前こそが私の『永遠』なのに」

イライアスは笑いながらレイスリーネにキスをした。

――永遠？

不思議に思いはしたが、それが何なのか尋ねることはできなかった。レイスリーネの中に埋められたままのイライアスの剛直が、再び動き始めたからだ。

レイスリーネは目を閉じて、再び始まった喜悦に身を委ねた。


一晩中イライアスの白濁を受け止め続けたレイスリーネは疲れ果ててやがて気を失うように眠りに落ちていった。

イライアスは腕の中で眠るレイスリーネの顔をしばらくじっと見守っていたが、手を伸ばし髪の毛をひと房掬い上げると、艶のあるその黒髪にそっとキスを落とす。

「レイスリーネ、ようやくお前を手に入れた――」

ささやくイライアスの口元には愉悦に満ちた笑みが浮かんでいた。

＊＊＊

レイスリーネは側室として城に留まることになった。

紅蓮隊には戻らない旨と謝罪の言葉を書き連ねた手紙をブレア隊長に送ったレイスリーネは、翌日届いた返事を読んで、涙を浮かべた。

もしかしたらブレア隊長はこうなることが分かっていたのかもしれない。手紙には任務の成功を称える言葉と、レイス・コゼットは退役ではなくて休職扱いになることが記されていた。つまりレイスリーネは軍人のまま、紅蓮隊に所属したままでいられるのだ。

更にブレア隊長の手紙には、レイスリーネの休職について紅蓮隊の仲間にはうまく説明しておくから何も心配はいらないと。そしてアンジェラの処遇についてもできる限りのことはするから大丈夫だとも書かれていた。

そして最後はこう結んであった。

『レイス・コゼット少尉へ最後の任務を伝えます。

あなたは紅蓮隊の一員として、誇りを持って陛下の妃となり、陛下の身をお守りすること。そして幸せになることを命じます。必ずや遂行するように』

涙が止まらなかった。

――私はなんて幸運なのだろう。自分を生かせる場所を見つけ、尊敬する上司、命を預けられる仲間を得た。そして愛する人に嫁ぐことができた。

歪な自分の運命も、すべてはイライアスに通じるのだと思えば、今はそれに感謝したいほどだ。レイスリーネが今のレイスリーネでなければ、この幸せはなかっただろうから。

手紙を胸に抱きしめ、しばらくの間余韻に浸っていると、侍女の一人がやってきてイライアスからの言葉を伝えた。

会わせたい人物がいるから、彼の執務室に来てほしいとのことだった。

——賓客かしら？

首を傾げながら、レイスリーネは護衛の兵とともに主居館にあるイライアスの執務室へ向かった。

「急に呼び出してすまなかった」

イライアスは迎え入れたレイスリーネの頬に唇を押し当てて微笑む。二人が身も心も結ばれてから一週間。閨での夫婦の交わりはますます甘く情熱的になり、それが昼間の互いの態度にも表れ始めていた。

「大丈夫です。陛下、会わせたい人って……？」

「お前に弟たちを紹介しようと思ってね。ラシュター公爵に、会いたかったのだろう？」

「あ……」

レイスリーネは目を大きく見開いてイライアスを見つめ返した。彼女がイライアスの前でラシュター公爵のことを口にしたのは、あの仮面舞踏会の時だけだ。もっとも彼はあの時は「バード」で、ラシュター公爵の異母兄だとは夢にも思わなかったが。

あの時レイスリーネが言ったことを、イライアスは覚えていたのだ。

「ありがとうございます。陛下」

自分には関係ないと思っていても、やはり心のどこかでラシュター公爵のことは気になっていたのだ。なぜなら彼はレイスリーネの従兄弟で、イライアスの妃となった今は義姉と義弟という関係になるのだから。

――とうとうラシュター公爵にお会いできる。

その時不意にイライアスの言葉を思い出し、レイスリーネは首を傾げた。

「……あら？　弟たち？」

前国王の子どもは三人いたが、今生きているのはイライアスと異母弟であるラシュター公爵だけだったはずだ。ところがイライアスの口から出たのは意外な言葉だった。

「これはほんの一握りの者だけしか知らないことだが、エリーズ・ベレスフォードと共に毒殺されたと言われている第二王子は生きているんだ。ラシュター公爵同様、信頼できる貴族にひそかに預けられ、そこで育てられた」

「第二王子が!?」

「ああ。父上が、亡くなるほんの少し前に私に教えてくれた。レスリーの子どもだけではなくて、エリーズ妃の子どもも生きていると。この時ばかりは跪いて神に感謝したよ。すぐに二人を確かめるために会いに行った」

それが特別訓練の場で、そのあと、グリーンフィールド将軍に頼んで正式に二人と会う手はずを整えてもらったのだという。

イライアスは悪戯っぽく笑った。

「特別訓練を共に切り抜けた仲間が玉座にいるので、二人は仰天していたがね。でもすぐに打ち解けた。弟たちには憎まれ、恨まれているかとばかり思っていたんだが、私の周囲はどうも私に優しくてね。今の家族と引き合わせてくれて感謝している、そう言うんだよ。もっと責めてくれてもいいのに。もっと多くを望んでくれてもいいのに」

「陛下……」

……ああ、この人は弟たちにも罪悪感を抱いているのだ。

レイスリーネは思わず手を伸ばしてイライアスの頬に触れた。

「幸せは人ぞれぞれです。陛下の弟君たちがそうおっしゃるのなら、大切に育てられたということだと思います。おそらく城で王子として育つよりも」

「……そうだね、城で育っていたら、私たちは反目し憎み合っていたかもしれないな。ならば今のこの状況には感謝するべきなのかもしれない」

イライアスはレイスリーネの手の感触を味わうように目を閉じた。

しばらくすると、扉の外で何かの気配がした。続いて扉がノックされる。イライアスは目を開けて微笑んだ。

「ああ、来たようだな。構わない。入れ」

だった。

「はい。失礼します」

扉が開く。レイスリーネは緊張して待った。けれど入ってきたのはよく見知った相手

「ロウナー准将？　グローマン准将？」

グレイシスとフェリクス。左翼軍の英雄二人の姿にレイスリーネは目を瞬かせる。ラシュター公爵たちだと思ったのだが、どうやら違っていたらしい。

「何か陛下に御用がおありだったのですね。私、席を外しましょうか？」

「席を外す必要はないですよ、義姉上」

フェリクスがくすっと笑う。レイスリーネはきょとんとなった。

「あね……うえ？」

戸惑うレイスリーネをよそに、イライアスは二人の間に立ち、腕を伸ばして二人の肩に手を回して笑いながら言った。その顔はどこか誇らしげだった。

「レイスリーネ、紹介しよう。弟たちだ」

「――は？　え？　ええええ？」

ぽかんと口を開けるレイスリーネに、珍しく笑みを浮かべたグレイシスが言った。

「改めまして。よろしく従姉妹殿」

「うそ……」

呆然と呟きながらレイスリーネはグレイシスを見つめる。

レイスリーネと同じ黒い髪と、琥珀色の瞳。

――ああ、どうして気づかなかったのかしら？

言われてみればグレイシスの顔立ちには、亡き祖父の面影があるではないか。

口を開けたまま言葉もないレイスリーネに、フェリクスがにっこりと笑った。

「そういう訳でね。これからライザやシアともどもよろしく頼むね、義姉上」

＊＊＊

レイスリーネがイライアスの執務室で仰天しているのと同じ頃。

ガードナ国のとある場所にある小高い丘に一人の男が立っていた。男は眼下に見える屋敷をじっと見下ろしている。

少し離れたその場所にも、屋敷で大勢の人間が騒いでいる声が風に流れて聞こえてくる。

それからしばらくして、人の気配を感じ、男はふと顔を上げた。そこには、動きやすい服を身に纏った肉感的な女性が立っていた。

「首尾よくいったようだな。ご苦労様」

にこりともせず、男は言う。

「返り血も浴びていないとはさすがだ」

その言葉に女はふんっと鼻で笑った。

「あたしを誰だと思っているの？　そんなヘマはしないわ」

自慢げに腰に手をあてたあと、女は肩をすくめる。

「まぁ、あなたが王や一部の重臣たちしか知らないはずの秘密の通路を教えてくれたから、簡単に脱出できたんだけどね。よくもまぁ、そんなの調べられたわね」

「蛇の道は蛇というやつだ」

かつて情報を扱う部署に所属していた男は事もなげに言った。どうやら男にとってはたいして苦でもないことらしい。

やれやれと思いながら女は続ける。

「とにかく、これであたしの汚点は消えてなくなったわ。でもいきなり、金を払うからあたしを雇いたいって王様が言い出した時はびっくりしたけど、今は感謝しているわ。次の仕事もくれたしね」

「側室……いや、次期王妃陛下の侍女だったか、次の仕事は」

女はにっこり笑う。

「そうよ。侍女兼護衛ね。命を狙う不届き者がこれから増えると予想されるから大抜擢されたの。とても楽しみだわ。……ところであなたはどうするの、ディレード・アルスター？」

少し前までアンジェラという名前を使っていた女が、男に問いかける。髪の色を変えて、地味で質素な服を身に纏っているが、男は確かにグランディアの城の特別牢に収監されているはずのディレード・アルスターだった。

「逃げる？　それともグランディアに帰る？　あたしはあなたがこの任務の途中で消えても追うなという指示を受けているから、どっちでもいいわよ？」

促すように眉を上げると、ディレードは迷うことなく答えた。

「もちろんグランディアに帰るさ。あの男の進む先をこの目で見させてもらうつもりだからね」

その答えを聞いてアンジェラは鈴を鳴らしたような声で笑った。

「では帰りましょう、グランディアへ」

エピローグ　憎悪の終わり

その日、イライアスの執務室には、宰相や国務大臣たち、それにフェリクスやグレイシス、グリーンフィールド将軍が集まっていた。

レイスリーネに懐妊の兆候が見られたので、老イリス師に確認してもらっている最中だ。ほぼ妊娠しているのは間違いないとのことで、今度こそは本当だろうと城中に喜びの声が駆け巡っている。その声が王都中に広がるのも間もなくだろう。

「おめでとうございます、陛下」

「まだ、決まったわけじゃないけれどね」

皆が口々にお祝いの言葉をイライアスにかける。それを彼は穏やかな表情で受け止めていた。

「だが、皆を呼んだのはそのことに関係しているんだ」

イライアスは一同を見回して宣言するように告げた。

「子どもの誕生と同時に、その子の性別がどうであれ、レイスリーネを王妃に据える。誰か反対の者はいるか？」

もちろん反対の声は上がらなかった。

「そう言うだろうと思い、すでに根回しは始めております」

宰相が淡々とした口調で報告する。国務大臣はにっこり笑って言った。

「告知の準備も整っています。いつでも国民に向けて公表できるようにね」

「本人は嫌がって大反対しそうですが……」

ぽつりとグレイシスが呟く。その言葉を耳にしたイライアスはくすりと笑った。

「そうだろうな。でも、私と共に歩むと彼女自身が言ったんだ。その言葉を遂行してもらう。否やは言わせぬよ」

うっすら笑っているその顔と口調に、レイスリーネが王妃としてイライアスの隣に座る未来が必ず訪れることを、その場の誰もが疑わなかった。

「まぁ、ひよっこどもが皆それぞれ幸せを手にすることができるのはめでたい。これで、先代の陛下に顔向けができるというものだ」

しみじみとグリーンフィールド将軍が呟いてその場を締めくくった。

ややあって、フェリクスが眉を上げて意味ありげに口を開いた。

「そういえば陛下、ご存知ですか？　ガードナ国の前国王が亡くなったそうですよ。公式には病死と発表されていますが、本当のところは暗殺されたようです」

「そうか。それは気の毒だな」

白々しくも呟くイライアスの口元には笑みが浮かんでいる。それを見て外務大臣が苦笑した。

「それではそのような趣旨のお悔やみの言葉を先方に伝えることにしましょう」

イライアスの言葉は外務大臣の手によって、美辞麗句に置き換えられてガードナ国へ届くことになるだろう。それをどう思うかはあちらの勝手だ。

「それにしてもカルデアを使うとはうまい手を考えましたね」

宰相が言うと、イライアスはにやりと笑った。

「依頼がなければ動けないそうだから、動く理由を作ってやっただけだ。たまたま利害が一致しただけのことだが、カルデアにもちょっとした貸しができたことだし、結果は悪くない。これでガードナ国もだいぶおとなしくなるだろうしね」

満足そうに呟くとイライアスは立ち上がった。

「さて、そろそろ診察も終わっている頃だろうから、私はレイスリーネのところへ行ってくるよ」

「行ってらっしゃい。結果が分かったらすぐにお知らせください」

フェリクスが笑顔で送り出す。

「分かった。……ああ、バード、来なくて大丈夫だ。城の中じゃ危険もないだろうから」

「御意」

存在を感じさせず部屋の隅で待機していたバードが動こうとするのを手で制すると、イライアスは足取りも軽く執務室を出て行った。

「……ここで待っていても診断結果の知らせは来るだろうに。お熱いことだ」

グリーンフィールド将軍がにやにやと笑う。

「親父さん、野暮なことは言いっこなしだよ」

たしなめるフェリクスの斜め向かいの席で、財務大臣が宰相に尋ねていた。

「テオ、根回しは始めていると言っていたけれど、王族の血を引いてない子爵令嬢を王妃にとなると必ず文句を言うやつが出てくるだろう。どうやって黙らせるつもりなのかい？」

「問題ないさ。確かに代々王妃にはグランディア王家の血を引いている女性を据えることになっていたが、すでにその慣例はフリーデ王女が王妃になったことで破られている。今さらそれを陛下の前で言い出せる勇気のある者はいないだろうさ。それに身分の方も、高位の貴族と養子縁組みすればいいだけのこと。そう、たとえばラシュター公爵とか」

宰相はグレイシスをちらりと意味ありげに見る。グレイシスは思わず顔を顰めた。

「娘にするには年が近すぎると思いますが……。シアに至ってはレイスリーネより年下ですけど」

「まぁ、いいじゃないか。もともと家族のように思っていたんだから、問題ないだろう？」

グレイシスの肩を叩きながら笑って言ったのはフェリクスだった。

「実際、僕らにとっては妹みたいなものなんだしね。レイスリーネを見ていると、あの子がもし無事に生まれていたらこんなふうだったんだろうなと思うよ」

その言葉に一同はハッとなった。

レスリーのお腹の中にいた子どもは女児だった。生まれていれば、今はレイスリーネと同じくらいの年だっただろう。レスリーとよく似たレイスリーネの姿に、亡くなったその子の未来図を重ね合わせるのは容易かった。

「もし御子が生まれていれば、王妃の最有力候補だっただろうな」

国務大臣がぽつりと呟く。血統を尊ぶこの国の王族に限っては異母兄妹であれば結婚が可能だ。だからもしレスリーの娘が生きていたら、まず間違いなくイライアスの王妃となっていたことだろう。

けれど、子どもは生まれず、イライアスが王妃に選んだのはレスリーそっくりのレイスリーネだった。そう思うと、妙に運命めいたものを感じてしまう一同だった。

「そういえば、陛下はいつからレイスリーネ妃の存在をご存知だったんだろうか？」

ふと湧いた疑問を口にしたのは財務大臣だった。

「僕らはこの作戦の計画を立てた時に陛下から聞かされて、初めてレスリー妃に姪がいたことを知ったんだけど、テオは？」

「私も同じだ。ついこの間知ったばかりだ。彼女が左翼軍に所属していたことも」

宰相が答える。視線で促され、フェリクスが答えた。

「僕も具体的に知ったのは、わりと最近になってから。でもグレイは知っていたんだろう？」

「ああ、自分の素性を知った後で調べたからな。ただ、従姉妹がいたのは知っていたが、軍人になって王都に出てきていることを知ったのは俺も最近になってからだ」

そのグレイシスもイライアスに従姉妹の存在を教えたことはなかった。

「俺はブレアから三年前に聞いて軍人になったことは知っていたが、それを陛下には伝えてないぞ。ブレアも彼女のことは俺以外に伝えてないはずだ」

そう口を挟んだのはグリーンフィールド将軍だ。財務大臣が首を傾げる。

「おかしいな。だったらいつどうやって陛下はレイスリーネ妃の存在を知ったんだろうか。作戦に必要だから調べた？　レスリー妃のそっくりさんがいることを小耳に挟んだ？」

「おい、バード。常に陛下の近くにいたお前なら知っているだろう？　陛下はいつレイスリーネ嬢のことに気づいたんだ？」

グリーンフィールド将軍が部屋の隅に佇んで話を聞いていたバードに声をかけた。バードは無表情のまま答える。けれどそれは思いもよらない話だった。

「皆様の予想よりずっと昔からです。そう、十年ほど前——陛下が即位された頃でしょうか」

「はぁ？　十年前!?」

「はい。あの方はレスリー様のお身内のことを気にかけていらっしゃいましたから。即位してすぐにお調べになったようです。そしてレイスリーネ様の数奇な育ちについて知り、それ以来ずっと気にかけておいででした。レイスリーネ様が社交界デビューをした時も変装して見に行かれていましたよ」

「なんと、まぁ……」

その場にいたバード以外の全員があんぐりと口を開けていた。

「レイスリーネ様がずっと鬱屈した生活を送ってらっしゃるのも陛下は知っておりました。それを変えるために、そして近くに呼び寄せるために、左翼軍に女性部隊を作り――」

「おい、まさか陛下が提案した紅蓮隊の結成は、もしかして……」

グリーンフィールド将軍が絶句する。めったにないその様子にバードは無表情を崩してにやりと笑う。

「はい。その通りです。レイスリーネ様の耳に、左翼軍が男女の区別なく兵士を募集していることをそれとなく入れたのは、この私ですから」

「嘘だろう……」

普段は冷静沈着な宰相ですら、この話には呆然となっていた。

「もしかして、ベタ惚れというやつか？」

そうでなければ、十年間見守り続けた上に、たった一人の女性のために、女性部隊を作って呼び寄せるなどするわけがない。

「分かりづらいんだよ、陛下は！」

国務大臣が叫ぶ。それは全員の共通した思いだった。

今回の作戦において、イライアスはレイスリーネに対してそれほどの思いを抱いていることを、ただの一度も周囲に漏らさなかったし、おくびにも出さなかった。だからバード以外の者は皆、彼が国王と側室として接しているうちにレイスリーネに惹かれていったとばかり思っていたのだ。

それが根本から違っていたとは――。

「陛下らしいというか、何というか……」

イライアスが何を考えているのか、側近ですら分からないことが多い。終わってからこうだったと説明されることもよくあった。今もバードから聞かなければイライアスの口からは永遠に知らされないままだっただろう。

「ハハハハハ！」

いきなりフェリクスが笑い出した。その隣ではグレイシスも口元に手をあてて笑いを漏らしている。

「やっぱり兄上も正しく王家の血筋――いや、父上の子どもだということだね、グレイ」

「そうだな」

「おい、ひよっこども、どういうことだ？」

グリーンフィールド将軍が怪訝そうに眉を顰める。フェリクスは笑いながら答えた。

「考えてみてよ。兄上はレイスリーネ嬢に愛を望めない。請えない。彼女の歪んだ人生は、もとをただせば自分のせいだと思っているし、幸せになる資格はないと自分でそう決めていたからね」

だからずっとレイスリーネを見守るだけに留めていたのだろうとフェリクスは思う。

「でも何かが兄上の中で変わった。もしかしたら僕らのこともあったのかもしれない。とにかく、欲しいものを手に入れるために兄上は搦め手を用いることにしたんだ。つまり、レイスリーネ嬢に愛を望めないのなら、反対に彼女から自分を望ませればいい――とね」

バードという存在を用いてレイスリーネの心を惹きながら、同時にイライアスへの王としての信頼も尊敬も一度破壊して、その跡地に別の感情を徐々に芽吹かせていった。イライアスという存在を植えつけていったのだ。

その結果、レイスリーネは自らイライアスの傍にいることを選んだ。身体を与え、心を与え、愛を捧げた。隣に立つことを自分から望んだ。

「兄上が意図してやったのかそれは分からない。レイスリーネ嬢に冷たくする理由を話した時、兄上が嘘を言っているようには見えなかったし。彼女が望んだのなら、おそらく紅蓮隊に戻していただろう。約束通りに」

でもその心の奥底はどうだったのかと問われれば答えはおのずと出るだろう。レイスリーネを突き放しながら、その一方で、彼はその手を摑んで決して放すことはなかったのだから。

「意図的だろうが無意識だろうが、どっちにしても空恐ろしいな」

そう言って震える素振りをしたのは国務大臣だった。

「父上の子どもだからね、僕らも、兄上も」

「前国王陛下？」

財務大臣が首を傾げる。彼にとって前国王は病弱で心が弱く王には向かない人物だったという認識しかなく、なぜここで出てくるか不思議でたまらないようだった。

フェリクスは水色の瞳を細めて笑う。

「確かに父上は身体が弱く、優しさ故に後悔と罪悪感に塗れた一生を送った。でもね、思い出してほしいいな。父上は本当に心の底から欲したものだけは手に入れた。そして放さなかったんだよ？」

レスリーを側室に迎えた前国王。彼女に依存し、縋り、決して放さなかった。レスリーはそんな夫を愛して支え続けた。優しく母性に溢れた彼女は息子を手放すことになっても、夫を見捨てることはできなかったのだ。

でももし、その気弱さ、甘えすら、前国王がレスリーを手に入れ傍に留めるためのものだったとしたら――。

「どちらにしろ、兄上が幸せになれるのならそれでいい。レイスリーネは自分の意志で兄上を選び取った。それが重要だ」

ゾクッと背筋を震わせる一同をよそに、その息子であるグレイシスが重々しく締めくくった。

＊＊＊

「ハァー！」

アデラ宮の庭では、木刀を手にしたレイスリーネとグレイシスが打ち合っていた。

庭にしつらえたテーブルの前には、フェリクス、エルティシア、ライザ、それにイライアスの四人が座り、二人の戦いを観戦している。少し離れた場所では、使用人たちがハラハラしながら二人を見守っていた。

「グレイ様、頑張って！」

「レイスリーネさん、頑張って！　ロウナー准将なんてコテンパンにしちゃえ！」

エルティシアとライザがそれぞれ声を張り上げる。

フェリクスは笑いながら、イライアスもお茶のカップを手に、穏やかな表情で打ち合う二人を見守っていた。

「へ、陛下、レイスリーネ様を止めてくださいませ！」

意を決してイライアスに声をかけたのはセラだった。

アデラ宮に勤めていたレスリーの使用人たちは、ティーゼ以外の全員がレイスリーネに仕えるために戻ってきていた。

レイスリーネは戻ってきた彼らに、自分は叔母を殺害した犯人を突き止めるために側室になったこと、そのために今までずっとレスリーを真似て本来とは違う自分を演じていたことを告白した。軍人であることも。

戸惑いながらも使用人たちがそれを受け入れるのを見て、隠す必要のなくなったレイスリーネは大手を振って訓練を再開していた。

けれど軍の訓練所と違って、剣を打ち合う相手はここにはいない。あと一週間もすれば訓練に付き合う相手が目の前に現れることになるのだが、そんなことは夢にも思っていないレイスリーネはお茶会にやってきたグレイシスに剣の相手を頼んだのだ。

「レイスリーネ様のお腹の中には陛下の御子がおられるのです！　もし万一何かあれば……！」

レイスリーネが訓練する姿をだいぶ見慣れてきた使用人たちだったが、妊娠していることが確定したとなれば話は別だった。

ところがイライアスは気にする様子もなく二人の打ち合う姿を目で追いながら笑った。

「大丈夫だ。グレイはかなり手加減している。お腹を打つようなことはないさ」

「そういうことではありません！　運動をしてはいけないわけではありませんが、限度というものが……」

「あのくらい、軍では準備運動のようなものだ」

「ここは軍ではありません……！」

使用人たちが一斉に叫んだ時、レイスリーネとグレイシスの勝負はついた。結果はグレイシスの圧勝だった。

「踏み込みが甘いぞ。それではすぐに力負けして剣を叩き落とされるだろう」

木刀を取り落としたレイスリーネは、負けたにもかかわらず嬉しそうに笑っていた。

「はい、分かりました。ロウナー准将、お相手ありがとうございました。やはり私はまだまだですね。もっと鍛錬しないと」

ぐっと拳を握り締めるレイスリーネに、使用人たちは悲鳴を上げる。

「これ以上とか、本当にやめてください……！」

「ハハハハハ」

フェリクスは楽しそうに笑い声を上げた。

「お疲れ様、二人とも」

エルティシアとライザは椅子から立ち上がり、それぞれ応援した相手のところへねぎらいに行く。

テーブルに二人きりになったフェリクスは笑いを引っ込め、イライアスに尋ねた。

「陛下。聞く機会はなかったんですが、子ども、いいんですか？　欲しくないと言っていたのに」

「そうだね。確かに前は欲しくなかったよ」

イライアスの口元に微苦笑が浮かんだ。

「でも、レイスリーネとの子ならばいいと思ってね」

かつてイライアスは子どもどころか結婚すらするつもりはなかった。フリーデ皇太后から受け継いだ忌々しい血は、自分の代ですべて断ち切るつもりだったからだ。けれどレイスリーネと出会ってその考えは少しだけ変わった。彼女の子であれば大丈夫だと思った。

なぜならその子どもは自分の血を引くと同時にレイスリーネの、ひいてはレスリーの血を引いているのだから。

だから大丈夫だ。

「レイスリーネの子であれば私は心からその子を愛することができるだろう」

「よかった」

フェリクスはその答えを聞いて満足そうに微笑んだ。

イライアスはレイスリーネと弟たち、そしてライザやエルティシアのいる庭をぐるりと見渡すと、懐かしそうに目を細めた。

かつてここにイライアスは迷い込み、レスリーと初めて出会った。

『まぁ、小さな王子様。いらっしゃい』

彼女の笑顔が忘れられなかった。その笑顔に惹かれて毎日通った。……でもその笑顔はイライアスのものではなかった。父王のものだった。

父王が笑い、レスリーが笑顔を返す。それが欲しいと思った。

『いつかお前にもお前だけの永遠が現れるだろう。それを探しなさい。そして探し出したら決して逃してはいけないよ』

――そしてレイスリーネに出会った。

イライアスが生まれたせいで、運命を捻《ね》じ曲げられた、レスリーそっくりの女性。そのせいか、その顔に笑顔はなかった。笑みを浮かべても、どこか辛そうに見えた。

……笑顔を、取り戻してあげなければと思った。それが彼女への、そしてレスリーへの贖罪になると考えたのだ。

紅蓮隊を作り、そこにレイスリーネが入るように誘導した。読みは当たり、レイスリーネは心からの笑顔を浮かべるようになった。レスリーとはまた少し違う、明るい笑顔だ。

バードに扮して左翼軍に行くたびにその笑顔が見たくて、こっそり会いに行っていた。

それで満足していればよかったのに、欲が出てきたのはいつの頃からだっただろう。

――『探し出したら決して逃してはいけないよ』

父王の言葉がぐるぐると頭を巡った。

――そうだね、父上。永遠を手に入れなくては。

「陛下」

レイスリーネが笑顔を浮かべてイライアスのもとへやってくる。

手に入れた『永遠』。イライアスだけの笑顔だ。

「風が出てきたから館に入りましょう」

「そうだな」

イライアスは立ち上がると、自分のマントをレイスリーネの両肩にかけた。

「陛下……」

はにかむレイスリーネの肩を抱き寄せると、そっと身体を預けてくる。周囲に視線を巡らせると、弟二人もそれぞれの伴侶《はんりょ》と寄り添いながら屋敷に向かっているようだった。

それを見て自然と笑みが浮かんだ。

――レスリー、父上。見ていますか？

幼い頃に望んだものがここにはあった。

焦げ付くような憎悪だけが生きている証だったかつての自分。でもイライアスはイライアスだけの永遠を手に入れた。生きる証と理由を手に入れた。

――だからもう憎悪は必要ない。

「では戻ろうか」

「はい」

二人は寄り添いながらゆっくりと歩き始めた。

あとがき

初めましての方も再びの方もこんにちは。拙作を手にとっていただいてありがとうございます。富樫聖夜《とがしせいや》です。

今回の話は『軍服の渇愛《かつあい》』『軍服の衝動《しょうどう》』のスピンオフで、『軍服の衝動』で初登場したグランティア国王イライアスがヒーローの話となっております。そのため、どこかで見知った方々が多く登場します（使い回しているとも言う）。

ヒロインは軍の女性部隊に所属するレイスリーネ。前王の側室だった女性の姪でとてもよく似た容姿の女性です。一時期男の子として育てられていたという複雑な育ちをしていますが、性根は真っ直ぐです。一方、イライアスは生まれも育ちも複雑な上に置かれている立場もあって、作中で一番歪んでいる人物です。言っていることとやってること、そして本音が一致していなくて、一筋縄ではいきません。そのくせカリスマ持ちでなんだかんだ言って敵をも魅了してしまう。そんな調子なのでこの先もレイスリーネはおろか周囲も翻弄され続けるのではないかと思います。

軍服シリーズも最後なので少し裏話を。グレイシス、フェリクス、イライアスと三人ヒーローが出てきますが、並べてみるとわかる通り、韻を踏んだ名前になっております。これは彼らの父親（アルフォンス）がバラバラに育てられることになった彼らが少しでも繋がることができるようにと名づけたものでした。その願い通り、全員違う性格にも関わらず、彼らはとても仲が良いです。

本編後のことですが、レイスリーネは男児を産んで王妃になります。エルティシアのお腹の中にいるのは女児なので、年の近い従姉妹ができるということに。やがてはこの子が王太子妃になり、王家の血は再び合流することになります。一方、フェリクスは子爵に叙《じょ》され、最終的には伯爵となり、イライアスの要請でベレスフォードを名乗ることになります。彼ら三人がいた時代はグランディアの黄金期と呼ばれることになる……かも？

イラストの涼河《すずかわ》マコト様。今回もとても素敵なイラストありがとうございました！　そして最後の最後までご迷惑をおかけしてすみませんでした。

最後に編集のY様。今回もいつにも増してご迷惑おかけして本当にすみませんでした。
何とか刊行できたのはY様のおかげです。ありがとうございました！
それではいつかまたお目にかかれることを願って。

富樫聖夜

ソーニャ文庫

この本を読んでのご意見・ご感想をお待ちしております。

◆ あて先 ◆

〒101-0051
東京都千代田区神田神保町2-4-7 久月神田ビル
㈱イースト・プレス　ソーニャ文庫編集部
富樫聖夜先生／涼河マコト先生

軍服《ぐんぷく》の花嫁《はなよめ》

2016年12月5日　第1刷発行

著　　者　富樫聖夜《とがしせいや》
イラスト　涼河《すずかわ》マコト
装　　丁　imagejack.inc
D　T　P　松井和彌
編集・発行人　安本千恵子
発　行　所　株式会社イースト・プレス
〒101-0051
東京都千代田区神田神保町2-4-7 久月神田ビル
TEL 03-5213-4700　FAX 03-5213-4701
印　刷　所　中央精版印刷株式会社

©SEIYA TOGASHI,2016 Printed in Japan

ISBN 978-4-7816-9590-7
定価はカバーに表示してあります。

※本書の内容の一部あるいはすべてを無断で複写・複製・転載することを禁じます。
※この物語はフィクションであり、実在する人物・団体等とは関係ありません。

Sonya ソーニャ文庫の本

『軍服の渇愛』　富樫聖夜

イラスト 涼河マコト

Sonya ソーニャ文庫の本

『軍服の衝動』 富樫聖夜

イラスト 涼河マコト

Sonya ソーニャ文庫の本

『主人の愛執《あいしゅう》』 富樫聖夜

イラスト yos